Unerwartet ...
(k)einmal Liebe

(Schicksalspfade 2)

D1732334

Roman einer
gleichgeschlechtlichen Liebe

von
Hedy de Winther

1

Auflage im Juni 2016

Covergestaltung: Juliane Schneeweiss,
www.juliane-schneeweiss.de
Coverfoto: shutterstock

Korrektur: SKS Heinen

Dieser Roman war bereits als E-Book unter dem
Realname der Autorin, H. O. Reidt auf dem Markt.

Kontakt: j.reidt@t-online.de
Facebook: Hedy de Winther
Facebook: Lady de Winthers Protagonisten-Lounge

Inhaltsverzeichnis

3

In stillem Gedenken

Dieses Buch ist für euch, W. und H.
Bei mir bekommt ihr euer Happy End.
Immer.

Zitat:
Nichts ist schwieriger, als den gelten zu lassen, der
uns nicht gelten lässt.
Marie von Ebner-Eschenbach (1830-1916) österr. Schriftstellerin

Auch das noch! An der Tür ertönte der nervige Klingelton zum gefühlten hundertsten Mal. Jon stand unter der Dusche, und Nelia selber versuchte verzweifelt, einen einigermaßen essbaren Kuchen für den Nachmittag zu zaubern. Im Moment erschien ihr einfach alles zu viel. Der Endspurt ihrer Schwangerschaft, die ganze Hausarbeit, dazu die ständigen Anrufe aus dem Verlag, in denen man sie um ihren Rat bat. Herrgott noch mal! Sie half ja gerne, aber gerade in den letzten Tagen häuften sich die Ereignisse auf ein doch sehr anstrengendes Maß.

Tina und Nick hatten einen Kurzbesuch angekündigt und Nelia hatte es sich in den Kopf gesetzt, die beiden von ihren hausfraulichen Qualitäten zu überzeugen. Ächzend stemmte sie sich aus ihrer knienden Position nach oben. Mit einem Knurren presste sie eine Hand in den Rücken, mit der anderen rieb sie sich den kugelrunden Bauch, über den sich eine weiße Küchenschürze spannte. Binden konnte sie das Stück Stoff nur noch direkt unter dem Busen. Nicht mehr lange, schoss es ihr triumphierend durch den Kopf. Spätestens in vier Wochen hatte die Plackerei ein Ende. Vanderloo junior Nummer vier hatte sich für Ende Juni angekündigt.

Jede Menge Stress im Berufs- sowie im Alltagsleben, gepaart mit der daraus resultierenden Pflichtvergessenheit, was die regelmäßige Einnahme der Pille betraf, bescherte ihnen diesen mehr als schicksalhaften Familienzuwachs. Einmal mehr. Selbstverständlich trugen Jons ständige Liebesbezeugungen und ihre Beflissenheit, ihn zufriedenzustellen, einen nicht geringen Teil dazu bei. Den Wichtigsten, wenn man es genau betrachtete.

Als Nelia damals den Test in der Hand hielt, der bestätigte, dass zum vierten Mal Elternfreuden ins Haus standen, dachte sie, es zöge ihr jemand den Boden unter den Füßen fort. Keineswegs fühlte sie sich der Situation gewachsen. Wer kannte schon eine Familie, die in einem solchen Maß mit Nachwuchs gesegnet war. Sie schaffte es gerade so, die drei bereits vorhandenen Rabauken zu bändigen und ihr anspruchsvolles Berufsleben mit dem regen Alltag unter einen Hut zu bringen. Jon sollte das Gefühl haben, gerne nach Hause zu kommen. Keinesfalls durfte er aufgrund des häuslichen Chaos das Bedürfnis verspüren, eine Überstunde nach der anderen schieben zu müssen.

Jon hatte alle Bedenken mit einem Lächeln und dem ihm eigenen Schulterzucken beiseitegewischt, sie in den Arm genommen und ihr versichert, dass er sie liebte und noch jede Menge dieser Liebe für ein weiteres Familienmitglied übrig sei. Ihr ach so optimistischer Ehemann! Für diese lebensbejahende Einstellung betete sie ihn an. Genauso wie für all seine anderen Vorzüge, auch die, die er leider nicht hatte.

Nelia seufzte bei dieser Vorstellung und ein sinnliches Lächeln huschte über ihr Gesicht. Ihre Gedanken wanderten zurück in die Vergangenheit.

Bis Jon und sie an dem Punkt angelangt waren, an dem sie jetzt standen, hatten sie einen harten, steinigen Weg zurücklegen müssen. Dieser Weg hatte ihre Liebe in Granit gemeißelt. Nicht nur die Liebe verband ihre Herzen, nein, auch Freundschaft, Loyalität und eine nicht zu definierende Bindung, die durch ihre gemeinsamen Kinder Sam, Charlotte und Leona unzertrennbar geschmiedet war. In wenigen Wochen käme ein weiteres Bindungsglied dazu. Ein kleiner Junge, das wusste Nelia seit ein paar Tagen. Für Jon sollte es eine Überraschung sein. Sie dachte nicht daran, ihn vor der

Geburt über das Geschlecht des Babys aufzuklären. Insgeheim musste sie grinsen, sobald er Befürchtungen äußerte, dass das Gleichgewicht innerhalb der Familie durch ein weiteres Mädchen doch sehr gestört werden könnte. Als ob das ihrem Göttergatten etwas ausmachen würde. Im Gegenteil. Er sonnte sich in der offensichtlichen Bewunderung, die ihm seine beiden Töchter tagtäglich entgegenbrachten. Zufrieden strich sie sich über den Bauch. Nun, dieser kleine Racker da drin würde für den gewünschten Ausgleich sorgen.

Ein erneutes Klingeln riss sie aus den Gedanken. Unwillig setzte sie sich angesichts dieser unerwünschten Störung in Bewegung. Hoffentlich war es nur der Briefbote. Bis zum Eintreffen von Tina und Nick stand ihr noch jede Menge Arbeit ins Haus. Gut, dass wenigstens Jon heute zu Hause war. Auch er wollte sich diesen kurzen Besuch ihrer besten Freunde aus Berlin nicht entgehen lassen und hatte sich für heute freigenommen. Die momentane Auftragslage ließ das ausnahmsweise zu. Bestimmt gab es jede Menge Neues aus der alten Heimat zu berichten. Tina hatte jedenfalls eine Überraschung angekündigt. Abermals stahl sich ein Lächeln über Nelias Gesicht. Sie würde ihr letztes Hemd verwetten, dass die beiden den lang herbeigesehnten Familienzuwachs ankündigten.

Das erneute Klingeln klang nun schon etwas ungeduldiger, als das vorhergehende. Bildete sie sich das nur ein? Konnte man einem Klingelton die Ungeduld anhören? Sicher nicht. Unwirsch watschelte sie zur Tür, eine Hand stützend in das Kreuz gestemmt. Für den Fall, dass das so weiterging, würde sie bis zum Ende der Schwangerschaft bald nur noch im Schneckentempo vorankommen.

Im Hintergrund rauschte beständig das Wasser der Dusche. Gefühltermaßen schon eine halbe Ewigkeit. Jon hatte es heute wahrlich nicht eilig. Dezent missgestimmt öffnete sie die Tür, neugierig, wer es wagte, die stressigen Vorbereitungen zu stören. Vor ihr stand ein fremder Mann. Einer, der auf den ersten Blick einen überaus sympathischen Eindruck hinterließ. Er war nur unwesentlich größer als sie selber, besaß zwar eine athletisch definierte Figur, aber keineswegs übermäßig viele Muskeln, wenigstens vermutete sie das auf den ersten Blick. Erwartungsvolle Augen starrten ihr entgegen, wurden leicht aufgerissen, als der Blick über ihre Figur, bis hin zu den Füßen glitt und zurück zum Ausgangspunkt.

Der Mann schluckte sichtbar. Es schien ihm die Sprache verschlagen zu haben, denn er machte keine Anstalten, sich vorzustellen, sondern gaffte sie nur an entgeistert an. Nelia stierte zurück. Sie begann, sich unbehaglich zu fühlen. Nach einem Psychopath sah der Fremde beileibe nicht aus, aber wer konnte das in der heutigen Zeit schon wissen. Ganz im Gegenteil. Seine himmelblauen Augen und die blonden Haare mit dem hippen Schnitt erweckten einen vertrauenswürdigen Eindruck.

Etwas ungeduldig hakte Nelia mit einem fragenden „Ja, bitte?" nach. Sie glaubte zu bemerken, dass sich die Beklommenheit im Blick des Gegenübers noch verstärkte. Ein unsicheres Räuspern verfestigte ihre Vermutung. Eine gepflegte Hand streckte sich ihr zögerlich zum Gruße entgegen und eine überaus angenehme Stimme klärte sie endlich über den Besuch des Fremden auf.

„Guten Tag, mein Name ist David Feldhoff. Ich bin hier, um Jonathan Vanderloo zu besuchen."

Nelia starrte den Besucher unverwandt an. Der Name hallte in ihrem Kopf wider, und das Echo durchdrang ihren Körper bis in die letzte Nervenzelle. Eine Abneigung gegen diesen ihr persönlich nicht bekannten Mann stieg urplötzlich empor, entfaltete die Wirkung einer ätzenden Säure. Eine Abneigung, die sich einzig und allein aufgrund dieses Namens in ihr hochdrängte. Hätte sie diesen Namen nicht gehört, wäre sie durchaus in der Lage gewesen, eine gewisse Zuneigung für diese Person zu empfinden. Aber leider hatte sie ihn gehört. Sehr deutlich sogar.

„Was wollen Sie von Jon?" Nelias Ton klang nicht nur eine Nuance unfreundlicher, sondern gleich eine ganze Oktave. Das entging auch diesem David nicht. Unwohl räusperte er sich.

„Ähm ... ich bin ein alter Freund von Jonathan ..."

„Von meinem Mann", fiel ihm Nelia barsch ins Wort. Misstrauisch blickte ihr David direkt ins Gesicht. Seine Miene verfinsterte sich schlagartig und er verbesserte sich sofort mit einem wesentlich kühleren Klang in der Stimme. Angriffslustig neigte er den Kopf leicht zur Seite.

„Also gut. Ich bin ein alter Schulfreund von Ihrem Mann und würde ihn gerne besuchen. Ist er wohl zu Hause?" Eine besondere Betonung lag bei seiner Erwiderung auf dem Wort „Mann". Das entging Nelia keinesfalls. Aggressiv antwortete sie mit finsterem Gesicht: „Das ist er, aber er hat keine Zeit. Schreiben Sie ihm eine Nachricht oder melden Sie sich in seinem Büro bei der Sekretärin an, falls Sie einen Termin benötigen. Die Nummer können Sie bei der Auskunft erfragen oder im Telefonbuch nachlesen." Gleichzeitig mit ihren unfreundlichen Worten schlug Nelia die Tür zu, aber ein dazwischengeschobener Fuß verhinderte, das endgültige Verriegeln. Nelia schloss frustriert die Augen. Eine Konfrontation schien unausweichlich.

Ein Geist aus der Vergangenheit war nach so langer Zeit aufgetaucht und bat aufdringlich um Einlass. Ein Einlass, dem sie ihm auf gar keinen Fall gewähren würde, dachte sie schnaubend. Ausgerechnet jetzt, ausgerechnet heute und in ihrem momentanen, äußerst verletzlichen, psychischen Zustand. Den Schwangerschaftshormonen sei Dank, die in den letzten Tagen unerbittlich zuschlugen.

Mutlos lehnte sie ihre Stirn an die Innenseite der Tür und atmete tief durch. Das „Bitte, Frau Vanderloo!", das fast flehend klang, drang durch einen weit entfernten Schleier an ihr Ohr. Sie wollte das alles nicht hören. Nelias Gedanken wanderten zurück zu der Nacht, wenige Tage vor ihrer Hochzeit, in der Jon ihr den Grund seines ausschweifenden Lebenswandels, den er vor ihrer Beziehung führte, erklärt hatte.

Als 16-jähriger Schüler verbrachte Jon drei Jahre in einem Internat in Lausanne, da sein Vater ein Projekt in New York betreute, das den Rest der Familie dazu zwang, für die Dauer des Auftrages dort zu wohnen. Für den Sohn wollte man die bestmögliche Schulbildung, und das gewährleistete die Wahl dieses speziellen Eliteinternats.

Jon hatte ihr geschildert, wie schwer es für ihn am Anfang war, wie einsam und allein er sich oft gefühlt hatte. David Feldhoff wurde ihm damals als Mitbewohner zugeteilt und die beiden Jungen schlossen schnell Freundschaft. Sie besuchten zwar nicht die gleichen Kurse, aber das tat ihrer Verbundenheit keinen Abbruch. Im Gegenteil. Stets gab es Neues zu berichten, immer wusste der eine etwas, das der andere noch nicht gehört hatte. Schnell entwickelten sich enge Bande und eine Verbundenheit unter Freunden. Je mehr Zeit sie miteinander verbrachten, desto wichtiger wurden sie füreinander. Jon hatte endlich den Bruder, den er sich immer gewünscht hatte, liebte ihn dafür und hätte alles für den Menschen getan, der ihm zu dieser Zeit am nächsten stand. David Feldhoff aber sah die Freundschaft anders. Ganz anders.

Jon beschrieb David als einen schmächtigen, sensiblen Jungen, der den Ehrgeiz besaß, einmal ein erfolgreicher Arzt zu werden. Die Intelligenz und die Wissbegier dazu besaß er. In gewissen Dingen konnte er eine Zähigkeit und Ausdauer an den Tag legen, die seinesgleichen suchte. In anderen Situationen wiederum war der zerbrechlich wirkende Knabe eher scheu und zurückhaltend. Jon hatte es sich zur Aufgabe gemacht, ihm als treuer Freund zur Seite zu stehen und manchmal auch vor großmäuligen, älteren Schülern in Schutz zu nehmen, die ihn nur allzu oft als „kleine Memme" verhöhnten. Schon damals war Jon groß und stattlich gewesen, keiner hätte sich freiwillig mit ihm angelegt. Dieser Bruder seines Herzens jedoch suchte zunehmend Jons körperliche Nähe und eines Tages gestand ihm David, dass er ihn liebte. Er, David Feldhoff, hatte sich in seinen Kumpel und Beschützer Jon Vanderloo verliebt. Unter Tränen gestand er ihm, dass er diese Neigung zum eigenen Geschlecht schon seit langer Zeit verspürte, aber erst Jon selber brachte ihm die endgültige Gewissheit, schwul zu sein.

Jon war zunächst geschockt und stieß seinen Freund von sich. Er konnte mit einem solchen Geständnis nicht umgehen. Das Thema körperliche Liebe war zu diesem Zeitpunkt seines Lebens ein böhmisches Dorf für ihn. Jons Zurückweisung traf David so sehr, dass er sich immer mehr von seinem besten Freund zurückzog. Das wiederum verkraftete Jon nicht. Die erneute Einsamkeit konnte er nicht ertragen. Er suchte nach einer Lösung, infolgedessen er Davids Annäherungsversuchen nachgab und erste sexuelle Erfahrungen mit ihm sammelte. Für beide Jungen war der jeweils andere der erste Partner im Bett gewesen. Es bestand also zweifelsohne eine besondere Bindung zwischen den beiden.

12

Jons Erzählungen nach dauerte diese körperliche Beziehung etwa zwei Jahre. Zwei Jahre, in denen Jon David verbot, auch nur das Geringste darüber verlauten zu lassen, ansonsten drohte er ihm mit einem sofortigen Ende der Verbindung.

Nach Abschluss der Schule trennten sich die Wege der Freunde. Jon hatte kein Interesse, die Beziehung zu David aufrecht zu erhalten. Auf eine gewisse Weise war er froh, dass endlich diese Last von seinen Schultern genommen war, andererseits trauerte er um die verlorene Freundschaft. Er zweifelte an sich selber, litt an Depressionen und Gewissensbissen, eine so geartete Beziehung geführt zu haben, die eigentlich nicht seiner Natur entsprach. Um sich zu bestätigen, wurde er am Ende zu dem Mann, den sie an der Uni kennengelernt hatte. Einen vor Arroganz strotzenden Jurastudenten, der ständig und überall gewisse Vorlieben gegenüber Frauen raushängen ließ. Blondes, langes Haar, große Brüste und vor allen Dingen willig, seinen horizontalen Erfahrungsbereich großzügig zu erweitern. So lange, bis sie kam. Nelia.

Sie war damals kaum an einer Partnerschaft in irgendeiner Form interessiert. Durch einen Schicksalsschlag hatte sie nicht nur allen Lebensmut verloren, sondern auch jegliches Interesse an körperlicher Nähe. Was er damals in ihr sah, erschloss sich bis heute nicht ihrem Verstand. Jon hatte hart um ihre Liebe gekämpft, und sie hatte es ihm nicht leicht gemacht. Am Ende siegte ihre gegenseitige Hingabe füreinander, die mit den Jahren nicht schwächer wurde, sondern das Gegenteil traf zu.

Obwohl sie dieser David Feldhoff in keiner Weise zweifeln ließ, brodelte eine Art von Eifersucht und Wut in ihr. Dieser Mann hatte Jon so intim gekannt, wie keiner außer ihr. Jon brachte ihm für eine lange Zeit Gefühle entgegen, die aus

Zuneigung, Loyalität und Freundschaft bestanden. Gefühle, entsprungen aus einer tiefen Einsamkeit heraus, die auf Davids Betreiben hin irgendwann den körperlichen Bereich mit einschlossen. Und genau das konnte sie ihm nicht verzeihen. Er hatte Jon verführt. Nun gut, dazu gehörten immer zwei. Trotzdem.

Nun stand der Kerl vor der Tür und drängte sich erneut in ihr Leben. Nur über ihre Leiche! Zwei Hände legten sich sanft um ihren ausladenden Leib und zogen ihre Gedanken zurück in die Gegenwart. Jon stand hinter ihr und küsste sie sanft auf die Wange.

„Was ist denn los mit dir, mein Engel? Warum stemmst du dich so entschlossen gegen die Tür und zerquetscht dem armen Kerl den halben Fuß? Hat er gedroht, unsere Wohnung in die Luft zu jagen?"

„So was Ähnliches", zischte Nelia, gab aber keinen Zentimeter Raum preis. Mit einem Lächeln und einem belustigten Kopfschütteln schob Jon seine sich seltsam benehmende Frau zur Seite und öffnete kurz entschlossen die Tür.

Er hatte mit allem möglichen gerechnet, aber der Anblick, der sich ihm in diesem Moment bot, überrumpelte ihn völlig. Zunächst starrte er sein Gegenüber nur an. Langsam öffnete sich sein Mund in grenzenlosem Erstaunen. Sein Blick scannte den Mann, der vor ihm stand, von oben bis unten. Das konnte doch nicht …

Davids breites Grinsen schlug Jon entgegen. Fragmente seiner Vergangenheit standen vor ihm und baten mit einem sarkastischen Unterton um Einlass.

„Da hast du dir ja eine ziemlich rabiate Ehefrau angelacht, Jonathan. Und wie ich sehe, wirst du bald Vater. Herzlichen Glückwunsch."

14

Nelia verschränkte ihre Arme unter ihrem Busen, soweit es angesichts der Fülle möglich war, und funkelte den unerwünschten Eindringling böse an. Jon stand immer noch neben ihr und gaffte dem Besucher entgegen, als käme er vom Mars. Nun ja, so ganz daneben lag er damit nicht.

Nachdem er sich endlich wieder gefangen hatte, seine grenzenlose Verblüffung irgendwie in Freude umschlug, kam auch die Fähigkeit, Wörter zu bilden, zurück.

„David! Nelias Gebaren nach habe ich mit einem Einsatzkommando gerechnet, aber nicht mit dir. Komm doch rein!" Erfreut trat er nach vorne und umarmte den verloren gegangenen Freund stürmisch. Nachdem David einen vorsichtigen Blick in Nelias Gesicht geworfen hatte, schloss er langsam seine Arme um Jons Rücken. Dabei blinzelte er sie triumphierend an.

Nelia schnaubte missmutig. Natürlich benahm sie sich völlig irrational, aber wer konnte es ihr verdenken.

Aufgeregt zog Jon sie im nächsten Moment an seine Seite und begann mit der obligatorischen Vorstellung.

„David, darf ich dir meine Frau Nelia vorstellen? Wie du bereits richtig bemerkt hast, erwarten wir demnächst Nachwuchs. Unser viertes Kind. Ich hoffe, es wird ein Junge!" Nelia stieß ihn ärgerlich in die Seite.

„Abwarten, mein Lieber, abwarten." Jon lächelte sie zärtlich an und hauchte ihr einen Kuss auf die Nase. Nelias Miene wurde sanfter und ihre Blicke versanken ineinander. Für die Spanne einer kurzen Zeit war der Besucher vergessen. David räusperte sich verlegen. Die Liebe, die die beiden füreinander empfanden, sah man leider allzu deutlich, ja, als Beobachter konnte man sie sogar spüren. Einerseits freute ihn das für seinen ehemaligen Freund, andererseits stieg eine gewisse Eifersucht und Trauer in ihm auf. Hätte er auch nur einen Funken Hoffnung gehegt, was eine Belebung der alten, begrabenen Gefühle betraf, wären diese in Anbetracht des glücklichen Paares unweigerlich gestorben. Das Räuspern Davids riss Jon in die Gegenwart zurück. Auch er klärte seine Stimme und fuhr mit der Vorstellung fort. „Nelia, das ist David Feldhoff, du weißt schon." Jon gestikulierte unbeholfen in Davids Richtung, blickte seiner Frau erneut in die Augen und lief rot an. Das wiederum entlockte Nelia ein belustigtes Hochziehen der Augenbrauen. Ihrem vor Selbstbewusstsein strotzenden Mann war die Situation im Hinblick auf die gemeinsame Vergangenheit mit David, die Nelia hinreichend bekannt war, peinlich. Das versöhnte sie etwas. Sie sollte sich zusammenreißen, die Sachlage für alle erträglich gestalten und nicht wie eine hormongesteuerte Furie Unfrieden stiften. Sie spürte, dass sich die beiden nach wie vor mochten und über dieses Wiedersehen freuten. Dass Jon keinerlei intimes Interesse an ihrem Besucher verspürte, war ihr ebenso klar. Entschlossen reichte sie David Feldhoff die Hand. Es sollte ein Friedensangebot sein. Ihr Blick warnte ihr Gegenüber aber auch, dieses nicht auszunutzen oder ihre Geduld über die Gebühr hinaus zu strapazieren.

David ergriff zögerlich die ihm dargebotene Hand und neigte leicht den Kopf als Zeichen, dass er sehr wohl verstanden hatte.

Mit einem freudigen Wortschwall von beiden Seiten, der aus Fragen nach dem jeweiligen Befinden und dem Verlauf der Vergangenheit bestand, zog Jon den Gast in das Wohnzimmer. Entschlossen drückte er David in die Polster und verschwand, um für Erfrischungen zu sorgen.

Nelia blieb unschlüssig stehen. Einerseits nagte pure Neugier an ihr, was dieser David zu berichten hatte, andererseits wartete noch einige Arbeit auf sie, bis Tina und Nick eintrafen. Die Zwillinge übernachteten in weiser Voraussicht heute bei ihren Großeltern und Sam, ihr Ältester, spielte in seinem Zimmer mit den geliebten Legosteinen. In diesem Moment kam Jon mit Sam an der einen und den Getränken in der anderen Hand zurück. Nelia verteilte die Gläser, während Jon stolz seinen Sohn präsentierte. Breit grinste er David an.

„Das ist Sam, er wird bald sechs und kommt im Sommer schon zur Schule." Sam musterte David kritisch. Schließlich schob der Kleine ihm das mitgebrachte Legospielzeug unter die Nase.

„Das ist ein X-wing Fighter. Kennst du Star Wars?" David schenkte dem Kleinen ein Lächeln, nahm das Bauteil in die Hand und studierte es interessiert. „Na klar kenn ich Star Wars. Chewbacca und R2 D2 sind meine Lieblingsfiguren. Hast du das selber gebaut?" Sams Misstrauen schwand und zutraulich kletterte er auf Davids Schoß, froh, einen sympathisierenden Zuhörer gefunden zu haben. Als gäbe es die Eltern gar nicht, unterhielten sich Sam und David angeregt über Jedi-Ritter, Kampfsterne und fremde Galaxien. Es sah so aus, als hätten sich zwei gesucht und gefunden. Nelia beobachtete das ungleiche Paar verblüfft. David zeigte viel Einfühlungsvermögen und Geduld mit ihrem Sohn, der sichtbar einen Narren an dem fremden Besucher gefressen hatte. Trotz eines gewissen Unbehagens, das sie David gegenüber empfand, konnte sie eine dezente Sympathie für ihn nicht verleugnen. Jon grinste Nelia breit an und zwinkerte mit einem Auge, als wollte er sagen: „Siehst du, er ist nett." Das sah sie auch. Blindheit gehörte nicht zu ihren Schwächen. Gewisse Vorbehalte blieben dennoch.

Nach einer Weile wuschelte Nelia ihrem Junior durch das Haar und gab ihm zu verstehen, dass es Zeit wurde, dem Gast ein wenig Ruhe zu gönnen und sich um die Unordnung in seinem Zimmer zu kümmern.

„O. k., Mama." Zufrieden rutschte er von Davids Schoß und blickte den neu gefundenen Freund fragend an. „Bist du nachher noch da? Dann kann ich dir all meine Star Wars Legos zeigen. Bestimmt hast du früher nicht so schöne Spielsachen gehabt." Sam wartete gespannt auf Davids Antwort. Der wiederum blickte Hilfe suchend in Jons und Nelias Richtung. Nelia räusperte sich, bereit, eine ablehnende Antwort zu geben, doch Jon zuckte unbekümmert mit den Schultern. „Na klar, Sam. David bleibt noch. Geh jetzt erst einmal aufräumen, damit er sich später alles in Ruhe anschauen kann." Sam war zufrieden und stürmte jubelnd in sein Zimmer. Nelia biss die Zähne zusammen und nickte mit einem künstlichen Lächeln. Auf keinen Fall wollte sie unhöflich erscheinen. Nicht zu David. Gerade nicht zu David.

Jon sank neben David auf die Couch und reichte ihm die mitgebrachte Erfrischung.

„Nun erzähl doch mal. Was hast du all die Jahre getrieben. Was führt dich nach München, und wie hast du mich überhaupt gefunden?" Jon lehnte sich interessiert nach vorne und starrte David erwartungsvoll an. Der sank mit einem Seufzer zurück und studierte angelegentlich den Inhalt seines Glases.

„Das ist eine lange Geschichte, glaube mir. Ich weiß nicht, ob es deine Frau großartig interessiert, wenn …"

„Ach papperlapapp", fuhr ihm Jon ins Wort. „Sie hat mit Sicherheit nichts dagegen." Liebevoll lehnte er sich hinüber zu seiner Frau und drückte ihre Hand.

David kam nicht umhin, das Paar zu beobachten. Wieder diese gegenseitigen Blicke, die die tiefe Verbundenheit der Verheirateten bestätigten. Da konnte direkt Neid aufkommen. David seufzte erneut, doch Jon fuhr fort: „Kurz

18

bevor wir heirateten, habe ich Nelia alles von dir und mir erzählt. Es ist in Ordnung, David. Vielleicht liebt sie dich nicht gerade, aber sie akzeptiert es. Weißt du, Nelia ist meine große Liebe und das weiß sie ganz genau. Wir sind glücklich miteinander. Also schieß schon los. Wie ist es dir in den letzten Jahren ergangen?" Nelia nickte zustimmen. „Es ist genauso wie Jon sagt. Ich könnte gut auf deine Gesellschaft verzichten, aber auch mich interessiert, was seit damals passiert ist und warum du hier bist."

David strich sich durch das Haar und atmete durch. Nelias Ton vermittelte ihm ganz genau ihre unterschwellige Botschaft: Erzähl schon und dann mach, dass du so schnell wie möglich verschwindest.

Nelia hatte sich zurückgelehnt und wartet scheinbar neugierig auf seinen Bericht. Die Augen der glücklich Liierten durchbohrten ihn förmlich in gespanntem Erwarten.

David presste seine Lippen aufeinander und sammelte seine Gedanken. Er war hergekommen, um seine erste große Liebe wiederzusehen, um sich selbst zu bestätigen, dass die Vergangenheit da lag, wo sie hingehörte. Nämlich in der Vergangenheit. Nicht, um in Jons Privatleben einzudringen, in dem er offensichtlich glücklich und zufrieden war. Nein, nicht nur glücklich, sondern er hatte scheinbar seine Bestimmung und seine Erfüllung gefunden. Das freute ihn. Ja, er freute sich wirklich.

Der eigentliche Grund, warum er nach Jon gesucht hatte und jetzt hier saß, war, dass er für sich selber einen Abschluss finden musste. Er musste herausfinden, wo er gefühlsmäßig stand. All die Jahre hatte er sich stets die Zeit an der Seite seiner ersten Jugendliebe zurückgewünscht. Damals war er wahr und wahrhaftig glücklich gewesen. Dieses Andenken hatte nur allzu oft verhindert, selber weiterzuwandern. Ja, er pflegte hin und wieder Affären, die ihn zwar körperlich,

aber keineswegs geistig befriedigten. Er war gekommen, um die alten Geschichten zu begraben. Dass Jon jetzt so glücklich war, half ihm dabei.
Langsam lehnte er sich zurück und begann aus den längst vergangenen Zeiten zu erzählen.

„Da deine Frau weiß, was zwischen uns war, kann ich gleich von dem Tag an weitererzählen, an dem du endgültig aus meinem Leben verschwunden bist. Du konntest es ja gar nicht erwarten, zurück nach Berlin zu kommen. Als deine Eltern dich abgeholt haben, hast du dich nicht einmal mehr umgedreht." Anklagend fixierte David Jon, der ihm einen mitfühlenden Blick zuwarf. Oder war es Bedauern, Schuldgefühl, was er da in seinen Augen las? Das brauchte er im Moment ganz und gar nicht.
„David, mir ist der Abschied damals auch schwergefallen. Auf der einen Seite habe ich um den Freund getrauert, den ich verloren habe, auf der anderen Seite konnte ich nicht schnell genug vor unserer damals geführten Beziehung fliehen, die ich im Grunde auf diese Weise niemals wollte. Ja, ich habe mich darauf eingelassen. Ich war erst sechzehn, als alles begann, und völlig überfordert, verstehst du denn nicht? Es tut mir leid, David. Doch ich bin einfach nicht wie du. Ich habe damals jemanden gebraucht. Du warst wie ein Bruder für mich, ich wollte dich nicht verlieren, denn dann wäre ich verloren gewesen. Ich hatte so furchtbares Heimweh."
David nickte verstehend. „Ich weiß, Jon. Ich habe es immer gewusst. Trotzdem hat es mich sehr verletzt." David hob den Kopf und blickte Jon in die Augen.
„Im Nachhinein bedaure ich wahnsinnig, dass ich deine Zerrissenheit gnadenlos für meine Zwecke ausgenutzt habe. Aber ich war genauso jung und unerfahren wie du und

wusste nicht wohin mit meiner Unsicherheit und meinen Gefühlen. Im Gegensatz zu dir wusste ich sehr genau, was ich war und immer noch bin. Können wir trotz allem noch einmal neu beginnen, können wir Freunde sein? Nur Freunde?", schob er mit einem Seitenblick auf Nelia hinterher. Jon griff nach seiner Hand und drückte sie fest. „Natürlich können wir das. Ich würde mich freuen, wenn wir in Zukunft öfters etwas von dir hören, nicht wahr, Nelia?" Jon zog seine Frau an sich und küsste sie mit fragendem Blick auf die Stirn.

Nelia biss die Zähne aufeinander. Sie dachte gar nicht daran, David in ihren engeren Freundeskreis mit einzubeziehen. Wenn es nach ihr ginge, konnte er sich bis zum Sankt-Nimmerleins-Tag aufhalten, wo der Pfeffer wuchs. Direkt ablehnen wollte sie auch nicht. Sie wusste, wie oft sich Jon Gedanken um seinen Freund gemacht hatte. Sie wusste aber auch, wie sehr er unter dieser nicht seiner Art entsprechenden Beziehung gelitten hatte. Ein brummiges „Hm" kam ihr über die Lippen. Die zwei Herren konnten sich aussuchen, was sie davon hielten. Jon lehnte sich zufrieden zurück.

„So, und nun erzähl uns endlich, was du in den letzten Jahren getrieben hast. Ich habe hin und wieder im Internet recherchiert, aber ich bin nicht ein einziges Mal fündig geworden." David grinste melancholisch.

„Ich habe immer darauf geachtet, niemals irgendwelche persönliche Daten einzugeben. Ich weiß noch nicht einmal, wie man eine Bestellung in einem Internetshop tätigt. Diese Dinge machen mir Angst und sind böhmische Dörfer für mich." Jon zog erstaunt seine Augenbrauen nach oben.

„Wirklich? Na ja, wundern sollte es mich nicht. Für Technik hast du noch nie etwas übrig gehabt. Aber wenn es um blutrünstige oder eklige Aktionen ging, standest du stets in der ersten Reihe." David grinste.

„Tja, das stimmt wohl. Diesen Hang habe ich bis heute nicht abgelegt."

Nelia versuchte erneut ihre Arme vor der Brust zu verschränken. Finster zog sie ihre Augenbrauen zusammen und stieß unwillig hervor: „Beglückst du uns nun mit dem Verlauf deiner grandiosen Vergangenheit oder werden uns auf dieser Couch noch Wurzeln am Hintern wachsen? Wir bekommen nachher noch Besuch. Lieben Besuch, wenn du verstehst, was ich meine." Davids Blick flog zu Nelia hinüber und seine Miene verfinsterte sich.

„Na, da ist aber jemand ungeduldig. Nun gut, ich will ja nicht riskieren, dass du auf dieser Polstergarnitur noch niederkommst." Das brachte ihm einen warnenden Blick Jons ein, der ihn fast böse anfunkelte. Abwehrend erhob er beide Hände.

„Tut mir leid, Entschuldigung! Das hab ich nicht so gemeint. Es ist mir einfach rausgerutscht." Jons Blicke flogen fast flehend zwischen den Streithähnen hin und her. Nelia brummte unwillig, beschloss aber, nicht weiter auf Davids Provokationen einzugehen. Immerhin hatte er sich entschuldigt.

Endlich fing er an zu erzählen. Nelia beobachtete ihn dabei heimlich und fast tat er ihr ein wenig leid. Seine Schultern hingen herab und der emotionslose Blick endete im Nirgendwo. Ohne Gefühle berichtete er aus seinem früheren Leben, begann ganz von vorne, damit auch Nelia verstand.

„Ich habe nie ein besonders gutes Verhältnis zu meinen Eltern gehabt. Eigentlich war ich mein ganzes Leben lang heimatlos und allein. Aufgewachsen, rund um die ganze Welt. Kaum hatte man sich an ein Land gewöhnt, an die Menschen und die nächsten Vertrauten, zog man weiter. Mein Vater ist im diplomatischen Dienst und Mutter ist ihm eine hörige Begleiterin gewesen, die stets lächelnd an seiner Seite stand. Manchmal glaube ich, dass sie mich nur bekommen haben, weil man als Familie der Öffentlichkeit ein besseres Bild vermittelt. Seit ich denken kann, wurde ich von Nannys oder irgendwelchen Angestellten versorgt. Ich kann mich nicht erinnern, dass mich Mutter jemals in den Arm genommen oder mir aus einem Kinderbuch vorgelesen hat. Dafür gab es immer Bedienstete. Selbst zu denen konnte ich nie ein engeres Verhältnis aufbauen, da sie ausgetauscht wurden wie schmutzige Unterhosen, falls es nicht so lief, wie man es wünschte. Zu einem wichtigen Bestandteil dieser Familie wurde ich nur dann, wenn es galt, einen gut geratenen Sohn vorzuweisen. In diesen kurzen Augenblicken nahmen sie mich an die Hand und gaben das besorgte Elternpaar, denen ihr kluger Sohn das Wichtigste auf der Welt war. Wir spielten heile Familie. Das war hinter den Kulissen leider ganz und gar nicht der Fall. Für mich persönlich haben sie sich nie interessiert, ich wurde sozusagen nur für die Öffentlichkeit herausgekramt. Das war auch der Grund, warum sie mich nach Lausanne auf dieses Internat schickten. Zum einen war ich ihnen aus dem Weg, da sich schon damals mein Hang zum anderen Geschlecht abzeichnete." Davids Gesicht verzog sich zu einem diabolischen Grinsen. Humorlos fuhr er fort.

„Könnt ihr euch denken, was für einen Eindruck ein schwuler Sohn in Weißrussland machen würde?" Seufzend fixierte er Jon und Nelia, die ihm gebannt zuhörten.

„Zum anderen wünschten sie sich natürlich einen Sohn, der sie wenigstens durch Leistung und gute Noten stolz machte. Das ‚andere' hoffte man, dem Bengel schon auszureden." David unterstrich das Wort „andere" mit angedeuteten Gänsefüßchen in der Luft.

„Nun, wenigstens, was die schulischen Leistungen betraf,

habe ich sie nicht enttäuscht. Es bedurfte keiner großen Anstrengung, die guten Noten kamen beständig wie von selbst. Dafür konnte ich nichts. Nichtsdestotrotz fühlte es sich gut an, meine Eltern endlich einmal zufriedenzustellen. Jon, du kennst ja meine Vorgeschichte und weißt, dass ich Lausanne mit Bestnoten verlassen habe. Das gab mir die Möglichkeit, unter den Eliteunis zu wählen. Vielleicht erinnerst du dich noch, dass ich damals nach Cambridge ging, um Medizin zu studieren?"

Jon nickte zustimmend. „Ja, natürlich. Du hast tagelang von nichts anderem gesprochen. Aber das ist auch schon alles, was ich über deinen Werdegang weiß." Über Davids Gesicht stahl sich ein Lächeln, bevor er weitersprach.

„Es war immer mein Traum. Mein Vater wollte gerne, dass ich ihm ins diplomatische Metier folge oder Jura studiere, aber das hat mich nie interessiert. Irgendwann hat er sich damit abgefunden, dass ich Mediziner wurde." David hob den Kopf und blickte Jon mit einem breiten Grinsen ins Gesicht. Seine Augen blitzten schelmisch.

„Du wirst es nicht glauben, aber auch dieses Studium habe ich mit Bestnoten abgeschlossen. Mit standen alle Türen offen, ich bekam sogar Angebote von renommierten Kliniken des Landes. Du weißt sicher noch, dass ich leidenschaftlich gerne im Biologieunterricht an toten Tieren rumgeschnippelt habe. So richtig in Därmen zu wühlen und blutige Innereien zu betrachten, war schon immer eine Leidenschaft von mir." Nelia schlug sich eine Hand vor den Mund und würgte. Beschwichtigen strich ihr Jon über den Rücken und zog sie an sich.

„Ruhig, mein Schatz. Ganz ruhig. Stell dir einfach einen saftigen Cupcake vor und hör nicht hin." Nelias Antwort war ein nervöses Kichern. David schüttelte verständnislos den Kopf.

„Also gut, machen wir es kurz. Ich ging in die USA, nach Rochester/Minnesota und machte meinen Facharzt in der Herzchirurgie an der Majo-Klinik. Ich spezialisierte mich auf Operationen am offenen Herzen bei Kindern und was soll ich euch sagen, mittlerweile bin ich gar nicht so schlechte auf diesem Gebiet." Nelias Würgen verstärkte sich.

„Denk an die Cupcakes, mein Engel, hörst du?" Besorgt neigte sich Jon zu seiner Frau hinunter und klopfte ihr fürsorglich auf den Rücken. Nelias Antwort bestand lediglich aus einem angewiderten Stöhnen. David blickte sie irritiert an.

„Was hat sie? Eine Herzoperation ist zwar eine blutige Angelegenheit, doch nichts, weshalb man würgen müsste. Im Gegenteil, das ist eine hoch komplizierte Arbeit." Jon funkelte seinen Freund an.

„Für dich vielleicht. Bei einer schwangeren Frau kann so was schon mal auf den Magen schlagen, glaub mir, ich weiß, von was ich rede. Da muss man mit allem rechnen." David zuckte mit den Schultern.

„Damit kenne ich mich nicht aus. Gott sei Dank!" Diese Äußerung wiederum brachte ihm die funkelnden Blicke zweier Augenpaare ein. Seufzend ließ er sich zurück auf das Sofa sinken. Von dem ganzen Frauenkram verstand er nichts und das war auch völlig in Ordnung. Man musste nicht alles wissen. Um das Gespräch auf ein anderes Thema zu bringen – eines, welches keine Würgereize hervorrief – dachte er mit im Geiste verdrehten Augen, redete er einfach weiter.

„Ich will euch gar nicht mit den ganzen Details langweilen, wer weiß schon, was die für Reaktionen hervorrufen. Fakt ist, dass ich mich kürzlich dazu entschlossen habe, nach Deutschland zurückzukehren. Die Herzchirurgische Klinik der Universität München, in Großhadern, hat mir ein

Jobangebot gemacht, das ich eigentlich nicht ablehnen kann. Deshalb bin ich hier. Ich habe übermorgen ein Vorstellungsgespräch und danach sieht man weiter. Im Flugzeug konnte ich nicht widerstehen und googelte nach deinem Namen. Du kannst dir vorstellen, wie erstaunt ich war, als ich las, dass du ein ziemlich erfolgreicher Anwalt bist und hier in München wohnst. Es hat mir einfach in den Fingern gejuckt, bei dir vorbeizuschauen.

Nachdem ich deine Privatadresse recherchiert hatte, setzte ich mich in ein Taxi und voilà, hier bin ich. Dass du Ehemann und Vater bist, wusste ich nicht." David grinste erneut über beide Backen.

„Auch das hätte mich nicht davon abgehalten, einen kurzen Stopp bei einem alten Freund einzulegen." Nelia verdrehte genervt die Augen. Auf den Anblick dieses smarten Mannes hätte sie gut und gerne verzichten können.

„Das hast du richtig gemacht, David. Du glaubst gar nicht, wie ich mich freue, dich wiederzusehen. Weißt du schon, wo du unterkommst? Wir werden uns doch noch mal treffen, bevor du zurückkreist, oder?"

„Sehr gerne, Jon. Vorausgesetzt, deine Frau hat nichts dagegen. Genaugenommen fahre ich auch gar nicht mehr zurück. Mein ganzes Hab und Gut ist bereits auf dem Wege hierher und wird in Hamburg so lange eingelagert, bis ich einen festen Wohnsitz habe. Die Vorstellung ist eigentlich nur noch eine Formsache. Die Verträge sind so gut wie unterschrieben. Ich werde mir nachher ein schnuckeliges Hotel suchen und von da aus alles Weitere organisieren. Kannst du den Hachinger Hof empfehlen? Das kleine Hotel sah ganz einladend aus, als ich vorhin vorbeifuhr."

Jon wechselte einen kurzen Blick mit Nelia, die schleichend befürchtete, was ihr Mann jetzt zum Ausdruck brachte.

„Sag mal, Nelia, David könnte doch auch in unserem

26

Gartenzimmer oben auf der Dachterrasse wohnen, bis er seine Angelegenheiten geregelt hat, was meinst du? Es ist beheizbar und hat ein kleines Bad. Das wäre doch optimal. Ich würde mich wahnsinnig freuen. Wir haben uns fast dreizehn Jahre nicht gesehen. Es gibt so vieles, was wir noch zu bequatschen hätten." Nelia blickte Jon misstrauisch an. „Also ich weiß nicht. Tina und Nick kommen heute zu Besuch und ich stehe praktisch mit einem Fuß schon in der Entbindungsklinik. Mir wird das ehrlich gesagt alles ein bisschen viel."

Nelias Reaktion auf Jons Vorschlag fiel alles andere als entzückt aus. Sie hatte sich so auf den Besuch ihrer besten Freundin Tina und ihren Mann Nick gefreut, obwohl ihr Bauch spannte und das Kreuz zwickte wie die Hölle. In Gesellschaft von den beiden musste sie sich nicht verstellen, sondern konnte auch mal die Füße auf den Tisch legen. Und jetzt drängte sich dieser David dazwischen. Von allen Zeitpunkten, die dieser verdammte Heuchler für sein unverhofftes Auftauchen hätte wählen können, war dieser der denkbar schlechteste. Was dachte Jon sich nur dabei, ihm ihre Gastfreundschaft anzubieten? Mit einer missmutig aufgesetzten Miene ließ sie Jon ganz genau wissen, was sie davon hielt.

Davids neugieriger Blick verfolgte aufmerksam den Wortaustausch des Ehepaares.

„Ich möchte natürlich keinen Unfrieden zwischen euch stiften. Danke für das Angebot, Jon. Es wäre zwar in gewisser Weise optimal für mich, aber ich verstehe deine Frau. Im Hinblick auf unsere gemeinsame Vergangenheit ist es vielleicht keine so gute Lösung." Nelia nagelte David mit ihrem Blick fest.

„Was in deiner gemeinsamen Vergangenheit mit Jon liegt, stört mich nicht, denn es ist vorbei. Jedenfalls, was Jon betrifft. Wir haben die Dinge vor langer Zeit geklärt. Wie es bei dir aussieht, weiß ich nicht. Aber ich habe keine Angst. Vielleicht bist du mir einfach nur nicht sympathisch? Hast du diesen Umstand schon einmal in Betracht gezogen?", schnaubte Nelia genervt.

David stierte zurück. Seine Stimme klang zu seinem eigenen Ärger unüberhörbar pikiert, als er antwortete: „Das hab ich, und du hast recht. Ich möchte keinen Unfrieden stiften und deshalb werde ich gehen. Es war niemals meine Absicht, mich aufzudrängen." David stand langsam auf und strich sich die Hose glatt. Er räusperte sich umständlich. Die Situation war ihm peinlich.

Jon, der ebenfalls aufstand, sichtbar nicht glücklich über die Reaktion seiner Frau, drückte ihn zurück in die Polster.

„Kommt ja gar nicht infrage. Du kannst gar keinen Unfrieden stiften, das lasse ich nicht zu. Nelia meint es nicht so. Das sind lediglich die Schwangerschaftshormone, die sie so sprechen lassen, glaube mir. Niemand besitzt ein größeres Herz als sie, und deshalb wirst du jederzeit in meiner Familie herzlich willkommen sein." Jons Blick flog zu seiner Frau, als er weitersprach.

„Das kommt nur alles etwas plötzlich, nicht wahr, mein Schatz?", hauchte er ihr ins Ohr und kraulte dabei sanft ihren Nacken. Zärtlich nahm er sie in die Arme und küsste sie auf den Mund. Nelia ließ sich frustriert an seine Brust sinken. Jons geballtem Charme hatte sie nie etwas entgegenzusetzen gehabt. Natürlich war ihr Verhalten im Moment irrational, das wusste sie selbst. Unwillig lenkte sie ein.

„Also gut, aber er soll bloß nicht glauben, dass er hier von vorne bis hinten bedient wird. Im Gegenteil." Jon grinste breit und schob seiner Frau vor Davids Augen die Zunge in den Hals. „Ich liebe dich", flüsterte er ihr leise zu, als er in den Tiefen ihrer enervierenden Sehorgane versank.

Davids Miene verzog sich diskret angewidert. Das Glück der beiden war so offensichtlich, als stünde man vor einer blinkenden Leuchtreklame. Er würde sich hüten, sich einzumischen, aber er würde auch nicht Nein sagen, wenn Jon ihn weiterhin bedrängte, seine Gastfreundschaft in Anspruch zu nehmen, die Nelia Vanderloo ihm gegenüber zweifelsohne nicht verspürte.

Jon schob Nelia vorsichtig zurück in den Sessel und drehte sich um zu David.

„Komm, du Verlorengeglaubter, lass uns dein Gepäck nach oben schaffen. Wenn es noch länger vor der Haustür steht, bekommt es Beine." David erhob sich unsicher. Mit einem entschuldigenden Blick in Richtung Nelia und einem hilflosen Schulterzucken folgte er seinem alten Schulfreund, der lange Zeit auch sein Geliebter gewesen war. Die Blicke Nelias, die ihn zu erdolchen schienen, ignorierte er geflissentlich. Für den Augenblick genoss er es, Jon wieder nahe zu sein. Es erfüllte ihn mit einer morbiden Genugtuung, dass Jon darauf bestand, ihn einstweilen aufzunehmen, auch wenn ihm die kurze Zeit seit dem Wiedersehen unweigerlich vor Augen führte, dass es keinen Weg zurück gab.

Das sogenannte Gartenzimmer erwies sich als ein gläserner Raum auf dem Flachdach dieses Gebäudes, dessen Wände man bei Bedarf öffnen oder schließen konnte. Rundherum angebrachte Jalousien ermöglichten eine gewisse Privatsphäre, sollte man diese wünschen. Ein kleiner Waschraum mit Toilette rundete dieses idyllische Kleinod ab. David war begeistert und tat das auch Jon kund.

„Danke, Jon. Ich nehme deine Einladung wirklich gerne an und hoffe, deine Frau trägt es mit Fassung." In einem Anflug von überschäumendem Enthusiasmus zog er Jon in seine

Arme und drückte ihn fest an sich. Genießerisch schloss er die Augen und atmete seinen unverkennbaren Duft ein. Erinnerungsfetzen aus der Vergangenheit schoben sich vor Davids inneres Auge, vernebelten aber nicht derart seine Sinne, als dass er nicht bemerkte, dass sich Jons Körper versteifte und er sich bemühte, ihn nicht von sich zu stoßen. Sofort ließ David los. Ein Blick in das Gesicht Jons zeigte ihm, dass ihre gemeinsame Vergangenheit unwiederbringlich auch dort bleiben würde. Nämlich in der Vergangenheit. Beschämt senkte er den Blick. Er wollte seinen Freund auf keinen Fall in Verlegenheit bringen.

Jon atmete tief durch, griff sich ins Haar und wendete sich ab.

„David, wenn das Ganze funktionieren soll, dann lass das bitte. Unsere gemeinsame Zeit ist lange vorbei und wird niemals wiederkehren. Ich liebe Nelia, und ich liebe meine Kinder. Daran wird sich nie etwas ändern. Akzeptiere es oder geh." Stumm schauten sie sich in die Augen. Was David in den bernsteinfarbenen Tiefen seines Gegenübers las, ließ ihn resignieren und zu Boden blicken. Verstehend nickte er.

„Tut mir leid. Ich habe mich nur einfach so gefreut. Es wird nicht wieder passieren. Versprochen." Stumm nickte Jon.

„Dann sind wir uns einig. Freunde, ohne Hintergedanken?" Wieder nickte David ernst. „Freunde, ohne Hintergedanken."

In den nächsten Tagen versuchte David, Nelia so gut es ging aus dem Weg zu gehen. Ein Unterfangen, das ihm mehr schlecht als recht gelang. Die gegenseitigen Vorbehalte ließen sich nicht so einfach aus der Welt schaffen. Jon verbrachte die meiste Zeit in der Kanzlei, um möglichst viele Termine vor der Geburt abzuarbeiten. Die lebhafte Nachkommenschaft von Jon und Nelia schien noch dazu einen Narren an ihm gefressen zu haben. Sam schaffte es immer wieder, ihn ins Spielzimmer zu lotsen und „Angriff der Sternenkrieger" mit ihm zu spielen. Zugegebenermaßen bereitete ihm das einen Höllenspaß. Zu süß waren auch die niedlichen Zwillingsmädchen Charlotte und Leona, die ihre Filly-Pferdchen auf ihm reiten ließen und ihm die Haare frisierten. Als sie aber energisch versuchten, ihn dazu zu überreden, ein Prinzessinnenkostüm überzuziehen, war Schluss. Er mochte zwar auf Männer stehen, deshalb ließ er sich aber noch lange nicht in Weiberfummel stecken und die Fingernägel lackieren. Nelia hatte seine Flucht aus dem Kinderzimmer mit einem teuflischen Grinsen quittiert, diese kleine Hexe.

Im Großen und Ganzen kamen sie aber miteinander aus. Hin und wieder half er ihr beim Kochen und beim Abwasch, brachte den Müll nach unten und passte auf, dass er nicht unnötig Arbeit verursachte. Einen großen Teil des Tages verbrachte er sowieso außerhalb. Eine Wohnung musste gesucht werden, Vorabtermine standen im Terminkalender und organisatorische Dinge, die seinen Ortswechsel betrafen, mussten erledigt werden.

Nach ein paar Tagen nahm ihn Jon des Abends zur Seite und bat ihn, in den nächsten Tagen etwas intensiver nach Nelia zu sehen. Ein komplizierter Fall forderte seine umgehende Anwesenheit vor dem Bamberger Amtsgericht. Er musste für drei Tage fort, wagte aber nicht, Nelia so kurz vor der Geburt allein zu Hause zu lassen. Schwiegermutter Irmi schaute zwar tagsüber nach den Kindern, aber nachts wollte sie in ihrem eigenen Bett schlafen.

Nun gut, wenn es Jon beruhigte, würde er natürlich ein besonders wachsames Auge auf seine Frau werfen. Ob seine Präsenz Nelia behagte, konnte er nicht beurteilen, aber er schuldete Jon diesen Gefallen.

Ein Gutes hatte die Sache. Es bewahrte ihn einstweilen davor, doch noch in ein Hotel ziehen zu müssen, denn die neue Wohnung, für die er gestern den Mietvertrag unterschrieben hatte, konnte er erst Anfang des nächsten Monats beziehen, also in ca. drei Wochen. Und wer wusste schon, ob es ihm in den kommenden Tagen nicht doch noch gelang, die Hausherrin so weit für sich zu gewinnen, als dass sie ihm erlaubte, bis zum Umzug seine Koffer hier zu belassen. Das wäre die bequemere Lösung.

David erwachte aus einem unruhigen Traum. Irgendetwas hatte ihn geweckt. Verschlafen rieb er sich über das Gesicht und richtete sich schwerfällig auf. Nur mühsam fanden seine trägen Gedanken zurück in die Wirklichkeit und machten den Grund für diese nächtliche Störung aus, die in einem lauter werdenden Klopfen an der Tür bestand. Ein kurzer Blick auf seine Uhr sagte ihm, dass es sich um eine dringende Angelegenheit handeln musste. Wer wagte es schon, um halb vier, mitten in der Nacht, grundlos an eine fremde Schlafzimmertür zu hämmern. Nelia.

Mit einem Ruck saß er kerzengerade auf der weichen Unterlage, schwang die Beine aus dem Bett und hastete zur Tür. Unzeremoniell riss er den Eingang auf und starrte in das bleiche Gesicht der Frau seines Freundes. In ihrem weißen, kurzen Nachthemd und dem riesigen Bauch, den sie vor sich herschob, sah sie aus wie ein übergewichtiger Albino-Kürbis. Ihre silbergrauen Augen starrten ihm ängstlich entgegen und ihre Lippen zitterten verdächtig. Beide Arme hatte sie um ihren Bauch geschlungen, als wollte sie den kostbaren Inhalt schützen.

Eine unliebsame Ahnung kroch in ihm empor. Eine Ahnung, die stehenden Fußes bestätigt wurde.

„David, ich glaube, du musst mich in die Klinik fahren. Es ist bald so weit."

Worte, die eine Vermutung zur Gewissheit werden ließen. Entsetzen breitete sich in Davids Gesicht aus, gemischt mit einer Prise Panik. Was hieß denn hier eigentlich „es ist bald soweit"? Eine Stunde? Eventuell morgen? Jetzt gleich? In einer Geste der Hilflosigkeit strich er sich durch das Haar und seine erste Reaktion erweckte nicht gerade das

Vertrauen der Hilfe suchenden Frau, die vor ihm stand. Fluchend entwischte ihm das ausdrucksstarke Wort „Scheiße".

Das Zittern von Nelias Lippen wurde zu einem Beben, und sie brach in haltloses Schluchzen aus. Schuldbewusstsein durchflutete David. Der Umgang mit Frauen hatte ihn schon immer verunsichert. Waren sie dazu noch schwanger und standen heulend vor ihm ...

Dieser Gedankengang wiederum brachte Bewegung in Davids erstarrte Glieder. Die vorhandene Panik schlug in Aktionismus um. Er atmete hektisch ein und aus. Ruhig bleiben, immer mit der Ruhe, alter Junge, redete er sich im Geiste selber Mut zu. Du bist Arzt, du hast schon ganz andere Fälle erlebt und gemeistert. Durch schiere Willensstärke versuchte er, sich zu beruhigen, um wenigstens einen kleinen Hauch von Zuversicht auszustrahlen. Unbeholfen trat er an Nelia heran und zog sie in eine ungeschickte Umarmung. Tausend Vorstellungen der einen und auch der anderen Art schossen ihm durch den Kopf.

Er hatte Jon versprochen, auf seine Frau aufzupassen, in den drei Tagen, die er kurzfristig geschäftlich nach Bamberg musste. Warum hatte dieser Idiot bei der Terminplanung nicht besser hingesehen. Drei Wochen vor der Niederkunft seiner Frau hätte er mit seinem knackigen, kleinen Hintern auch zu Hause bleiben können. Bestimmt wäre es möglich gewesen, einen Ersatzmann zu schicken. Er war schließlich nicht der einzige Anwalt in dieser gottverdammten Kanzlei. Nun stand er hier, hielt die Frau des Freundes im Arm, die im Begriff stand, in Stundenfrist ein Kind zur Welt zu bringen, und er musste die Bescherung für ihn auslöffeln. Als das Wort Bescherung seine Gedanken streifte, entschlüpfte ihm ein hysterisches Kichern. Eine schöne Bescherung.

34

Der bebende Körper in seinen Armen beruhigte sich allmählich. Nelia war zugegebenermaßen ein süßes, warmherziges Ding. David seufzte. Nun ja, wenn es nicht gerade um „Ihn" ging. Bei den Blicken, die sie ihm hin und wieder zuwarf, hätte wohl jeder andere bereits Reißaus genommen. Aber nicht er.

David verstand die Sorgen und die Vorbehalte, die sie seiner Person gegenüber hegte. Er mochte Nelia trotz allem, und er war sich sicher, dass sie ihn auch sympathisch finden würde, sähe sie über seine gemeinsame Vergangenheit mit Jon hinweg.

Irgendwie verstand er Jons Obsession, wenn es um seine beständig wachsende Familie ging. Dass sich Nelia nun so vertrauensvoll an ihn schmiegte und ausgerechnet auf seine Hilfe hoffte, rührte ihn, bereitete ihm aber auch Unbehagen. Die Situation war einfach irreal. Da stand er nun, halb nackt, lediglich bekleidet durch eine winzig kleine Unterhose und hielt die hochschwangere Frau seines Freundes im Arm. So wie es aussah, stand ihm die ehrwürdige Aufgabe zu, ihr bei der bevorstehenden Niederkunft zur Seite stehen zu müssen. Gezwungenermaßen. Er, der mit Frauen nichts anfangen konnte, zum Leidwesen und Scham seiner konservativen Eltern.

Als Herzchirurg hatte er nicht wirklich eine Ahnung, wie man mit einer Gebärenden umging, und ehrlich gesagt war er keinesfalls scharf drauf, diese Wissenslücke zu schließen. Zuckende Innereien und Ströme von Blut bereiteten ihm nicht das geringste Unwohlsein, im Gegenteil. Da fühlte er sich in seinem Element. Er spürte eine Aura der Macht, der Überlegenheit, die ihn bei der Ausübung seines Berufes umgab. Die Fähigkeit zu besitzen, Leben zu schenken, dem Tod ein Schnippchen zu schlagen, obwohl er schon gierig nach seinen Opfern griff, war wie eine süchtig machende

Droge. Und er der davon abhängige Junkie.

Eine kurz vor der Niederkunft stehende Frau versetzte ihn hingegen in einen Zustand des puren Grauens. Aus dieser Nummer kam er so schnell nicht heraus. Falsch, da kam er gar nicht raus. Seit er in München war, blieb ihm weiß Gott nichts erspart. Man konnte es drehen und wenden, in welche Richtung man auch wollte. Es galt, einen kühlen Kopf zu bewahren.

Entschlossen drehte er Nelias Gesicht in seine Richtung und blickte sie ernst an.

„Du musst mir sagen, was ich machen soll. Ich habe zwar keine Ahnung vom Kinderkriegen, aber ich werde alles tun, was in meiner Macht steht, damit wir diese Angelegenheit reibungslos über die Bühne bringen. Vertrau mir."

Nelias Schluchzen versiegte. Dankbar nickte sie. In diesem Falle musste sie sich auf David verlassen. Unsicher informierte sie ihn über den momentanen Zustand ihrer bald endenden Schwangerschaft.

„Meine Fruchtblase ist geplatzt, das bedeutet, dass meine Wehen bald einsetzen werden. Eigentlich spüre ich schon ein leichtes Ziehen. Da es unser viertes Kind ist, vermute ich, dass es diesmal schnell gehen wird. Es bleibt wohl nicht mehr viel Zeit." David riss die Augen auf und stöhnte. „Oh mein Gott!"

Hastig rannte er zurück ins Zimmer, griff hektisch nach seiner Jeans und einem T-Shirt. Ununterbrochen kamen die wildesten Flüche über seine Lippen, von denen er schuldbewusst hoffte, Nelia möge ihnen keine Beachtung schenken. Innerhalb einer Minute war er fix und fertig angezogen und startklar, so gut es eben ging. Nelia starrte ihn mit geöffnetem Mund an, als er sie am Arm packte und die Treppe nach unten zog. Unwillig entriss sie ihm ihren Arm und stemmte ihre Füße in den Teppichboden.

„Hast du den Verstand verloren? Mach doch nicht so eine Hektik. Ich werde das Kind schon nicht im Wohnzimmer verlieren." Davids Augen weiteten sich in stummem Entsetzen angesichts eines solchen Szenarios und er griff erneut nach ihrem Arm. Nervosität pulsierte durch jede Zelle seines Körpers und ließ ein rationales Denken nur schwerlich zu.

„Mal den Teufel nicht an die Wand!", zischte er hysterisch. Nelia verdrehte die Augen.

„Das war ein Scherz, David. Du machst mich ganz kirre. Ich ziehe mich jetzt an und hole meine Kliniktasche. Dann steigen wir ins Auto und fahren los. O. k.?" David atmete tief durch und nickte.

„O. k. Entschuldige, aber ich glaube, ich dreh gerade durch. Diese Situation ist total neu für mich." Nelia grunzte genervt.

„Wenn du an deinen Herzpatienten genauso hektisch rumschnippelst, liegt deren Überlebenschance höchstens bei einem Prozent, wenn überhaupt!"

David funkelte Nelia böse an, getroffen, dass sie an seinen Fähigkeiten als Chirurg zweifelte. „Damit scherzt man nicht."

Nelia winkte müde ab und watschelte zurück in ihr Schlafzimmer, um sich ebenfalls anzuziehen. Ihr stand nicht der Sinn danach, mit David zu diskutieren. Die Geburt stand unmittelbar bevor und sie würde dem lieben Gott auf Knien danken, sobald sie dieser seltsame Vogel wohlbehalten in der Geburtsklinik abgeliefert hatte. Jon und sie hatten das Haus vorher sorgfältig ausgewählt. Dieses Mal wollten sie kein Risiko eingehen. Erinnerungen an die zurückliegenden Entbindungen stiegen auf.

Bei Sam hatten sie sich für eine Hausgeburt entschieden, die Jon vor lauter Aufregung nur halb mitbekam, da er kurzfristig das Bewusstsein verlor, angesichts ihrer unüberhörbaren Schmerzen und der vielen, blutverschmierten Flüssigkeiten, die eine Geburt nun mal mit sich brachte. Von einer großen Hilfe konnte man nicht sprechen, im Gegenteil. Am Ende war er es, dem man unter die Arme greifen musste. Im Nachhinein nahm sie die damalige Situation mit Humor und zog ihn hin und wieder damit auf. Das wiederum fand ihr Ehemann gar nicht zum Lachen.

Die Zwillinge sollten das Licht der Welt in einer Klinik erblicken. Erstens stellte eine Zwillingsgeburt immer ein gewisses Risiko dar, das man nicht eingehen wollte, und zweitens hatte man aus den schlechten Erfahrungen einer Niederkunft im eigenen Heim gelernt. Lächelnd musste Nelia zugeben, dass sich Jon mehr als tapfer gehalten hatte. Diesmal wusste er, was auf ihn zukam, und er hatte sich akribisch auf den Ernstfall vorbereitet. Tapfer hatte er ihre Hand gehalten. Das gab ihr die Kraft, die sie brauchte, um die Sache gleich zweimal durchzustehen. Die Wahl des nächstgelegenen Krankenhauses hatte sie aber keinesfalls zufriedengestellt. Richtig gut aufgehoben fühlte man sich damals nicht.

Diesmal sollte alles perfekt sein, und Jon hatte stundenlang im Internet recherchiert. Auf die Empfehlung eines Anwaltskollegen hin entschieden sie sich am Ende für eine Klinik in Starnberg, die weithin einen ausgezeichneten Ruf besaß und von Unterhaching aus gut und schnell zu erreichen war.

Warum musste dieses Kind ausgerechnet jetzt kommen, da ihr Göttergatte durch Abwesenheit glänzte. Bis zum eigentlichen Geburtstermin waren es noch drei Wochen. Sogar die Zwillinge hatten es bis kurz vor dem errechneten Termin in ihrem Leib ausgehalten. Ungewöhnlich für eine Zwillingsgeburt. Dieses hier aber drängte ungestüm ins

Leben. Nelia wollte Jon. In seinen Armen konnte sie sich entspannen und der Geburt gelassen entgegensehen. Alles war bis ins kleinste Detail geplant. Und nun?

Anstatt ihres geliebten Mannes musste sie mit David vorliebnehmen. Ausgerechnet David. Ungewollt schossen ihr Tränen in die Augen. Genau in diesem Moment zog sich ihr Leib schmerzhaft zusammen und Nelia stieß überrascht einen Schmerzensschrei aus. Schützend umklammerte sie ihren Bauch und stemmte sich mit einer Hand gegen den Türrahmen. Langsam wurde es ernst. Hastig näher kommende Schritte zeugten davon, dass auch David gehört hatte, wie es um sie stand. Besorgt umfassten sie zwei Hände an den Schultern und drehten sie um. „Was ist los, Nelia? Geht es?" Fast hätte Nelia losgelacht, als sie den besorgten Blick Davids sah, in dem deutlich ein Anflug von Angst zu lesen war. Doch andere Sachen standen im Vordergrund.

Ein unwilliges Nicken war ihre Antwort. Wie konnte man nur so dämlich fragen angesichts ihres Zustandes. Eine bissige Antwort schluckte sie herunter. Auf keinen Fall durfte sie ihn beunruhigen. Schließlich musste er noch unfallfrei zur Klinik fahren.

Man konnte es drehen und wenden wie man wollte. Sie brauchte David heute Nacht, trotz aller Vorbehalte, die sie immer noch gegen ihn hegte. Die Sache mit dem Kinderkriegen schien ihn ziemlich mitzunehmen, da durfte man den armen Kerl nicht noch mehr verschrecken.

Umständlich schlüpfte Nelia in ihren bequemen Jogginganzug. David stand neben ihr und beäugte die Schwangere wie eine hochexplosive Granate. Hilfsbereit reichte er ihr die Kleidungsstücke und zog ihr sogar die Hose über den Bauch. Nelia beobachtete ihn dabei. Die Beklommenheit stand ihrem Helfer deutlich im Gesicht geschrieben, aber er schien festen Willens, ihr zur Seite zu stehen. Mehr konnte sie nicht verlangen. Bis hierher waren sie ein gutes Team. Es würde schon alles gut gehen.

Als sie bereit war, hakte sie sich bei David unter und bedeutete ihm, ihre Tasche zu nehmen. Mittlerweile hatten sich seine Nerven beruhigt und er befolgte ohne weitere Nachfragen ihre Anweisungen.

In der Garage kletterte Nelia unter Davids fürsorglicher Mithilfe in den Porsche Cayenne und sank ächzend in die Lederpolster zurück. Mit einem Auge beobachtete sie misstrauisch Davids ungeschickte Bemühungen an den Armaturen. Was trieb der Kerl denn da? Nach einer kurzen Zeitspanne richtete er seinen unschuldigen Dackelblick fragend in ihre Richtung.

„Kannst du mir vielleicht sagen, wie man das verdammte Ding startet? Wo ist denn das Zündschloss?" Charmant zog er die Augenbrauen nach oben und setzte ein hilfloses Grinsen auf. Nelia blickte ihn ungläubig an. „Hast du überhaupt einen Führerschein?" David grunzte unwillig.

„Natürlich hab ich den. Allerdings ist es seit Jahren das erste Mal, dass ich in einem Auto sitze und selber fahren musste. Das war in den Staaten nie nötig und hier in Deutschland hatte ich bis jetzt noch keine Gelegenheit, mich um einen fahrbaren Untersatz zu kümmern. Ich bin erst seit einer Woche hier, das weißt du doch."

Frustriert schloss Nelia die Augen und stieß die Luft langsam aus. Das hörte sich alles andere als gut an. Nein, ganz und gar nicht. Nur die Ruhe bewahren, sprach sie sich selber Mut zu.

Kurz und präzise weihte sie David in die Bedienungsgeheimnisse des nagelneuen Geländewagens ein. Er nickte und befolgte reibungslos ihre Anordnungen. Wenigstens war er nicht schwer von Begriff. Das ließ Nelia auf einen guten Ausgang dieser Geschichte hoffen. Als der PS-starke Motor schnurrte wie ein Kätzchen, atmete Nelia erleichtert auf.

Mit sicheren Griffen startete sie das eingebaute Navigationsgerät, in dem bereits die Daten der Wegstrecke bis zur Klinik gespeichert waren. Es konnte losgehen.

David studierte kurz den Fahrweg auf dem Bildschirm, um eine grobe Vorstellung zu haben, in welche Richtung es ging und fuhr los. Präzise beschied ihm eine künstliche Stimme, welchen Weg er einschlagen und welche Abzweigung er nehmen musste. Allmählich entspannten sich Davids verkrampfte Muskeln.

Die nächtlichen Straßen waren gespenstisch leer, sodass man gut vorankam. Davids prüfender Blick flog hin und wieder nach rechts, um Nelias Verfassung einzuschätzen. Ging es ihr gut? In den letzten Minuten stöhnte sie öfters, klammerte sich verspannt am Türgriff und an der Armlehne fest, das entging ihm keinesfalls. Krampfhaft versuchte sie, ein Keuchen zu unterdrücken, wenn erneut eine Wehe über sie hinwegrollte. Schweißperlen standen auf ihrer Stirn. Davids Ausdruck wurde zusehends besorgter. Eine abwägende Musterung des Navigationsgerätes sagte ihm, dass mindestens noch die Hälfte des Weges vor ihnen lag. Nelias wimmernde Laute kamen häufiger und intensiver. Man brauchte kein Medizinstudium, um zu wissen, dass nicht mehr viel Zeit blieb. Eine Entscheidung musste getroffen werden. Mit einem gotteslästerlichen Fluch fuhr er rechts ran und überprüfte erneut die Fahrstrecke.

„Wir nehmen eine Abkürzung", beschied er Nelia kurz entschlossen. „Wenn wir an der nächsten Abzweigung rechts abbiegen, sparen wir gut fünf Kilometer Fahrweg."

Nelia beäugte zweifelnd das Navi, nickte dann aber zustimmend, nachdem sie die Strecke selber noch einmal geprüft hatte.

„Das müsste passen, denke ich." Eine erneute Wehe raste über Nelia hinweg und automatisch fing sie an zu hecheln. Mit einem panischen Seitenblick und durchgetretenen Gaspedal lenkte David den großen Geländewagen zurück auf die Fahrbahn und beschleunigte das Tempo.

Seine flehenden Gedanken, die aus einem einzigen Wort bestanden, das sich in einer Endlosschleife aneinanderreihte, sandte er pausenlos gen Himmel. „Bitte, bitte, bitte …"

Mit quietschenden Reifen bog er einen Kilometer weiter nach rechts ab, der ausgespähten Abkürzung folgend. Sofort meldete sich eine elektronische Damenstimme, die ihn ununterbrochenen aufforderte: „Bitte bei der nächsten Möglichkeit wenden. Bitte bei der nächsten Möglichkeit wenden." Genervt drehte David die Lautstärke runter. Konnte das verdammte Ding nicht endlich seine Klappe halten?

Nelia saß mit unergründlicher Miene neben ihm. Sie war mit sich und der bevorstehenden Geburt beschäftigt, sodass sie nicht weiter auf ihn achtete. Gott sei Dank. Davids Unsicherheit stieg. Das dunkle Schwarz des Horizonts ging bereits in tiefes Grau über. Der asphaltierte Untergrund der Abkürzung verwandelte sich urplötzlich in eine Schotterpiste und die Wegbegrenzungen fielen gänzlich weg. In der aufsteigenden Morgendämmerung nahm David wenigstens den weiteren Verlauf des Weges wahr.

„Wann sind wir denn endlich da, David. Ich glaube, ich halte es nicht mehr lange aus. Es drückt bereits furchtbar nach unten." David erbleichte. Ein „Verdammt" war alles, was er zwischen den zusammengepressten Zähnen hervorstoßen konnte. Im selben Augenblick erschien wie von Zauberhand eine Straßensperre vor ihnen, sodass David gezwungen war, eine Vollbremsung hinzulegen, da ihn seine Gedanken völlig abgelenkt hatten. Nelia wurde in den Gurten nach vorne geschleudert und schrie. David erbleichte um eine weitere Nuance. Besorgt griff er nach Nelia.

„Ist alles gut? Hast du dich verletzt?"

Nelia atmete ein paarmal tief durch und schüttelte mit dem Kopf. Mittlerweile wurden die Schmerzen von Minute zu Minute unerträglicher und die Wehen überrollten sie in immer kürzeren Abständen. Ein untrügliches Zeichen, dass die Geburt unmittelbar bevorstand. David versuchte mühsam, die Ruhe zu bewahren.

„O. k. Pass auf. Ich wende und fahre wieder zurück. Dann nehmen wir den ursprünglichen Weg und hoffen, dass wir rechtzeitig ankommen. Es wird alles gut, das verspreche ich dir." Zweifelnd blickte Nelia in Davids angespanntes Gesicht, das seine Beruhigungsversuche Lügen strafte. Ergeben nickte sie. Was sollte sie auch sonst tun. Beten und Hoffen. Unter höchster Eile wendete David den großen Wagen und gab Gas. In der aufkommenden Hektik legte er den Rückwärtsgang ein und schoss mit hohem Tempo zurück, direkt auf den abschüssigen Acker einer Wiese. Nelia rang erschrocken nach Luft. Das fehlte gerade noch! Aufgeregt schaltete David hoch in den ersten Gang und gab erneut Gas. Der Motor heulte auf, die Räder drehten durch, genauso wie der Fahrer, als er sein Missgeschick bemerkte. Verzweifelt schlug David auf das Lenkrad, während er ununterbrochen „Verdammte Scheiße" schrie.

Nelia saß erstarrt neben ihm und fing an zu schluchzen. Entschlossen gab David noch einmal Gas, machte aber die Sache dadurch noch schlimmer. Tief gruben sich die Räder in die verschlammten Grasnarben der nassen Wiese. Der Wagen setzte sich weder nach vorne noch nach hinten in Bewegung. Kurzum, es ging gar nichts mehr. Frustriert sank

Davids Kopf nach vorne auf das Lenkrad, das er mit beiden Händen umklammerte.

„Dafür schneidet mir Jon die Eier mit einem stumpfen Messer ab", murmelte er verdrießlich vor sich hin. Neben ihm keuchte Nelia.

„Das hättest du wohl gerne, du Perversling. Wenn du nicht auf der Stelle was unternimmst, erledige ich deine Kastration gleich vor Ort, und zwar höchstpersönlich! Tu endlich was!" David zischte zurück: „Ist ja schon gut! Ich gebe mir wahrlich Mühe!"

„Pah!", ätzte Nelia. „Wohin uns deine fragwürdigen Bemühungen führen, sieht man ja! Direkt in einen Pfuhl aus Schlamm. Da kann man ja froh sein, dass wir nicht auf einem Misthaufen gelandet sind, denn dann säßen wir im wahrsten Sinne des Wortes in der Scheiße. Genau genommen befinden wir uns nämlich inmitten solcher! Du und deine Fahrkünste!"

Genervt schüttelte David den Kopf und schnaubte frustriert.

„Kannst du nicht endlich mal aufhören zu lästern, Frau? Hast du gerade keine anderen Probleme?" Neben ihm gab Nelia würgende Geräusche von sich.

„Oh Gott, David, ich glaube, ich halt das nicht mehr lange aus. Ich habe Angst. Was machen wir denn jetzt bloß?" Hemmungslos fing Nelia an zu schluchzen, voller Furcht und einer Spur Verzweiflung. Davids Gedanken rasten. Er musste unter allen Umständen ruhig bleiben. Panik half kein Stück weiter. Auch keine verbalen Entgleisungen, die einzig und allein dem Stress geschuldet waren. Zunächst einmal musste er Nelia beruhigen. Er schnallte sie ab und zog sie in seine Arme.

„Bleib ganz ruhig, Kleines. Wir schaffen das schon. Ich rufe jetzt einen Rettungswagen und du atmest ruhig und gleichmäßig ein und aus, so wie du es bei den

Geburtsvorbereitungen gelernt hast. Keine Angst, ich bin Arzt, schon vergessen?" Nelia grunzte verdrossen.

„Ich bekomme ein Kind und brauche kein neues Herz!" Ärgerlich musterte David das verschwitzte Gesicht und das zerzauste Haar seiner Beifahrerin, die in Minutenfrist gebären würde.

„Was Besseres bekommst du im Moment leider nicht", beschied er sie. „Du wirst dich schon mit meiner Wenigkeit begnügen müssen." David schob Nelia vorsichtig zurück in den Sitz und stieg aus, um zu telefonieren. Nachdem er mehrmals wild auf seinem Smartphone herumgehämmert hatte, starrte er ungläubig auf sein Hightech-Handy und fluchte.

Kein Empfang. Das durfte doch nicht wahr sein. Hastig rannte er hin und her, hüpfte hoch, stieg auf das Auto, aber das Ergebnis blieb das gleiche. Kein Empfang. Das konnte doch nur ein schlechter Scherz sein. So was gab es nur im Film. Niemals im realen Leben! Und schon gar nicht in seinem Leben. Himmelherrgott noch mal! Hilflos fuhr er sich durch das Haar. Niemals zuvor war er sich so ohnmächtig vorgekommen wie in diesem Moment. Nelia krümmte sich erneut auf dem Beifahrersitz und schrie. Ihr Schreien ging nahtlos in haltloses Wimmern über.

Ein Schauer des Grauens überlief ihn. Die Situation drohte ihm aus den Händen zu gleiten. Entschlossen biss David die Zähne zusammen. Jetzt bloß nicht die Nerven verlieren, es galt, einen kühlen Kopf zu behalten und die Gedanken zu sortieren. Die Dinge lagen nun einmal so, wie sie lagen. Man musste tun, was zu tun war.

Mit langen Schritten ging er hinüber zur Beifahrertür, um sie zu öffnen. Tränenüberströmt saß Nelia im Sitz und blickte ihn verzweifelt an.

„Was machen wir denn bloß, David?" Zeitgleich schrie sie

erneut auf, als eine weitere Wehe sie erfasste.

In diesem Moment überkam David die Ruhe des routinierten Operateurs und ließ ihn handeln. Vorsichtig legte er seine Hände um ihr Gesicht und redete eindringlich auf sie ein. „Ich werde dir jetzt sagen, was wir tun. Ich helfe dir beim Aussteigen. Dann klappe ich die Rückbank um und mache es dir schön kuschlig und bequem. Alles wird gut. Du wirst schon sehen. Wir bereiten uns gemeinsam auf diese Geburt vor. Es wäre doch gelacht, wenn wir beide das nicht auch ohne fremde Hilfe schaffen, was meinst du? Du bist schließlich Profi. Nach drei gesunden Kindern solltest du genug Routine besitzen, auch das vierte herauszupressen. Und ich bin immerhin ein aufsteigender Stern am Himmel der Kinderherzchirurgie", fügte er augenzwinkernd hinzu. „Jede Wette, dass wir zwei Hübschen diesen neuen Erdenbürger problemlos im Leben willkommen heißen werden, denkst du nicht auch?"

Nelia schluckte. Der Idiot hatte ja keine Ahnung, von was er redete. Der eingebildete Arsch tat gerade so, als ob es sich bei dem Ganzen um einen harmlosen Morgenspaziergang handelte. Er musste ja nicht ein sieben Pfund schweres Lebewesen aus sich herauspressen.

Das war es nun also. Monatelang hatte sie mit Jon nach einer passenden Klinik gesucht, alle Optionen abgewogen, zahllose Vorbereitungen für einen reibungslosen Ablauf getroffen, und nun standen sie hier. Jon trieb sich geschäftlich in Bamberg herum, sein ihr unliebsamer, schwuler Freund hatte sich mit dem neuen Auto auf einer schlammigen Wiese festgefahren und die Geburt war sozusagen schon in vollem Gange. Es gab keinen Handyempfang, eine Ambulanz war noch nicht einmal unterwegs, um Hilfe zu leisten, die Hebamme in weiter Ferne und ein Herzchirurg, der einer Geburt im Ladebereich eines Luxusautos mit einem Anflug von Panik in den Augen entgegensah, würde ihr dabei helfen, das Kind auf die Welt zu bringen. Nelia brach in ein hysterisches Gelächter aus. Ein vernichtender Blick Davids streifte sie, der sie sofort verstummen ließ.

„Wir haben keine andere Wahl, Baby", fuhr er sie an, „also reiß dich zusammen. Wenn ich es kann, kannst du es auch!" Nelia starrte ihn sprachlos an. So ein Armleuchter!

David stapfte mehr oder weniger beleidigt davon, öffnete die Heckklappe, kletterte in den Kofferraum und zog an verschiedenen Hebeln, sodass die Rückenlehne der hinteren Bank nach vorne klappte. Dadurch entstand eine einigermaßen breite Liegefläche, die er mit zwei im Auto befindlichen Wolldecken auslegte, um für ein gewisses Maß an Bequemlichkeit zu sorgen.

Bevor Nelia erneute Panik erfasste, legte David einen Arm um ihre nicht vorhandene Taille, hievte sie vom Beifahrersitz des Autos, um sie hinten erneut reinzuschieben und auf die entstandene Liegefläche zu betten. Er zog die gepackte Geburtstasche aus dem Fußraum und arrangierte sie unter Nelias Kopf.

„Entspann dich, Kleine. Wir werden die Sache schon schaukeln." Nelia antwortete ihm mit einem lauten, schmerzerfüllten Schrei. Dabei schob sie sich geringfügig in eine sitzende Position und umklammerte ihren Leib.

„Oh Gott! Ich glaube, ich muss pressen", keuchte sie durch zusammengebissene Zähne.

Hektisch kroch David zu ihr auf die wollige Unterlage und tastete ratlos über den mächtigen Leib. Seine Gedanken rasten.

Denk nach, David, denk nach. Was hast du über Geburten während deines Studiums gelernt, denk nach, spornte er sich im Geiste selber an. Die Antwort wusste er reinen

Gewissens nur allzu gut. Nicht viel, David, nicht viel! Falls doch, hast du alles vergessen.

Beruhigend versuchte er, auf Nelia einzureden. Erzählte ihr in ständiger Wiederholung, dass alles gut werden würde und sie sich keine Sorgen zu machen brauchte. Das, was er wirklich dachte, tat er ihr lieber nicht kund.

„David, ich glaube, du musst mir die Hose ausziehen, damit das Kind raus kann." Schweißbedeckt und stöhnend krallte sich Nelia in sein Shirt. David schluckte unbehaglich, griff aber nach dem Hosenbund und zog umständlich an dem elastischen Kleidungsstück. Natürlich musste das Ding runter. Wie sonst sollte dieses Kind das Licht der Welt erblicken? Das war das erste und das letzte Mal, dass er einer Frau die Hose vom Leib schälte, das schwor er sich. Nun ja, es funktionierte auch nicht anders als bei einem Kerl. David schob diese blödsinnigen Gedanken beiseite. Eine Geburt stand bevor, keine erotischen Spielereien.

Befreit von der störenden Kleidung zog Nelia instinktiv die Beine an, umklammerte mit beiden Händen die Knie und begann zu pressen. Dabei schrie sie so laut es ihr möglich war. Das entspannte, gab dem Schmerz ein Ventil. Schweißperlen standen ihr auf der Stirn und Körpernässe durchdrang ihr Shirt. David starrte paralysiert auf ihre intimste Stelle, konnte nicht fassen, was sich zwischen den Schenkeln seiner Schutzbefohlenen tat. Für einen kurzen Augenblick hatte er den dunklen Ansatz eines Haarschopfes erspäht, bevor ihn die Öffnung des Geschlechtes erneut schützend umschloss. Faszinierend.

Die Wehe ging vorüber und Nelia lehnte sich schwer atmend zurück. Das Kind würde auf einer Wiese im Nirgendwo zur Welt kommen, geboren im Ladebereich eines Autos, das stand unumstößlich fest. Ihr Blick fiel auf David, der immer noch ihren entblößten Unterleib mit weit aufgerissenen

Augen anstarrte. Zynisch verzog Nelia ihren Mund.

„Es kommt wohl nicht oft vor, dass du das Geschlecht einer Frau betrachtest, hm?" Griesgrämig funkelte er Nelia an, die in diesem vorangeschrittenen Stadium der Geburt mit gespreizten Beinen vor ihm lag. Nun, mit einem Kopf von der Größe einer Kanonenkugel zwischen den Beinen konnte man der Schamhaftigkeit schlecht Genüge tun.

„Freiwillig tue ich das bestimmt nicht. Sei versichert, dass sich dieser Umstand nicht so schnell wiederholen wird." Nelia musterte David. Eigentlich tat er ihr leid. Er sah ziemlich mitgenommen aus. Irgendwie konnte sie sein Unbehagen sogar verstehen. Sie brauchte ihn jetzt und er tat, was ihm möglich war. Mehr noch. Dafür dankte sie ihm. Für seine Neigung konnte er nichts. Niemand sollte ihn deshalb aufziehen. Sie schon gar nicht.

Gerade als sie einlenkende Worte aussprechen wollte, rollte erneut eine Wehe über sie hinweg. Ohne weiter nachzudenken, griff sie David an den Oberarmen und kreischte so laut sie konnte. Das gab dem armen Kerl den Rest.

„Oh Gott", keuchte er, blass wie ein Laken. Sein Blick bohrte sich konzentriert zwischen Nelias weit gespreizte Beine und erstaunt riss er die Augen auf.

„Es sieht aus, als liegt der Kopf bereits direkt vor dem Ausgang. Dann mal los, Lady. Bei der nächsten Wehe musst du fest pressen." Nelia griff in die Seitentasche, der hinter ihr stehenden Tasche und hielt ein kleines Fläschchen Öl in der Hand.

„David, massiere bitte etwas von dem Öl hinter meine Scheide. Ich habe Angst, dass der Damm reißt, das könnte unangenehm werden." Entgeistert starrte David sie an.

„Das ist doch wohl nicht dein Ernst, oder? Kannst du das nicht selber erledigen?" Nelia schnaubte und giftete ihn an.

„Ich komme im Moment noch nicht mal in die Nähe meiner Muschi. Falls du es nicht bemerkt hast, liegt ein riesengroßer Kürbis als Hindernis dazwischen. Mach schon, du bist doch Arzt, oder behandelst du nur männliche Patienten?"

David biss die Zähne zusammen, tat aber, wie ihm geheißen. Er funktionierte im Moment nur noch automatisch. Er träufelte ein wenig von dem Öl auf seine Fingerspitzen und betrachtete das rosige Geschlecht, das vor ihm lag. Nelia hatte ja recht. Er musste Privates ausblenden und in den Arztmodus umschalten.

Fachmännisch verteilte er das Öl an der Stelle, an der er es für richtig hielt. Er konnte sich vorstellen, wie schmerzhaft es ein musste, wenn das Gewebe beim Austritt des Köpfchens riss. Nelia saß relativ entspannt vor ihm, beobachtete ihn mit regloser Miene. Erschöpft ließ sie ihren Kopf nach hinten an die kühle Scheibe sinken. Während er sie sanft an ihrer intimsten Stelle massierte, flog sein Blick fragend zu ihr. Nelia schenkte ihm ein Lächeln. „Danke, David".

Seine Antwort war ein nervöses Schnauben. Als ob ihm eine andere Wahl blieb. Das Blut schoss ihm in die Wangen, bei dem Gedanken daran, dass er Nelia an der Stelle berührte, wo Jon in sie eindrang, wenn er mit ihr schlief. Hastig beendete er die Massage und legte das Öl zur Seite. Nur über seine Leiche würde er freiwillig das Geschlechtsteil einer Frau noch einmal berühren, so viel stand fest.

Nelia begann sich unruhig zu winden und David ahnte, dass die nächste Wehe nicht lange auf sich warten ließ. Es wurde ernst. Er berührte ihre Hand, um ihre Aufmerksamkeit zu erlangen.

„Ich will, dass du dich mit dem Rücken gegen die Seitenwand stemmst und diesen kleinen Quälgeist mit aller Kraft herauspresst, hörst du? Ich knie vor dir und helfe dem

Baby, so gut ich kann."
Nelia nickte und mit Davids Hilfe suchte sie nach dem Halt im Rücken. Davids augenscheinliche Ruhe strahlte auf sie ab. In den letzten Minuten hatte sich etwas zwischen ihnen verändert. Sie vertraute ihm. Es bestand im Moment auch gar keine andere Möglichkeit. Es würde gut gehen, das wusste sie mit unumstößlicher Sicherheit.
Die Krämpfe kamen von einer Sekunde zur nächsten mit voller Gewalt zurück. Nelia presste mit der ganzen Kraft, die sie aufbringen konnte. Der Schweiß lief an Stirn und Brust hinab, aber sie bemerkte es nicht. Die volle Konzentration lag auf ihrer Mitte und dem Kind, das so vehement ins Leben drängelte. Davids Haupt war irgendwo zwischen ihren Beinen verschwunden, er gab ihr Anweisungen, die sie nicht verstand, tat instinktiv das, was zu tun war. Der Schmerz ließ kurz nach, gab ihr Sekunden Zeit, um durchzuatmen, aber nur, um sogleich mit wachsender Intensität zurückzukommen.
Die kurze Pause, die ihr blieb, nutzte sie, um David keuchend zu fragen, ob er schon etwas sah. David hob den Blick und schaute sie in sprachlosem Erstaunen an. Dann grinste er breit. „Gleich haben wir es geschafft, Mutti. Der Kopf ist fast draußen. Noch einmal pressen und ich würde sagen, der Adler ist gelandet." Nelia lachte nervös. Ein Lachen, das in einen lauten Schrei überging. Ein allerletztes Pressen und plötzlich war dieser unüberbrückbar scheinende Widerstand überwunden. David stieß einen erstaunten Laut aus und fasste beherzt nach dem Lebewesen, das ihm mit einem saugenden Geräusch entgegenschoss. Seine glitschigen Hände umschlossen den warmen, klebrigen Körper des winzigen Babys, das laut schreiend seinen Unmut kundtat. Nelia ließ sich entkräftet nach hinten sinken und schloss mit einem seligen Lächeln die Augen. Ein kleiner Moment der

Ruhe, um die Strapazen der Geburt zu verarbeiten.
Ausgelaugt richtete sie sich auf. In tiefster Glückseligkeit glitt
ihr Blick über den neugeborenen Säugling und blieb erstaunt
an dem tränenüberströmten Gesicht Davids hängen.
Gerührt strich sie ihm über die Schulter. David kniete vor ihr
und hielt den schreienden Säugling auf beiden Händen. Er
starrte auf das zappelnde Kind, als hätte er gerade den
Messias zur Welt gebracht.
„Oh mein Gott, Nelia. Es ist ein Junge, hörst du, es ist ein
kleiner Junge! Jon wird außer sich vor Freude sein!"
Ein Strahlen überzog seine nassen Wangen und Bewegung
kam in seinen Körper. Äußerst vorsichtig legte er den
Neugeborenen auf den Wolldecken ab und bedeutete Nelia,
abzuwarten. Aus dem nebenstehenden Verbandskasten
entnahm er die noch abgepackte Schere und durchtrennte
vorsichtig die Nabelschnur. Mit dem Verbandsmull
umwickelte er äußerst gewissenhaft den Nabel des Babys,
wobei er mit leisen, gurrenden Lauten auf den Kleinen
einredete. Nelia beobachtete ihn lächelnd. Wie fürsorglich
er ihren winzigen Sohn behandelte. Mit außergewöhnlichem
Feingefühl verrichtete er die anfallenden Handgriffe. Nelia
bewunderte, mit welchem Geschick seine zartgliedrigen
Finger über das Köpfchen des Kleinen strichen. Auch wenn
David es niemals zugeben würde, er wäre ein idealer Vater.
Leider war das bei seiner Lebensplanung eher
unwahrscheinlich. Schade.
David zog sein Shirt über den Kopf und rieb den Säugling
damit trocken, so gut er konnte. In der Kliniktasche fand er
weiche Tücher und eine flauschige Decke, in die er den
Kleinen einwickelte. Mit einem zufriedenen Lächeln
betrachtete er das zerknautschte Gesicht und reichte das
fertige Bündel seiner Mutter.
„Der junge Mann sieht kerngesund aus." Erleichtert und

glücklich streckte Nelia die Arme aus, um ihren jüngsten Sprössling entgegenzunehmen. Aufregung und Schmerz waren vergessen. David rückte eng an die strahlende Mutter heran und legte beschützend einen Arm um die kleine Familie, während er gerührt das Baby betrachtete, das sich scheinbar mürrisch in der Verpackung rekelte.

„Ich will ja nicht meckern, aber Jon hätte sich wahrlich mehr Mühe geben können. Ehrlich gesagt finde ich den winzigen Kerl ziemlich rot und knittrig. Hoffentlich bleibt das nicht so!" Nelia wollte auf das despektierliche Gelaber Davids gerade eine passende Antwort geben, da griff sie sich stöhnend an den Unterbauch. David richtete sich alarmiert auf.

„Was hast du? Geht es dir nicht gut?" Nelia schüttelte ihren Kopf. „Ich glaube, das ist die Nachgeburt." Davids Gesichtszüge entspannten sich erleichtert. Seufzend tippte er sich an die Stirn.

„Na klar, wie konnte ich das vergessen. Gib mir mal den Kleinen." Vorsichtig nahm er Nelia das Baby aus dem Arm und bettete es fürsorglich in die große Tasche. Behutsam tastete er Nelias Bauch ab und begann mit einer sanften Massage. Das Ergebnis ließ nicht lange auf sich warten. Mit einem schmatzenden Geräusch und einem lauten Stöhnen der frischgebackenen Mutter gab der ermattete Körper die blutige Masse frei, die den strammen Jungen neun Monate mit allem Lebensnotwendigen versorgt hatte. Schleimig und glibberig ergoss sich die rötliche Substanz auf die Unterlage des Kofferraumes. Mit einem Seufzer der Erleichterung ließ sich Nelia zurücksinken, während David unschlüssig auf den Schlamassel blickte. „Jetzt sind wohl die schönen Wolldecken endgültig geliefert, glaube ich. Oh Gott, was machen wir mit dem Glibber?" Nelia wedelte Richtung Handschuhfach. „Ich glaube, da vorne ist noch eine

53

Plastiktüte drin. Pack alles dort hinein. Dann kann ich sie mit nach Hause nehmen." In ungläubigem Erstaunen blickte David Nelia in die Augen.

„Du willst das Zeug mit nach Hause nehmen? Was willst du denn damit?"

Nelia schüttelte den Kopf. Dieser gleichgeschlechtliche Ignorant.

„Na, im Garten vergraben und einen Baum darauf pflanzen, was sonst. Klein Hänschen wird dann später den Baum anschauen können und wissen, dass er aus der Masse gewachsen ist, die auch ihn am Leben gehalten hat." David starrte sie einen Moment lang in Unverständnis an. Angewidert schüttelte er den Kopf.

„Das ist doch pervers." Nelia ersparte sich eine Antwort. Männer würden das nie verstehen.

Trotz aller Vorbehalte tat David Nelia den Gefallen. Widerwillig schob er die Nachgeburt in die Tüte und deponierte die Sauerei im Fußraum. Sein Shirt, das bereits durch die Reinigung des Babys unwiederbringlich ruiniert war, benutzte er für eine oberflächliche Säuberung der Unterlage. Das Baby in der Tasche fing an zu wimmern und mit einem besorgten Gesichtsausdruck hob David den kräftigen Burschen an seine Brust, um ihn zu beruhigen. Nelia grinste.

„Das Baby steht dir gut, aber die Sache mit der Nahrungsversorgung ist wohl meine Sache." Nur ungern gab David das warme Bündel wieder her. Je länger er den Winzling anblickte, desto hübscher erschien er ihm. Knitterfalten hin, Röte her. Keimten da vielleicht heimlich verborgen so etwas wie Vatergefühle für den Süßen? Immerhin hatte er einen nicht geringen Beitrag dazu geleistet, das Kerlchen auf die Welt zu bringen. Liebevoll bettete Nelia ihren Sohn an den Busen und stillte

das gierig suchende Mündchen. David beobachtete
fasziniert, wie der junge Mann kräftig die Milch einsog.
Dabei bemerkte er nicht, dass Nelia ihn nachdenklich
beobachtete, sobald sie ihren Blick von dem warmen Bündel
losreißen konnte. Eine Idee keimte in ihr, die sich von
Minute zu Minute mehr verfestigte.
Nachdem der Nimmersatt an Nelias Brust die erste Mahlzeit
seines Lebens eingenommen hatte, klappte David die
Rückenlehne nach oben, damit Mutter und Kind es sich auf
der hinteren Bank bequem machen konnten. Vorsichtig
legte er Nelia eine Decke um die Schulter, strich dem
runzligen Wesen lächelnd über das Köpfchen und schickte
sich an, endlich Hilfe zu holen. Entschlossen stapfte er den
Weg dieser sogenannten Abkürzung, die am Ende eine
Sackgasse war, zurück. Nach noch nicht einmal zwei
Minuten Fußmarsch fing das Handy in seiner Hand, hektisch
an zu piepsen. Eingehende Nachrichten zeugten davon, dass
endlich eine Verbindung zur Außenwelt bestand.
Missbilligend schnalzte er mit der Zunge. Der alte Mann da
oben schien sich einen Scherz mit ihm zu erlauben. So
schnell es seine zitternden Hände erlaubten, wählte er die
Notrufnummer und forderte die benötigte Hilfe an. Bevor er
zurückging, zögerte er für den Bruchteil einer Sekunde, doch
dann ging er weiter. Nein, er würde Jon noch nicht
informieren. Zunächst mussten Mutter und Kind gut
versorgt sein und die Gewissheit bestehen, dass alle diesen
unvergesslichen Ausflug unbeschadet überstanden hatten.
Wenn Jon über den genauen Verlauf dieser denkwürdigen
Geburt in Kenntnis gesetzt werden würde, konnte er sich auf
einiges gefasst machen.
Die Gewissheit, dass sich Nelia und Klein Hänschen bester
Gesundheit erfreuten, bekam er etwa zwei Stunden später.
Kurz entschlossen hatte er mit Nelias Zustimmung die

Entscheidung getroffen, zurück nach Unterhaching zu fahren, um die nötigen Untersuchungen dort zu erledigen. Das sparte eine Menge Autofahrerei in den nächsten Tagen. Immerhin war die Geburt den Umständen entsprechend gut verlaufen. Erleichterung und ein klein wenig Stolz breiteten sich in seiner Brust aus.

Während man Nelia gynäkologisch versorgte und das Baby auf Herz und Nieren durchgecheckt wurde, lehnte sich David im Wartezimmer entspannt zurück und schloss die Augen. Eine freundliche Schwester hatte ihm mit einem Augenzwinkern ein frisches Shirt aus dem Krankenhausfundus gereicht, mit der Bemerkung, man wolle doch nicht, dass die Damenwelt angesichts seines nackten Oberkörpers in Ohnmacht falle. Grinsend hatte er es angenommen. In all der Hektik hatte er nicht weiter auf seinen unbekleideten Zustand geachtet. Sein eigenes Kleidungsstück war ja bei der Säuberung des Babys draufgegangen.

Die Zeit war gekommen, um Jon über seine erneuten Vaterfreuden in Kenntnis zu setzen. Er wählte entspannt die Nummer, die ihm sein Freund für Notfälle hinterlassen hatte. Es war inzwischen neun Uhr am Morgen und David bedauerte, dass er nicht in Jons Gesicht sehen konnte, wenn dieser auf nüchternen Magen von der Geburt seines zweiten Sohnes erfuhr. Über die genaueren Umstände konnte ihm Nelia später persönlich Bericht erstatten.

Minuten später schüttelte David immer noch den Kopf. Die frohe Botschaft hatte Jon zunächst mit einem lauten Schrei quittiert, hatte dann voller Sorge nach dem Befinden seiner Frau und dem des neuen Vanderloos gefragt und anschließend besorgt geschimpft, dass Nelia immer die unvorhersehbarsten Dinge tat, aber als er anfing, nach dem genauen Ablauf der vorangegangenen Nacht zu fragen, hatte David ihn rigoros abgewürgt.

„Jon, bin ich fast die ganze Nacht auf den Beinen gewesen, bin hundemüde und sehne mich nach nichts mehr als nach meinem Bett. Wenn du Genaueres wissen willst, schwing deinen Knackarsch in einen fahrbaren Untersatz und informiere dich persönlich. Deine Frau und dein Sohn können wahrscheinlich schon heute Nachmittag nach Hause geholt werden. Sehe zu, dass du das erledigen kannst, denn ich liege bis dahin wahrscheinlich noch im Koma. Ach ja, ehe ich es vergesse. Du kannst sie im Krankenhaus in Unterhaching abholen."

„Was?" David sah fast das entsetzte Gesicht Jons vor sich. Die Lautstärke, mit der sein Freund in den Hörer schrie, ließ ihn das Handy etwas vom Ohr entfernen. Ehe Jon zu weiteren lautstarken Fragen ansetzen konnte, fiel er ihm ins Wort.

„Tschüss, Jon. Bis später. Gute Heimreise. Ach ja, herzlichen Glückwunsch noch!"

Mit einem Seufzer der Erleichterung trennte er das Gespräch und stellte seinen Klingelton auf stumm. Was er jetzt dringend brauchte, war Ruhe und eine Mütze voller Schlaf. Entschlossen stand er auf und erkundigte sich nach dem Stand der Dinge. Soweit sah alles gut aus. Nelia lag bestens versorgt im Bett, der Kleine stand in einem fahrbaren Babybettchen gewaschen, frisch eingekleidet, satt und scheinbar zufrieden, daneben. Er informierte Nelia über die Tatsache, dass ihr geliebter Ehemann wahrscheinlich in Stundenfrist hier reinschneien würde und sie die Ehre hatte, ihn über den genaueren Ablauf der Geburt in Kenntnis zu setzen. Er beabsichtige derweil, ein klein wenig Abstand zu nehmen.

Nelia griff mit einem sanften Lächeln nach Davids Hand.

„Du weißt gar nicht, wie sehr ich dir danke, David. Du warst

toll und hast uns wirklich sehr geholfen." David winkte müde
ab.

„Mir blieb ja keine andere Wahl. Klein Hänschen konnte ja
nicht warten, bis wir in dieser Klinik ankamen und uns das
ganze Durcheinander erspart geblieben wäre." Mit einem
zärtlichen Lächeln beugte er sich noch einmal über das Baby
und hauchte ihm einen sanften Kuss auf die Stirn. Genussvoll
sog er den unverwechselbaren Duft des Neugeborenen ein.
Zufriedenheit und Stolz umhüllten ihn, dazu beigetragen zu
haben, dieses Kind ins Leben zu holen. Dann fiel ihm etwas
ein.

„Sag mal, Nelia, wie soll der kleine Kerl eigentlich heißen?
Du willst mir doch nicht erzählen, dass ihr den armen Kerl
tatsächlich Klein Hänschen taufen wollt?"

Nelia lächelte geheimnisvoll.

„Ich bin mir mit Jon nicht ganz einig, aber ich denke, heute
Abend wird er dir Genaueres sagen können. Wir überlegen
noch." David zuckte mit den Schultern.

„Nun denn, ich vertraue da mal auf euren guten Geschmack.
Es gibt nichts Grauenvolleres, als mit einem Namen leben zu
müssen, bei dem die Eltern ihrer Fantasie Flügel verleihen,
und damit das arme Kind zu einem Leben voller Hänseleien
verdammen." Zum Abschied drückte er der erstaunt
blinzelnden Nelia ebenfalls einen Kuss auf die Stirn und
schritt mit einem befreiten Durchatmen zufrieden zum
Ausgang.

Im Freien streckte er sich genüsslich. Das war eine Nacht
gewesen! So etwas brauchte er wahrlich nicht alle Tage.
Trotzdem füllte Leichtigkeit seine Gedanken, und er kam zu
einem Entschluss. Auf keinen Fall konnte er Jon und Nelia
länger zur Last fallen. Er musste den bevorstehenden Umzug
beschleunigen, und zwar pronto.

Die Ruhe im Haus seiner Freunde, die ihm angenehm entgegenschlug, tat gut. Die drei Teufelsbraten weilten bestens versorgt bei Mutter Irmi, die in der vergangenen Nacht zur Aufsicht hergeeilt war und ihre Enkelkinder am frühen Morgen mit zu sich genommen hatte. Oben in seinem Zimmer sank er ermattet auf die Liege und fiel in einen tiefen, erholsamen Schlaf.

Als er erwachte, war es bereits dunkel. Leise Geräusche von unten zeugten davon, dass die Familie zurück im Hause sein musste. Schwerfällig schwang er sich von seiner Schlafstatt, um nachzusehen. Nicht dass noch Eindringlinge ungesehen die Räumlichkeiten unter ihm ausräumten. Das fehlte gerade noch.

Ein Blick durch die geöffnete Wohnzimmertür zeigte ihm, dass es Jon geschafft hatte, rechtzeitig zurückzukehren und seine gewachsene Familie heimzuholen. Sie hatten ihn noch nicht bemerkt und so lächelte er bei dem idyllischen Anblick. Nelia lag auf dem Sofa, fürsorglich mit einer Wolldecke bedeckt und beobachtete mit einem sanften Lächeln auf den Lippen Jon und ihren neugeborenen Sohn. Der überglückliche Vater saß auf einem Sessel daneben und hielt seinen Jungen mit einem Strahlen auf dem Arm, als wäre das winzige Bündel eine Offenbarung. Er freute sich für den Mann, den er einst geliebt hatte. Stirnrunzelnd hielt er inne. Hatte er gerade „einst geliebt" gedacht? Fast ein wenig traurig musste er lächeln und den unbewussten Gefühlen wehmütig zustimmen. Die ungestüme Liebe, die er vor langer Zeit für Jon empfunden hatte, hatte sich in Freundschaft gewandelt. War es im Laufe all der Jahre geschehen oder still und heimlich in den letzten Tagen? Er konnte es nicht mit Sicherheit sagen, doch es entsprach der Wahrheit. Die Freude darüber, dass Jon glücklich war, überdeckte die Wehmut darüber, sich von den alten

Empfindungen trennen zu müssen. Aber es machte ihn frei von Dämonen, die ihn seit Jahren unbewusst verfolgten und darüber sollte er froh sein.

David lächelte. Jon hob den Kopf, als er ihn bemerkte, und schenkte ihm einen wohlwollenden Blick.

„David! Komm rein und setz dich!" Das glückliche Gesicht Jons ließ darauf schließen, dass er ihm nicht den Kopf abreißen würde, angesichts der Tatsache, dass es ihm nicht geglückt war, Nelia rechtzeitig in die Klinik zu bringen. Jon stand auf und legte ihm den neuen Erdenbürger mit einem Grinsen in den Arm. David blickte verdutzt auf das friedlich schlafende Bündel, setzte sich aber in den nächsten Sessel und genoss das süße Gewicht, das warm in seinen Armen lag. Ein unbeschreibliches Gefühl.

Als er aufblickte, schaute er in zwei belustigte Augenpaare, die ihn im stummen Einverständnis musterten. „Was?", fragte er argwöhnisch. Jon räusperte sich.

„Zunächst möchte ich dir danken, dass du für meine Frau und meinen Sohn da warst." Grinsend warf er einen kurzen Seitenblick in Richtung Nelia.

„Ich hätte mir eigentlich denken müssen, dass es auch dieses Mal nicht nach dem üblichen Muster ablaufen wird. Du musst wissen, dass ich bei meiner Frau stets auf alles gefasst sein muss." Zärtlich beugte er sich zu ihr herab und küsste sie liebevoll auf den Mund. David verdrehte die Augen. Schon wieder diese Blicke. Das war einfach nicht zum Aushalten. Es wurde wirklich höchste Zeit, zu verschwinden und das eigene Leben in Angriff zu nehmen.

Die zwei Augenpaare, die ihm in diesem Moment erwartungsvoll entgegenstarrten, machten ihn misstrauisch.

„Nelia und ich sind uns ziemlich sicher, welchen Namen unser Sohn tragen soll. Mit deinem Einverständnis würden wir ihn gerne David taufen, und wir möchten, dass du die

Patenschaft übernimmst. Immerhin hast du ihm geholfen, auf die Welt zu kommen, und du hast die Nabelschnur durchschnitten, was ich eigentlich tun wollte. Was sagst du, David?"

Verblüfft schluckte David, doch er wusste, dass er nichts lieber täte, als diesem Kind beim Aufwachsen zur Seite zu stehen. Für ihn da zu sein. So wie es aussah, würde er keine eigenen Kinder haben, aber diesem einen konnte er nahe sein. Ein Strahlen überzog sein Gesicht und er brauchte nicht lange zu überlegen.

„Und ob ich das will. Das heißt aber auch, dass ihr mich in Zukunft öfters ertragen müsst, denn als Pate will ich auch einen Anteil am Leben von Klein David haben." Nelia griff ihm an die Schulter.

„Das wirst du. Ich werde deinen Anteil daran sogar einfordern, mein Lieber. Einen Babysitter können wir immer gebrauchen." Gerührt legte David den unruhiger werdenden Gesellen zurück in die Arme seiner Mutter.

„Es wird mir eine Ehre sein."

Kapitel 3/Herzflimmern

David drehte sich noch einmal um und hob zum Abschied grüßend die Hand. Lächelnd glitt sein Blick über die Menschen, die in den letzten Tagen so wichtig für ihn geworden waren. Jon zog Nelia an sich und drückte seinem neugeborenen Sohn einen Kuss auf die Stirn.

Stolz kroch in David hoch. Sein Patensohn David, der ihm zu Ehren seinen Namen trug. Nun ja, es hatte ihn einige Nerven und das ein oder andere graue Haare gekostet, diesen Prachtburschen auf die Welt zu bringen.

Gezwungenermaßen.

Rückblickend war die Geburt ein einschneidendes Erlebnis in seinem Leben gewesen, im positiven Sinne. Die Sichtweise auf manche Dinge hatte sich geändert und bescherte ihm neue, enge Verbindungen. Nelia und Klein David. Wer hätte das gedacht.

Die Frau, die ihm einst mit größtem Misstrauen und Antipathie begegnet war, gehörte mittlerweile zu seinen engsten Vertrauten und Baby David strahlte bei seinem Anblick genauso breit, als wäre er der Vater. Er vergötterte den Kleinen geradezu. Der süße Junge war ein Bindeglied, das ihn für den Rest des Lebens mit Jon und seiner Familie vereinen würde. Dafür war er dankbar.

Doch nun war die Zeit gekommen, an der er die weit zurückliegende, intime Vergangenheit mit Jon loslassen und nach vorne schauen musste. Jon hatte eine Frau, die er liebte, und vier entzückende Kinder. Sein Freund war glücklich und er freute sich darüber.

Zur Liebe konnte man niemanden zwingen. Sie kam einfach, oft dann, wenn man nicht damit rechnete. Oder sie kam eben nicht. Einseitige Liebe tat weh, aber er war darüber hinweg. An die Stelle der Liebe traten nun die Freundschaft und eine tiefe Verbundenheit. Vielleicht fand er irgendwann einmal eine ebenso große Liebe wie die, die im Rückspiegel die kleiner werdenden Gestalten füreinander empfanden. Ihm blieben ein enges Band zu diesen Menschen und ein Patensohn, den er zu lieben glaubte, als wäre er sein eigenes Kind. Entschlossen richtete er den Blick nach vorne, setzte den Blinker in einen neuen Lebensabschnitt und lenkte den schnittigen Sportwagen in Richtung der bezugsfertigen Altbauwohnung, die jungfräulich auf ihn wartete.

Vier Tage später war es dann endlich so weit. Seine Möbel standen an den Stellen, die ihm gefielen. Die Kleidungsstücke hingen im Schrank oder lagen in den dafür vorgesehenen Schubladen und diverse Kleinteile hatten den für sie bestimmten Platz eingenommen. Einem reibungslosen und entspannten Antritt seiner neuen Arbeitsstelle stand nichts mehr im Wege und so sah er gelassen dem nächsten Tag entgegen.

Am ersten Diensttag klingelte der Wecker bereits um sechs Uhr in der Früh. Eine Zeit, die ihm nicht ganz behagte, aber der Mensch war ja bekanntermaßen ein Gewohnheitstier. Die ersten Tage dienten zunächst einmal dazu, sich einen Überblick zu verschaffen und das Arbeitsumfeld kennenzulernen. Die ersten Eindrücke waren äußerst positiv. Nette, kompetente Kollegen, hervorragende Geräte, alles in allem ein hochklassiger Wirkungsbereich. David war zufrieden. Mehr als das.

In dem ihm zugeteilten Arbeitszimmer seiner Abteilung studierte er die Krankenakten der zu behandelnden Patienten und machte sich entsprechende Notizen. Es ging nichts über eine exakte Vorbereitung. So viel hatte man ihm beigebracht.

Besonders intensiv nahm er die Unterlagen des ersten Patienten, den er operieren würde, in Augenschein. Es handelte sich dabei um die sechsjährige Matilda Wichmann, die aufgrund Auffälligkeiten bei der üblichen Einschulungsuntersuchung zu ihnen überwiesen worden war. Der zuständige Hausarzt hatte sie nach einem besorgniserregenden EKG dem Klinikum zur Behandlung übergeben. Kollegen untersuchten daraufhin den Pumpmuskel per Ultraschall und Herzkatheter. Die Diagnose war eindeutig. Eine Mitralklappen-Insuffizienz machte eine Operation unumgänglich, um eine weitere Schädigung des Herzens zu verhindern. Im Grunde ein Routineeingriff, der in der Regel problemlos verlief. Bei einer erfolgreichen Behandlung konnte der Patient ein Leben ohne Beeinträchtigung führen, vorausgesetzt, er beachtete einen gesunden Lebensstil und einige Verhaltensregeln. Sprich, eine ausgewogene Ernährung und ausreichende Bewegung. Alles kein Problem für eine Sechsjährige, sofern gewissenhafte Eltern dafür sorgten. Das Problem Alkohol und Glimmstängel spielte in diesem Alter noch keine Rolle, davon konnte man ausgehen.

David betrachtete interessiert das Bild des kleinen Mädchens. Große, helle Augen starrten direkt in die Kamera. Augen, die ihn berührten, einen Beschützerinstinkt in ihm weckten. Ein hübsches Ding, mit dunklen, schulterlangen Haaren, das ihm neugierig entgegenblickte. Nun, er würde ihr zu einer Lebensqualität verhelfen, die es ihr ermöglichte, wieder mit ihren Freunden rumzutoben. Etwas, das jedes Kind tun sollte.

Zunächst aber würde er mit den Eltern reden. Ihnen den Eingriff erklären und eine weitere Behandlung mit ihnen besprechen. Hatte man die Abgeschlagenheit und Antriebsschwäche der Tochter nicht schon früher bemerkt?

War erst eine Schuluntersuchung nötig, um den Zustand des Mädchens zu diagnostizieren? Manche Eltern waren einfach nicht dazu geeignet, Kinder großzuziehen, aber danach fragte keiner. Gedankenlos frönten einige Leute den Trieben und die daraus resultierenden Resultate mussten die Konsequenzen tragen. Warum konnte man die Reproduktion der eigenen Gene nicht mit ein bisschen mehr Verantwortungsbewusstsein betreiben? Oder bei der Erziehung eine größere Dosis Pflichtgefühl an den Tag legen?

David seufzte. Wenigstens musste er sich um solche Dinge keine Gedanken machen. Kinder beinhalteten seine Lebensplanung nicht. Wie auch? Er sorgte für die Erhaltung der Menschheit am Operationstisch. Trotzdem. Der lebenshungrige Blick dieses hübschen Mädchens berührte ihn.

Ein Blick in den Terminkalender sagte ihm, dass der Gesprächstermin mit den Eltern bereits heute Nachmittag auf dem Plan stand. Doch vorher würde er sich persönlich einen Eindruck von der kleinen Patientin verschaffen. Und zwar gleich, wozu die Sache lange vor sich herschieben. Es stand nichts Dringendes an.

Als er das Zimmer von Matilda betrat, hob das Mädchen neugierig den Blick und musterte ihn aufmerksam. Um ihr Vertrauen zu gewinnen, schenkte er ihr ein Lächeln und begrüßte sie freundlich.

„Hallo, ich bin Dr. Feldhoff, der Arzt, der dich operieren wird. Ich wollte dich gerne kennenlernen und nachsehen, ob es dir gut geht. Vielleicht hast du ja Fragen, die du mir stellen möchtest?" Matildas große, helle Augen starrten ihn unschlüssig an. Scheinbar versuchte sie, ihn einzuschätzen. Entschlossen drückte sie ihren Kuschelhasen fester an sich und schüttelte den Kopf, wobei sie keine Miene verzog. Eine dünne, piepsige Stimme antwortet ihm zögerlich.

„Du bist hübsch. Ich habe keine Angst, falls du das wissen willst." David lachte verblüfft auf.

„Ich sehe schon, du bist eine Lady mit einem guten Geschmack. Es ist wichtig, keine Angst zu haben. Du kannst mir vertrauen. Ich hatte schon viele junge Damen als Patientinnen und alle sind wieder ganz gesund, spielen mit ihren Freunden und tun all die Sachen, die andere Kinder auch machen. Sei also unbesorgt." Ein scheues Lächeln stahl sich auf Matildas Lippen.

„Da bin ich aber froh, Dr. Feldhoff. Dann muss sich Papa keine Sorgen mehr machen."

„Das muss er nicht, Kleines. Ich werde heute Nachmittag mit ihm sprechen." Matilda nickte.

„Das ist gut. Er besucht mich so oft es geht, aber er hat einen gefährlichen Beruf und kann nicht viel nach mir sehen. Ich hab meine Omi, die kommt jeden Tag." David strich Matilda über die Wange.

„Das ist aber eine liebe Omi." Eifrig nickte Matilda.

„Ja und sie macht die besten Dampfnudeln der Welt. Wenn ich wieder gesund bin, kannst du mal zum Essen vorbeikommen." David musste grinsen.

„Mal sehen, Prinzessin. Vielleicht nehme ich dich beim Wort, ich bin nämlich ganz verrückt nach Dampfnudeln mit Vanillesoße. Vorher musst du aber ganz gesund werden." Matilda strahlte und hielt ihm die Hand hin.

„Abgemacht!" David blieb gar nichts anderes übrig, als einzuschlagen. Ein wirklich pfiffiges Ding, die Kleine. Trotzdem verfinsterte sich sein Blick geringfügig. Was war das für ein Vater, dessen Kind eine Herzoperation bevorstand und der sie nicht jeden Tag besuchte. Was war mit der Mutter? Heute Nachmittag würde er sich den Kerl genauer ansehen.

Zunächst jedoch untersuchte er Matilda noch einmal gründlich, studierte ihre Krankenakte und verglich seine Eindrücke mit den Fakten auf dem Papier. Zustimmend nickte er. Die Operation sollte ohne Komplikationen über die Bühne gehen.

Es sah so aus, als hätte er tatsächlich das Vertrauen des Kindes gewonnen. Während der Untersuchung hatte die Kleine ununterbrochen geplappert, hatte von Vorschule und Omi erzählt, von ihrem Papi, der versprochen hatte, mit ihr in den Urlaub zu fliegen, und Spielsachen, die sie sich zu Weihnachten wünschte. Insgeheim musste er grinsen. Wenn das so weiterging, würde er noch zu einem Spezialisten für Mädchenspielzeug. Jons Zwillingstöchter konnten genauso ausdauernd über ihre Filly-Pferdchen und Lauras Stern plappern wie Matilda. Da seine kleine Patientin mit keinem Wort ihre Mutter erwähnte, schloss er daraus, dass wohl keine existierte, warum auch immer. Heute Nachmittag würde er Aufschluss erhalten. Mit einem Nasenstüber verabschiedete sich David, um sich weiteren Patienten zu widmen. Die Zeit machte leider keinen Halt vor der Tür.

Sein Blick flog zur Uhr. Weitere Termine mit Prof. Dr. Kern und Facharzt Dr. Heinrich standen auf dem Plan. Man ließ ihm wirklich nicht viel Eingewöhnungszeit, doch das fand er in Ordnung. Er liebte es, wenn der innere Motor auf Hochtouren lief. Er konnte es kaum erwarten, ein Skalpell in die Hand zu bekommen. Das stundenlange Operieren entspannte ihn. Er liebte es, unter Druck zu arbeiten, zu wissen, dass er Leben in der Hand hielt und den Menschen Heilung oder Linderung verschaffen konnte. Hin und wieder verlor man den Wettlauf um Leben und Tod. Meistens gewann man ihn jedoch. Das verschaffte ihm stets eine tiefe Befriedigung und es wurde Zeit, dieses Gefühl erneut zu spüren.

Am späten Nachmittag studierte er gerade die Ultraschallaufnahmen eines Patienten, als es kurz an die Tür klopfte. Unwillig kontrollierte er die Zeit. Richtig, er hatte noch diesen Gesprächstermin mit Matildas Vater. Na, der war aber pünktlich. Erwartungsvoll drehte er sich um.

Der Mann hatte nicht gewartet, dass man ihn um Einlass bat, sondern stand schon mitten im Zimmer, sodass er erschrocken zusammenfuhr. Davids Augenbrauen zogen sich missmutig zusammen.

„Können Sie nicht warten, bis man Sie bittet, einzutreten?"

Der Mann grinste ihn verschmitzt an und zuckte mit den Schultern.

„Wozu? Ich habe präzise jetzt einen Termin bei Ihnen. Außerdem habe ich geklopft. Das sollte wohl reichen, um Sie wissen zu lassen, dass ich da bin." Eine Hand streckte sich ihm entgegen.

„Kiran Wichmann. Ich bin der Vater von Matilda." Davids Augen weiteten sich, starrten auf eine tadellose Reihe weißer Zähne und von da hinab auf eine ausgestreckte Hand, die er zögerlich erfasste. Noch im gleichen Moment griff dieser Holzklotz so fest zu, dass er schmerzlich sein Gesicht verzog.

„Sind Sie wahnsinnig, Mann? Wenn Sie noch fester zudrücken, werde ich nicht in der Lage sein, Ihre Tochter zu operieren!" Mit einer entschuldigenden Miene zog Kiran seine Hand zurück. Erneut zuckte er mit den Schultern, eine Geste, die David schon jetzt auf die Nerven ging.

„Entschuldigen Sie bitte, Herr Doktor. Ich bin es gewohnt, fest zuzupacken." Unwirsch bedeutete David dem Grobian, die Jacke abzulegen und Platz zu nehmen. Während der Vater seiner Bitte nachkam, nutzte er die Gelegenheit, um sich den Mann näher anzuschauen. Der Kerl maß mindestens ein Meter neunzig, denn David musste mit seinen knapp unter eins achtzig zu ihm heraufsehen. Er hatte die Figur eines Athleten, eines Sprinters. Seine geschmeidigen Bewegungen zeugten von einem überdurchschnittlichen Körperbewusstsein. Die Haare waren ziemlich kurz geschnitten, kamen nur oben auf dem Kopf auf zwei bis drei Zentimeter Länge. Er strahlte eine gewisse Bedrohlichkeit aus, aber David fühlte sich nicht unwohl. Neugierde machte sich breit.

Als sich Kiran Wichmann ihm gegenüber auf den Stuhl fallen ließ, musste David kurz schlucken. Diese Augen. Seine Tochter Matilda hatte die faszinierenden Sehorgane von ihrem Vater geerbt. Was David bei dem Mädchen anziehend fand, löste dem Vater gegenüber ganz andere Gefühle aus. Ein brillanteres Blau hatte er nie zuvor gesehen. Fast zu vergleichen mit dem eines Huskys. Selbst in der Dämmerung mussten diese Pupillen noch leuchtend zu erkennen sein. Das war fast unheimlich.

Davids Nackenhaare richteten sich auf und Hitze überlief ihn. Du lieber Himmel, sogar sein Schwanz wurde hart. Der Mann strahlte Männlichkeit pur aus. Eine Wolke Testosteron schwebte zu ihm herüber, die ihn schwindeln ließ. Genau die Art von Kerl, auf die David ein aufs andere Mal hereinfiel. Die ihn benutzten und dann abservierten wie einen alten Schuh. David musterte das kantig geschnittene Gesicht, konnte seinen Blick nicht von den fein geschwungenen Lippen reißen. Verlegen räusperte er sich.

Der Vater Matildas saß derweilen mit weit gespreizten Beinen lässig auf seinem Stuhl. Entspannt hatte er die Hände vor dem Bauch gefaltet und beobachtete David eindringlich. „Sie wollten mit mir über die bevorstehende Operation meiner Tochter sprechen?", begann Kiran hilfreich. Ihm war aufgefallen, dass der junge Arzt ihn etwas aus der Fassung geraten musterte. Er hätte schwören können, dass er sein

Gegenüber durch seinen Anblick ganz schön ins Schwitzen brachte, was ihn belustigte. Der Blick, der ihn abcheckte wie ein verdammter Scanner, glich denen der Frauen, die ihm hin und wieder in eindeutiger Absicht ihre Telefonnummern zusteckten, und ließ nur einen Schluss zu: Der Typ war an ihm interessiert. Als Mann. Nicht als Vater. Amüsiert verbarg er ein Grinsen. Onkel Doktor war also schwul und stand auf richtige Männer, nicht auf weibische Tunten. Na dann. Hoffentlich ließ sich der Mann am OP-Tisch nicht genauso leicht aus dem Konzept bringen.

David räusperte sich nochmals kräftig, bevor er zu reden begann. Du lieber Himmel, er war Herzchirurg. Er hielt tagtäglich Leben in der Hand. In der Regel trat er ziemlich selbstbewusst auf, aber gerade in diesem Moment? Ungewollte Röte schoss ihm ins Gesicht, bei der Vorstellung des nackten, gestählten Oberkörpers, an dem seine Augen zu kleben schienen. Himmelherrgott noch mal!

„Also", begann er umständlich. David fing an, Matildas Vater nochmals genau über den Ablauf der bevorstehenden Operation zu informieren, erklärte so verständlich es ging die Zusammenhänge und was hinterher auf die Familie betreuungstechnisch zukam.

Anfänglich meinte David, ein süffisantes Lächeln auf den Lippen des Herrn Wichmann wahrzunehmen, das aber im Laufe seiner Ausführungen verschwand und in Konzentration umschlug. Auch David gewann zu seiner gewohnten Sicherheit zurück, verbarg die ungewollten Gefühlswallungen hinter seinem ausgeprägten Fachwissen, das er vor sich hertrug wie ein Schutzschild. Das fehlte gerade noch, sich von einem Fremden aus der Fassung bringen zu lassen, der noch dazu der Vater seiner Patientin war. Es galt, den nötigen Abstand zu wahren. Ein unüberlegtes Verhältnis wäre in dieser Situation nicht angebracht. Ein Verhältnis, das er aber angesichts der bestehenden Tatsachen mit an Wahrscheinlichkeit grenzender Sicherheit ausschließen konnte.

Der Mann machte keineswegs den Eindruck, als wäre er an seinen Aufmerksamkeiten interessiert. Wahrscheinlich würde er ihm sogar mit einer Hand das Genick brechen und ihn mit der anderen entmannen, sollte er das Gefühl haben, dass er ihm zu nahe trat. Immerhin hatte er eine Tochter, was nicht sofort auf eine gleichgeschlechtliche Neigung schließen ließ. Ärgerlich schob er diese Gedanken zur Seite. Es wurde höchste Zeit, einen Termin auszumachen, bei dem er seine Vorlieben ausleben konnte. Sonst würde er noch verrückt. Besser, er konzentrierte sich im Augenblick auf seine anspruchsvolle Arbeit. Das sollte Ablenkung genug sein.

Am Ende von Davids Ausführungen nickte Kiran ernst. „Ich habe verstanden, was Sie meinen, Dr. Feldhoff. Ich glaube fest an einen guten Verlauf. Matilda tut das übrigens auch. Bevor ich zu Ihnen kam, war ich bei ihr." David sortierte seine Unterlagen und sah auf.

„Das freut mich. Wir haben uns heute kennengelernt. Sie haben eine entzückende Tochter. Machen Sie sich keine übermäßigen Sorgen. Natürlich ist jede Operation ein Risiko. Komplikationen kann man nie ausschließen und unvorhergesehene Wendungen sind immer eine Möglichkeit. Zu Ihrer Beruhigung versichere ich Ihnen, dass alle Voruntersuchungen normale Werte aufweisen, und meiner Erfahrung nach können wir mit einem positiven Abschluss rechnen."

Kiran hörte aufmerksam zu. Der Mann redete von Erfahrung. Wie viel davon besaß er? Seinem Äußeren nach zu urteilen, konnte das nicht allzu viel sein. Er beschloss, direkt nachzufragen. Schließlich ging es hier um das Wohl seiner

Tochter.

„Verstehen Sie mich nicht falsch, Dr. Feldhoff. Sie erscheinen mir noch sehr jung. Wie kommt es, dass ein Mann in Ihrem Alter bereits solche Operationen durchführen kann?"

Belustigt schloss David Matildas Akte und lehnte sich zurück. Bedächtig legte er seine Fingerspitzen aneinander und fixierte seinen Gesprächspartner darüber hinweg.

„Mit Verlaub, Herr Wichmann. Soll ich mich über Ihre Einschätzung ärgern oder lieber geehrt fühlen? Ich bin keinesfalls ein Jungspund. Ihr eigenes Alter dürfte die Dreißigergrenze noch nicht überschritten haben, also was soll die Frage? Zweifelt man Ihre Fähigkeiten wegen Ihres Geburtsdatums ebenfalls an? Im Grunde bin ich Ihnen keine Rechenschaft schuldig, dennoch werde ich es Ihnen erklären." Kiran hob abwehrend seine Hände.

„Schon gut, Mann, schon gut. Ich wollte Ihnen nicht auf den Schlips treten. Meine Fragerei ist reine Fürsorge meiner Tochter gegenüber. Ich will mich versichern, dass Matilda in guten Händen ist. Die Verantwortlichen werden schon gewusst haben, was sie tun, als man Ihnen den Job als Facharzt gab", fügte er entschuldigend hinzu. David schnaubte, seine Augen verengten sich zu schmalen Schlitzen.

„Die Sorge um Ihr Kind kann ich verstehen. Ich lege Wert darauf, dass man mir vertraut, und nur deshalb stehe ich Ihnen Rede und Antwort, also hören Sie mir zu: Ich war ein hervorragender Schüler und von Kindesbeinen an stand für mich fest, dass ich Arzt werden würde. Mein Abitur habe ich im Eiltempo und mit Bestnoten absolviert, ebenso mein Studium. Das hat mir einen gewissen Vorteil gegenüber meinen Mitstudenten verschafft, den ich zu nutzen wusste. Ich konnte mir nach dem Abschluss meine Arbeitsstellen praktisch aussuchen und wählte gut. Den Facharzt habe ich an der Majo-Klinik in Rochester/Minnesota gemacht. Man brachte mir aufgrund meiner persönlichen Leistungen das Vertrauen entgegen, auch verantwortungsvolle Dinge in meine Hände zu legen, und entzog sie mir nicht, weil man mich für zu jung erachtete. Ich habe die gebotenen Chancen genutzt. Ein Arbeitstag betrug nicht selten mehr als sechzehn Stunden. Die Erfahrungen, die ich in den Staaten sammeln konnte, sind von unschätzbarem Wert und lassen mich auch hier Anerkennung und das Zutrauen finden, das ich suche. Es soll jetzt nicht überheblich klingen, aber als Operateur habe ich einen ausgezeichneten Ruf und Ihre Tochter ist bei mir gut aufgehoben. Seien Sie beruhigt."

David lehnte sich entspannt zurück. Der blasser werdende Gesichtsausdruck seines Gegenübers verschaffte ihm eine gewisse Genugtuung. Lässig fügte er hinzu: „Ich bin übrigens seit drei Monaten zweiunddreißig. Ist es das, was Sie wissen wollten? Konnte ich Sie hinsichtlich meiner Qualifikation beruhigen?"

Kiran fuhr sich verlegen über sein kurzes Haar. Da hatte er den Doktor wohl in seiner Ehre getroffen. Ihm würde es auch sauer aufstoßen, zweifelte man aufgrund des Alters an seinen Fähigkeiten.

„O. k., o. k. Entschuldigung. Ich habe verstanden. Verstehen Sie auch mich. Matilda ist mein Ein und Alles, mein Sonnenschein. Als Vater will ich nur die Gewissheit haben, dass man das Bestmögliche für sie tut."

David verstand Matildas Vater nur allzu gut. Hätte er eine Tochter, würde er ebenfalls genau nachfragen, um sicherzustellen, dass man das Menschenmögliche für sie tat. Nachdenklich spielte er mit dem Kugelschreiber zwischen den Fingern und musterte sein Gegenüber. Als verantwortungsbewusster Arzt musste auch er genauer nachhaken, um zu gewährleisten, dass seine Patienten eine optimale Rehabilitation in Anspruch nehmen konnten.

„Herr Wichmann, ich hoffe, ich konnte Ihnen verdeutlichen, dass die Gesundheit Ihrer Tochter in den besten Händen liegt. Was ich noch wissen muss, ist, ob Matilda nach ihrem Klinikaufenthalt auf eine entsprechende Versorgung hoffen kann. Eine optimale Nachsorge ist ebenso wichtig wie eine erfolgreiche OP." Kiran versteifte sich augenblicklich. Das hörte sich ganz danach an, als traute man ihm nicht zu, ordnungsgemäß für seine Tochter zu sorgen.

„Können Sie mir vielleicht erklären, was Sie damit meinen, Dr. Feldhoff?", fragte er scharf zurück. David drückte nervös an der Kugelschreibermine herum. Der bezeichnende Blick, den Matildas Vater auf das Schreibgerät warf, ließ ihn innehalten. Mit einem neu gefassten Selbstbewusstsein erwiderte er den enervierenden Blick, der ihn an Ort und Stelle festzunageln schien.

„Nun ja, Matilda hat angedeutet, dass Sie wenig Zeit für sie haben, dass Sie ein viel beschäftigter Mann sind und ihre Omi sich meistens um sie kümmert. Missverstehen Sie mich nicht. Doch als Arzt zählt für mich das Wohl meiner Patienten, nicht die Befindlichkeiten der Elternteile. Falls Sie eine geeignete Betreuung nicht gewährleisten können, müssen wir darüber reden."

Kiran schnaubte nervös und ließ sich zurück in den Stuhl sinken. Dieser Arzt war wirklich die Pest. Nicht nur, dass ihn der Ausdruck, mit dem er ihn ständig musterte, auf die Dauer unruhig machte, nein, seine eindringlichen Fragen gingen ihm auf die Nerven. Eigentlich sollte er froh darüber sein, dass der Mann Interesse an Matildas Wohlergehen zeigte. Andererseits ging den aufgeblasenen Weißkittel sein Privatleben nun wirklich nichts an. Ein Blick in Dr. Feldhoffs Augen ließ ihn aber einlenken. Darin las er keine Neugierde, sondern ein rein berufliches Interesse. Natürlich hatten sowohl der Arzt als auch er eine Fürsorgepflicht, die gewährleistet sein musste. Der Mann tat nur seinen Job und hatte als Arzt Schweigepflicht. Er wollte auf keinen Fall riskieren, dass ihm dieser Kerl Schwierigkeiten machte.

„Ich versichere Ihnen, dass meine Mutter und ich alles tun werden, damit wir Ihre Weiterbehandlungsempfehlungen erfüllen. Meine Tochter ist das Wichtigste überhaupt. Dass Matilda Ihnen erzählt hat, ich hätte wenig Zeit für sie, entspricht leider den Tatsachen. Ich bin alleinerziehender Vater." David presste die Lippen aufeinander und nickte.

„Das tut mir leid. Es ist bestimmt nicht leicht für Sie und Matilda, ohne ihre Mutter zurechtzukommen."

„Pah!" Kiran schob sich in eine aufrechte Position und schnaubte.

„Das muss es keinesfalls. Matildas Mutter saß noch auf der Schulbank, als ich sie geschwängert habe. Gezwungenermaßen habe ich das Mädchen geheiratet. Mit Liebe und Familienplanung hatte das wahrlich nichts zu tun. Glücklich waren wir nie, im Gegenteil. Es war oft die Hölle. Michelle hat sich ein paar Monate nach Matildas Geburt aus unserem Leben verabschiedet, ohne auch nur einmal zurückzublicken. War ihr alles zu spießig. Im Nachhinein muss ich sagen, dass das die beste Entscheidung war, die das Miststück jemals getroffen hat. Sie hat mich mit ihrem Fitnesstrainer betrogen und ist mit dem Fuzzi abgehauen. Nicht dass es mir was ausgemacht hätte. Unsere Tochter hat sie zurückgelassen, mit einem Brief auf dem Kinderbettchen, indem sie mir zu verstehen gab, dass es von nun an meine Aufgabe wäre, Matilda großzuziehen. Sie wolle das Leben genießen."

Kiran verschränkte wütend seine Arme vor der Brust. Die Gedanken an die vergangene Zeit erbosten ihn stets aufs Neue. Die verdammte Schlampe hatte ihn beschuldigt, ihr

Leben ruiniert zu haben, bloß weil er zu dämlich sei, ein Kondom richtig zu benutzen. Dabei war sie es, die bei jeder Gelegenheit unersättlich über ihn hergefallen war. Wie hatte es dieses Flittchen nur geschafft, ihm eine so wundervolle Tochter zu schenken. Bei der Erinnerung an Matilda entspannten sich seine Gesichtszüge und wurden weicher. Sie war das Beste, was ihm in seinem bisherigen Leben passiert war. Entschlossen hob er den Blick und redete weiter.

„Es stimmt, dass an meiner Mutter der größte Teil der Erziehung hängen bleibt. Mein Beruf lässt mir wenig Gelegenheit, mich öfters einzubringen. Natürlich möchte ich auch mehr Zeit mit meinem Kind verbringen, aber das ist leider nicht möglich. Jedenfalls im Moment nicht. Ich garantiere Ihnen aber, dass meine Tochter nach der OP gut umsorgt sein wird und wir alles tun, was uns ärztlicherseits empfohlen wird, damit sie so schnell wie möglich ganz gesund wird. Das wird sie doch, oder?"

David hörte den Ausführungen Kiran Wichmanns interessiert zu. Er war also geschieden und so wie es sich anhörte, gerade nicht gebunden. Ein Funke der Genugtuung machte sich in ihm breit. Hastig schob er die Gedanken an den persönlichen Status des Mannes, der ihm gegenüber saß, zur Seite und nickte zustimmend.

„Das wird sie, das ist es, was ich Ihnen garantieren kann." Nachdenklich musterte er Matildas Vater, der seine Tochter offensichtlich aus tiefstem Herzen liebte. Ein rätselhafter Mann, dessen flapsige Art und Männlichkeit ihn anzogen wie ein Magnet. Davids Neugierde war noch nicht ganz gestillt und er wagte einen neuen Vorstoß.

„Was machen Sie eigentlich beruflich, Herr Wichmann. Matilda sprach davon, dass Sie einer gefährlichen

Beschäftigung nachgehen." Jetzt grinste ihn sein Gegenüber ungeniert an. „Neugierig, Herr Doktor?" David starrte ungerührt zurück und antwortet kurz und präzise. „Ja."

Matildas Vater verzog seinen Mund zu einem noch breiteren Grienen, sodass man unweigerlich glaubte, der untere Teil seines Gesichts bestünde nur aus Zähnen. Doch er antwortete.

„Ich bin Hauptkommissar bei der Polizei und Mitglied einer Sondereinheit. Man braucht uns für Einsätze, bei denen man mit dem Gebrauch von Waffen rechnen muss oder Gefahr für Leib und Leben besteht. Wenn wir kommen, brennt der Busch gewaltig, das kann ich Ihnen versichern. Wir sind sozusagen der letzte Löschtrupp, kurz bevor das Fass zu explodieren droht." Davids Augen weiteten sich.

„Sie sind Mitglied eines Sondereinsatzkommandos?" Kiran nickte selbstzufrieden.

„Gruppenführer, um genau zu sein." David schwieg und gaffte den Mann vor sich mit offenem Mund an. Kiran starrte fast belustigt zurück. Na, da hatte er den Medikus gehörig beeindruckt. Die Bewunderung, die er in den blauen Augen las, gefiel ihm. Eitel lehnte er sich zurück.

Es dauerte eine Weile, bis David sich gefangen hatte und den Mund wieder schloss. Die Neugierde, besser gesagt die Faszination trieb ihn dazu, weiter nachzufragen, als es ihm überhaupt zustand. Was soll's, dachte er leichthin. Immerhin bin ich der Arzt der Tochter und interessiere mich nur für das Wohlergehen meiner Patientin nach der OP. Schon hörte er sich fragen: „Sie sind sehr jung und schon Hauptkommissar? Wie haben Sie denn das geschafft?"

Kirans Augenbrauen schossen nach oben. Der Arzt gab ihm Rätsel auf.

„Sie sind verdammt wissensdurstig, Doktor. Eben waren Sie

noch beleidigt, als ich Sie nach Ihrem Alter und der eigenen
Qualifikation gefragt habe, und nun tun Sie bei mir das
Gleiche?" Kirans Augen funkelten unwillig.

„Ich kann Ihnen versichern, dass ich mir den Arsch dafür
aufgerissen und jeden einzelnen meiner vier Dienststerne
sauer verdient habe. Ich bin übrigens sehr wohl schon
jenseits der dreißig. Um genau zu sein, eins weiter. Ist Ihre
Wissbegierde damit gestillt? Können wir die Fragestunde
nun guten Gewissens einstellen?"

David brachte sich salopp in eine bequeme Sitzposition. Er
dachte gar nicht daran, das Gespräch abzubrechen. Mal
sehen, wie weit er gehen konnte. Es reizte ihn, die Grenzen
auszutesten.

„Keineswegs, Herr Wichmann. Ich gebe zu, meine
impertinente Art hat mich schon das ein oder andere Mal in
Teufels Küche gebracht. Trotzdem frage ich Sie einfach
weiter. Sind Sie vielleicht ein Mitglied der legendären GSG9?
Das ist die einzige Sondertruppe, die ich der Polizei
zuordnen kann."

Kiran verschlug es fast die Sprache, angesichts des
unverhohlenen Wissensdurstes, den der Arzt ihm gegenüber
an den Tag legte. Andererseits schmeichelte es seinem Ego.
Ungeniert legte er seinen rechten Fuß auf das linke Bein,
lehnte sich entspannt zurück. Der liebe Herzdoktor wollte es
ganz genau wissen. Nun denn. Er würde ihn aufklären.

„Sondertruppe? Ich höre wohl nicht richtig. Zu Ihrer Info. Die
GSG9 ist eine Eliteeinheit, die zu Antiterroreinsätzen und
Geiselbefreiungen eingesetzt wird und gehört der
Bundespolizei an. Ich dagegen bin Beamter der
Landespolizei. Der sind die landeseigenen SEKs unterstellt.
Das ist mein Betätigungsfeld. Ich kann Ihnen versichern, dass
wir ebenso schlagkräftig arbeiten wie unsere Kollegen. Ein
verdammt gefährlicher Job. Wir gehen morgens aus dem

Haus und niemand kann sich sicher sein, gesund und munter
zurück nach Hause zu kommen." David unterbrach Kiran.
„Also sind Sie gewissermaßen ein ‚Elitekrieger'?" Das Wort
Elitekrieger untermalte er mit Gänsefüßchen, die er mit
seinen Fingern und einem dümmlichen Grinsen imaginär in
die Luft zeichnete. Kiran beugte sich leicht nach vorne und
schüttelte den Kopf.
„Sie verstehen es nicht, Doktor. Ihre Frage klingt ziemlich
despektierlich der Arbeit dieser Männer gegenüber.
Vielleicht glauben Sie, über den Dingen zu stehen, weil Sie
jeden Tag am Operationstisch Menschenleben retten. Leben
bewahren diese Jungs auch. Nur, dass sie unter gewissen
Umständen mit brachialer Gewalt vorher Leben nehmen
müssen, um viele andere zu retten. Und zwar unter Einsatz
ihrer persönlichen Gesundheit und ihres Lebens, während
Sie nach einer OP gemütlich die Beine hochlegen können."
David blickte Matildas Vater scharf an. Er sah den Funken
Wahrheit, der in den Worten lag. Trotzdem hätte er gerne
gewusst, was der Mann genau tat. Aus irgendeinem Grund
war seine Neugierde nicht zu zügeln. Lag es daran, dass er
selten die Bekanntschaft von Männern dieses Kalibers
machte?
„Was ist denn genau Ihre Aufgabe, wenn der sogenannte
Busch brennt?", bohrte David weiter. Kiran musterte den
Arzt abschätzend, war sich nicht sicher, ob er tatsächlich was
dazu sagen sollte. Der Mann schien es wirklich wissen zu
wollen.
„Eigentlich kann ich Ihnen diese Frage nicht beantworten,
denn auch ich bin zu einem gewissen Stillschweigen
verpflichtet. Meine eigene Sicherheit und die meiner
Männer geht vor, das verstehen Sie doch, oder?" Natürlich
verstand David. Deshalb nickte er. Da Matildas Vater auf
seine Schweigepflicht pochte, war die Antwort auf die Frage

so gut wie klar. Der selbstgefällige Blick, den dieser blasierte Mensch ihm zuwarf, sprach Bände. Nichtsdestotrotz faszinierte er ihn.

Vieles wurde ihm nun klar. Das fast übertriebene, großspurige Auftreten dieses Mannes, die dezent überhebliche Attitüde, die ihm anhaftete, sein Gardemaß und der traumhaft durchtrainierte Körper. Dieser Kerl hatte aller Wahrscheinlichkeit nach mehr als einen Menschen auf dem Gewissen. Zum Wohle und der Sicherheit der Allgemeinheit natürlich. Trotzdem. Wie konnte der alleinerziehende Vater einer Tochter sich permanent dieser Gefahr aussetzen?

Irgendetwas in seinem Blick musste diesen Wichmann dazu veranlasst haben, ihm eine weitere süffisante Frage zu stellen.

„Haben Sie jetzt Angst vor mir, Dr. Feldhoff? Ich kann Ihnen versichern, dass Sie sicher sind, es sei denn, Sie geben sich mit meiner Tochter keine Mühe." Davids Miene verfinsterte sich. Der Typ grinste ihn doch tatsächlich groß und breit an.

„Wenn das ein Scherz sein soll, Herr Wichmann, kann ich darüber nicht lachen. Ich bin in dem, was ich tue, gut. Sollten aber Dinge geschehen, die sich meinem Einfluss entziehen, kann ich daran nichts ändern." Kirans Blick wurde ernst.

„Das weiß ich, Dr. Feldhoff. Bitte fassen Sie das Gerede nicht als Drohung auf. Ich wollte lediglich die Stimmung etwas auflockern mit meinem kleinen Scherz." David schnaubte.

„Nun, das ist Ihnen nicht gelungen."

Ruckartig stand er auf und gab Matildas Vater mit dieser Geste das Zeichen zum Aufbruch. Schwungvoll schritt er zur Tür und öffnete sie einen Spalt.

Kiran hob erneut eine Augenbraue. Das war wohl der dezente Hinweis, dass die Unterhaltung, besser gesagt die

Fragestunde ein Ende fand. Höflich reichte er dem Doktor die Hand und drückte sie ganz leicht. Eine letzte Bemerkung konnte er sich nicht verkneifen. Mit einem Augenzwinkern beugte er sich nach vorn und flüsterte ihm ins Ohr: „War das auch nicht zu fest? Wir wollen doch nicht, dass Ihre zarten Chirurgenhände verletzt werden, nicht wahr?" Ein kurzes Kopfnicken als Abschiedsgruß, und er schritt durch die Tür. Als er sich noch einmal umdrehte, blickte er in das verblüffte Gesicht des jungen Arztes und grinste erneut. Es machte einen Heidenspaß, diesen hübschen Doc aufzuziehen, denn hübsch war er, das hatte ihm bereits seine Tochter zugeflüstert.

David indessen starrte dem Mann hinterher, der lässig wie ein Raubtier davonschritt und ihn sprachlos zurückließ. Der Typ spielte mit dem Feuer. Mit seinem Feuer, stellte David zähneknirschend fest, und der Dummkopf ahnte noch nicht einmal, dass er sich dabei gehörig die Finger verbrennen konnte. Davids Blick glitt hinunter zu dem apart schwingenden Knackhintern und wieder hinauf zu den selbstbewusst durchgedrückten Schultern, die ihn zu verspotten schienen. Kopfschüttelnd wandte er sich ab und ließ sich ratlos auf seinen Arbeitssessel fallen. Zunächst musste sich sein kleiner Freund in der unteren Region wieder einkriegen. Danach sollte er den kühlen Kopf suchen, den er irgendwo verloren hatte. Das war ein Einstieg in den deutschen Arbeitsalltag. Der Himmel möge ihm zur Seite stehen, wenn das in den nächsten Tagen so weiterging.

Für David war das kleine Mädchen die erste Patientin, die er im Münchner Klinikum operierte. Sie eroberte sich schon allein aufgrund dieser Tatsache eine besondere Stellung in seinem Herzen. Mal ganz davon abgesehen, dass er die aufgeweckte Kleine gerne mochte. Am Tag zuvor hatte er im Beisein ihres Vaters noch einmal eingehend mit ihr gesprochen. Das bedingungslose Vertrauen, das Matilda ihm entgegenbrachte, rührte ihn zutiefst. Dass sie ihm erneut gestand, wie hübsch sie ihn fand, ließ ihn schmunzeln. Die Lady besaß eindeutig einen hervorragenden Geschmack. Hatte sie den von ihrem Vater? Ein flüchtiger Blick in dessen Richtung hatte ihm gezeigt, dass der Mann ihn mit Argusaugen beobachtete und eine gewisse Besorgnis ausstrahlte. Das machte ihn fast sympathisch.

Das überhebliche Auftreten, das er bei der letzten Begegnung in seinem Arbeitszimmer an den Tag gelegt hatte, ein Verhalten, das schon fast unverschämt war, hatte sich in Luft aufgelöst. Neben ihm saß ein stummer, besorgter Vater, der aufmerksam zuhörte und beobachtete, was mit seiner Tochter geschah. Als er dem Mann aus der Distanz heraus noch mal versicherte, dass er sich keine Sorgen machen solle, hatte dieser nur mitleidig gelächelt.

„Ich versuche es, Herr Dr. Feldhoff, ich versuche es. Sie ist alles, was ich habe. Da steht es mir doch zu, ein bisschen Furcht zu haben, oder?" David hatte nur genickt und war dann wortlos gegangen. Diese Dinge musste Herr Wichmann mit sich selber ausmachen.

Matildas Herzklappenoperation am nächsten Tag verlief reibungslos und ohne Komplikationen. David hatte sich gut vorbereitet, er wollte auf keinen Fall eine Überraschung erleben. Eine tiefe Befriedigung überkam ihn, als er nach getaner Arbeit im Waschraum stand und sich säuberte. Ja, in solchen Augenblicken liebte er seinen Beruf über alles. Die Gewissheit, gute Arbeit geleistet zu haben, Menschen zu helfen, da wo es andere nicht mehr konnten, verlieh ihm mitunter Flügel, stärkte sein Selbstbewusstsein und ließ ihn über seine eigenen Unzulänglichkeiten großzügig hinwegsehen.

Nach seiner persönlichen Einschätzung konnte Matilda nach einer gewissen Genesungszeit ein Leben ohne besondere Einschränkungen führen.

Als die Kleine nach dem Eingriff gut versorgt zunächst einmal auf der Intensivstation überwacht wurde, er sich noch einmal persönlich versichert hatte, dass es ihr gut ging, überbrachte er der wartenden Familie mit einem Lächeln die gute Nachricht.

Wie nicht anders zu erwarten, erholte sich Matilda ziemlich schnell, was nicht ungewöhnlich für einen jungen, gesunden Menschen war. Nach kürzester Zeit konnte man sie auf die normale Station verlegen und mit den erforderlichen Rehabilitationsmaßnahmen beginnen.

Matildas Vater musste sich ein paar Tage später von seiner Tochter verabschiedet, da er einen längeren dienstlichen Einsatz vor sich hatte. Um die Abwesenheit des Vaters zu kompensieren, erschien Matildas Omi jeden Nachmittag, um sich um ihre Enkelin zu kümmern. Weitere Verwandte oder Bekannte schien es nicht zu geben. David registrierte das mit Bedauern. Er kannte den Mangel an Bezugspersonen aus seiner eigenen unerquicklichen Kindheit. Vielleicht war das auch der Grund, weshalb es ihn immer wieder zu dem kleinen Mädchen hinzog.

Davids Alltag bestand aus einem Fünfzehn-Stunden-Tag, der ihm kaum Zeit ließ, einen privaten oder persönlichen Gedanken zu fassen. Studien, Operationen, Besprechungen nahmen ihn in Beschlag, sodass er manchmal glaubte, ein Sklave am OP-Tisch zu sein. Er beschwerte sich nicht, denn genau das hatte er immer gewollt. Die Menschen brauchten ihn, und er besaß die Fähigkeit, Linderung zu schaffen oder zu heilen.

Trotz der ständigen Zeitnot ließ er keine Gelegenheit ungenutzt, seine erste Patientin Matilda zu besuchen. Die Essenspausen boten eine wunderbare Möglichkeit, um kurz bei ihr vorbeizuschauen. Es freute ihn, die Augen des Mädchens jedes Mal aufleuchten zu sehen, wenn er das Zimmer betrat.

Sie hatten es sich zur Angewohnheit gemacht, bei seinen Besuchen zumindest eine Partie Halma zu spielen. David musste zugeben, dass die Kleine ziemlich gut darin war. Da hatte er unfreiwillig seinen Meister gefunden. Gewinnen ließ er sie nicht. Es lag nicht in seiner Natur, freiwillig klein beizugeben. Das ging gegen seinen Ehrenkodex. Dass Matilda trotzdem öfter gewann als er, freute ihn dennoch.

An einem für seine Verhältnisse geruhsamen Nachmittag betrat David das Krankenzimmer, um seiner Lieblingspatientin für eine Weile die Zeit zu vertreiben, doch das schien nicht nötig. Der impertinente Vater saß am Bett seiner Tochter und scherzte gut gelaunt mit dem Mädchen. Bei dem Geräusch, das sein Eintreten verursachte, schoss der Blick des Mannes direkt zur Tür. Eine Reaktion, die wohl der berufsbedingten Wachsamkeit geschuldet war. Kiran Wichmann stand noch das strahlende Lächeln im Gesicht geschrieben, das er seiner Tochter schenkte, als sich ihre Blicke trafen. David schluckte. Wo immer dieser Kerl sich in letzter Zeit rumgetrieben hatte, der unwiderstehlichen Ausstrahlung des Mannes tat es offensichtlich keinen Abbruch. Im Gegenteil. Er sah aus, als läge ein ausgedehnter Karibikaufenthalt hinter ihm, bei dem er der täglichen Rasur nur wenig Beachtung schenken musste. Das Einzige, was darauf schließen ließ, dass der Mann nicht gefaulenzt hatte, war der angespannte Zug um seine Lippen und die schmaler

gewordenen Wangen, die von einem Gewichtsverlust
zeugten. In Anbetracht des Gelderwerbs von Matildas Vater
mochte David gar nicht wissen, woher diese
Beeinträchtigungen stammten.

Unverbindlich begrüßte er den Besucher mit einem
Handschlag und einem kurzen „Herr Wichmann", was mit
einem kurzen Kopfnicken und einem gebrummten „Herr
Doktor" erwidert wurde. David setzte sich auf die andere
Seite des Bettes und widmete sich lächelnd seiner Patientin.
Während er ein lockeres Gespräch mit Matilda anfing,
öffnete er ihr Pyjamaoberteil und untersuchte sie
routinemäßig.

„Ich sehe, dein Vater ist zurück, Matilda." Beiläufig lächelte
er in Richtung des Vaters, der es sich mit ausgestreckten
Beinen und vor dem Bauch gefalteten Händen bequem
gemacht hatte und jede seiner Handbewegungen
aufmerksam beobachtete.

„Ja, das ist er und schau nur, was er mir mitgebracht hat!"
Begeistert hielt sie ihm irgendeinen rosaroten Flitterkram
hin, den er nicht zu deuten wusste. Mit hochgezogenen
Augenbrauen ergriff er die Spielsachen, die ihm Matilda
hinhielt, drehte sie unbeholfen hin und her, wobei er das
Zeug gebührend bewunderte. Kiran Wichmann grinste so
breit er konnte, scheinbar belustigt, dass der Herr Doktor
keine Ahnung hatte, was er da bestaunte.

„Tja, das ist wirklich ein tolles Ding", stotterte David
unbeholfen und legte das Dingsbums zurück auf die
Bettdecke. Matilda nickte zustimmend und beschäftigte sich
weiter damit. Zufrieden mit dem Ergebnis seines kurzen
Checks stand David auf und machte Anstalten, sich zu
verabschieden. Er wollte die Zweisamkeit von Vater und
Tochter nicht weiter stören. In diesem Augenblick kam
Bewegung in den lässig ausgestreckten Körper des

Besuchers. Er berappelte sich und baute seinen gestählten Leib vor ihm auf, sodass David vorsichtshalber einen Schritt zurückwich. Man konnte ja nie wissen, was der Mann, dessen Beruf offensichtlich mit der Beseitigung von Problemen der gefährlicheren Art zu tun hatte, für Reflexe zeigte.

David war froh, als er ihn lediglich um ein Gespräch bat, um sich über den Gesundheitszustand seiner Tochter zu informieren, was er Herrn Wichmann ohnehin schon längst angeboten hätte, würde ihn seine Gegenwart nicht ständig aus der Fassung bringen.

David zwang ein unverbindliches Lächeln auf seine Lippen und bat Matildas Vater, ihn im Anschluss seines Besuches in seinem Arbeitszimmer aufzusuchen, von dem er betonte, dass er ja wüsste, wo es zu finden sei. Mit einem Augenzwinkern in Matildas Richtung und einem kühleren Nicken hin zu dem Vater verabschiedete sich David geschäftig. Sein letzter Blick galt dem Mann, der seine Hände vor der Brust verschränkte und ihm kopfschüttelnd hinterherblickte. Das schiefe Grinsen entging David keinesfalls und brachte ihn erneut um sein inneres Gleichgewicht.

Als er auf dem Flur stand und sich erleichtert an die geschlossene Tür lehnte, atmete er befreit aus.

Davids Seelenruhe währte nicht allzu lange. Etwa eine Stunde später klopfte es an die Tür seines Dienstzimmers und er bat um Eintritt. Da stand er wieder. Matildas Vater, dessen enervierende Ausstrahlung ihn ein ums andere Mal die Gemütsruhe verlieren ließ. Es galt, Ruhe und Professionalität zu bewahren. Sollten seine aufwallenden Gefühle der anderen Art nach außen hin sichtbar sein, würde ihm das auf eine unschöne Art das Genick brechen. Imaginär oder durch die Hand seines Gegenübers.

„Herr Wichmann, setzen Sie sich doch", begann er ganz professionell und bemühte sich, ein unverbindliches Lächeln auf sein Gesicht zu zaubern, auf das besagter Herr Wichmann nicht einging. Er kam ebenfalls direkt zum Punkt. „Bitte erklären Sie mir den genauen Genesungsverlauf meiner Tochter, Doktor Feldhoff. Wann kann ich sie nach Hause holen und wie sind die Prognosen für die Zukunft?"

„Hm", David blätterte angelegentlich in der Krankenakte Matildas und versteckte seine Unsicherheit hinter einer Lesebrille, die er sich geschäftig auf die Nase schob. Er konnte es drehen und wenden, wie er wollte, das Ergebnis blieb das Gleiche. Er fühlte sich zu diesem Mann hingezogen. Seine Stärke und Überheblichkeit zogen ihn gegen alle Vernunft an wie ein Magnet. Rohe Männlichkeit und Testosteron pur. Nochmals rief er sich zur Ordnung. Er musste die flatternden Nerven im Griff halten und ruhiges Blut bewahren. Als seine Stimme einen neutralen Ton anschlug, war er mächtig stolz auf sich.

„Es sieht sehr gut aus, Herr Wichmann. Ihre Tochter hat die OP besser weggesteckt, als erwartet. Sollten die anstehenden Untersuchungen zu unserer Zufriedenheit verlaufen, können wir Matilda in wenigen Tagen entlassen, vorausgesetzt, Sie berücksichtigen einige Dinge. Es wäre ganz gut, wenn Ihre Mutter bei dem Abschlussgespräch ebenfalls anwesend wäre, denn wenn ich die Sache richtig verstehe, ist sie diejenige, die sich hauptsächlich um das Kind kümmert.

Kiran seufzte und rieb sich verdrossen über sein kurzes Haar. „Ja, das stimmt. Mein Job lässt leider nicht zu, dass ich mehr Zeit mit ihr verbringen kann. Ich bin ehrlich gesagt froh, dass meine Mutter mir hilft. Ich wüsste nicht, was ich ohne sie täte. Sie tut wirklich alles für ihre Enkeltochter. Da bleibe ich oft außen vor. Gerade in den Zeiten, in denen Matilda mich

braucht, bin ich beruflich mehr eingebunden, als mir lieb ist. Aber was soll ich tun? Mir bleibt keine andere Wahl."
David nahm seine Brille ab und legte sie neben die Akten.
„Machen Sie sich keine Gedanken. Matilda versteht das sehr gut. Sie ist ein tolles Mädchen und stolz, dass ihr Vater so eine Art Superman ist, der eben ab und zu die Welt retten muss. Niemand macht Ihnen Vorwürfe, dass Sie wenig Zeit haben. Am Ende zählt, dass Ihre Tochter spürt, dass sie nicht aus mangelndem Interesse ihr gegenüber länger ohne Sie auskommen muss, sondern weil Sie einen Beruf haben, der dieses Opfer erfordert. Genießen Sie einfach Matildas Bewunderung."
Kiran grinste.
„Ach, tatsächlich, hat sie Ihnen das erzählt? Meine Tochter hält mich für Superman? Das ist ja interessant."
Jetzt musste auch David lächeln. Das Bild des Riesen, der sich da so unkonventionell in dem Besuchersessel rekelte und sich angesichts der Tatsache, dass seine Tochter ihn für den Retter der Welt hielt, freute wie ein kleiner Junge, bereitete ihm Vergnügen.
„Ja, das tut sie. Wenn die Zeit es erlaubt und ich es einrichten kann, besuche ich Matilda und wir spielen zusammen Halma. Wissen Sie, die Tatsache, dass wir beide dieses Spiel lieben, verbindet uns irgendwie. Für mich bringt es alte Kindheitserinnerungen zurück und Ihre Tochter ist dabei, welche zu sammeln. Während wir zusammen spielen, plappert sie über Gott und die Welt. Ehrlich gesagt ist es mir ein Rätsel, wie sie es trotz ihres nicht versiegenden Redeflusses bewerkstelligt, zu gewinnen. Wahrscheinlich ist es eine Taktik, um mich abzulenken." Bei dem Gedanken daran stahl sich ein belustigtes Grinsen über Davids Gesicht.
„Ein gewitztes Ding, Ihre Kleine. Ihr Lieblingsthema ist nun mal ihr Vater. Tut mir leid."

Kiran hörte aufmerksam zu und war erstaunt, dass der viel beschäftigte Arzt sich Zeit für seine Tochter nahm. Ein seltsamer Vogel. Der Mann schien nett zu sein, aber irgendwie wurde er aus seinem Verhalten nicht schlau. Er hatte etwas an sich, das seine Gedanken beschäftigte. Etwas, das er nicht benennen konnte. Seine Ausstrahlung? Das Wissen, besser gesagt, die Vermutung, dass Dr. Feldhoff auf seine Geschlechtsgenossen stand, und er ihm gegenüber offensichtlich ein Interesse hegte, obwohl er das gut zu überspielen verstand? Er mochte es nicht zugeben, aber es schmeichelte ihm, provozierte ihn, mit dem charismatischen Arzt zu spielen.

„Das muss es nicht. Hoffentlich erwähnt sie nicht all die Dinge, die mich in einem schlechten Licht dastehen lassen."

„Keine Sorge, Herr Wichmann. Töchter, die ihre Väter verehren, nehmen deren Schwächen nicht wahr. So soll es doch sein, oder? Eine coole Farbe übrigens", ergänzte David mit einer Geste hin zum sonnengebräunten Teint seines Gegenübers. Kiran heftete seinen Blick auf den allzu vertraulich wirkenden Arzt.

„Was meinen Sie mit cooler Farbe, Doktor?" David schob angelegentlich die Blätter des Stapels Unterlagen zusammen und hoffte, einen belustigten Unterton gefunden zu haben, als er antwortete.

„Sie scheinen während Ihrer Abwesenheit einen ausgedehnten Karibikurlaub genossen zu haben. Ihre Haut hat die Farbe von Vollmilchschokolade, während sie vorher eher der von Vollmilch glich." Kiran starrte den Doktor verblüfft an, warf nach einigen Sekunden des Schweigens den Kopf zurück und brach in haltloses Gelächter aus. Als er sich wieder gefangen hatte, beugte er sich nach vorne und wurde ernst.

„Mann, Sie wissen ja nicht, von was Sie reden. Mein

sogenannter Karibikurlaub war tatsächlich sehr ausgedehnt und von Langeweile konnte nicht die Rede sein. Der heiße Sand hat uns Löcher in den Arsch gebrannt, die Ladys waren mehr als feurig und die Cocktails höchst explosiv. In der Tat. Wir haben das Ganze genossen. Es hätte schlimmer kommen können. Immerhin bin ich wieder hier. Ohne Kratzer und braun gebrutzelt wie ein Backhähnchen."

Kiran nagelte Dr. Feldhoff förmlich mit seinem intensiven Blick auf dem Arbeitssessel fest. Ja, er hatte gerade mächtig übertrieben und Öl ins Feuer gegossen, doch der Mann provozierte ihn ständig.

Der heiße Sand war eher warmer Schlamm gewesen und die feurigen Ladys ländliche Dorfschönheiten eines Kaffs in den Voralpen. Ein hartes Trainingslager lag hinter ihm, das ihm und seinen Kollegen alles abverlangt hatte. Bereit zu sein mit Geist und Körper, war eine Grundvoraussetzung, um zu überleben im Fall der Fälle. Andererseits war der Gesichtsausdruck, mit dem der Doktor ihn gerade anstarrte, unbezahlbar. Eigentlich war er nicht der Typ, der gerne auf den Putz haute, doch heute juckte ihn das Fell. Etwas Seltsames regte sich in ihm.

Der stechende Blick von Matildas Vater bescherte David ein gewisses Unwohlsein. Durch die gebräunte Haut wirkte das helle Blau seiner Augen fast unwirklich. In seinem Bestreben, eine lockere Bemerkung einfließen zu lassen, war er wohl über das Ziel hinausgeschossen. Er wusste, dass der Mann einem Sonderkommando angehörte, warum redete er also bloß so einen Unsinn. Der Kerl brachte es fertig, dass er sich fühlte, als befände er sich in der Pubertät, gleich einem Siebzehnjährigen, dessen Unsicherheit und mangelndes Selbstbewusstsein ihn zerfraß.

Verlegen räusperte er sich. Du lieber Himmel. In Gegenwart dieses Mannes laborierte er an einer Dauerheiserkeit.

„Entschuldigen Sie bitte meine unbedachte Bemerkung, Herr Wichmann, ich wollte nicht despektierlich klingen." Kiran winkte beschwichtigend ab.

„Ist schon gut. Ich bin nicht empfindlich. Haben Sie schon einen genaueren Termin für Matildas Abschlussuntersuchung?", wechselte er hastig das Thema. Er hatte keine Lust, über seine Arbeit nachzudenken oder zu reden. Über die Härte des Trainings oder den oft dramatischen Verlauf seines Arbeitsalltages. Niemand ahnte auch nur ansatzweise, was solche Einsätze in einem Menschen bewirken konnten, sollte es hart auf hart kommen. Die Öffentlichkeit erfuhr nichts von den schmutzigen Einzelheiten. Erfolge wurden gefeiert, Niederlagen so gut wie möglich verschwiegen. Man musste diese Dinge mit sich selber ausmachen und das war auch gut so.

Scheinbar entspannt lehnte er sich zurück und beobachtete den Doktor. Der Mann hatte ihn eindeutig provozieren wollen, suchte er persönlichen Kontakt? Wenn ja, wusste er ehrlich gesagt nicht, was er davon halten sollte. Die kurzfristig aufflackernde Keckheit des jungen Arztes hatte ihn verblüfft. Wollte er ihn tatsächlich anmachen, oder bildete er sich das bloß ein? Vielleicht lag er auch völlig verkehrt in seinen Einschätzungen und er tat dem Mann unrecht. Eigentlich täuschte er sich selten in der Beurteilung seiner Mitmenschen. Eine Eigenschaft, die ihm viele aufgrund seiner Äußerlichkeit nicht zutrauten, die er aber zweifelsohne besaß. In seinem Berufsalltag ein überlebensnotwendiges Attribut. Nichtsdestotrotz beschäftigte er sich eindeutig zu viel mit den Befindlichkeiten von diesem Dr. Feldhoff.

Die Stimmung im Raum war nach den vergangenen Äußerungen in eine gegenseitige Distanziertheit, eher

Verlegenheit, umgeschlagen und so hangelte man sich von Satz zu Satz, bis man sich schließlich auf einen Termin einigte, an dem man ein Abschussgespräch für Matildas Entlassung führen wollte.

Gefühlte Erleichterung herrschte auf beiden Seiten, als man sich höflich voneinander verabschiedete. Beim pflichtschuldigen Handschlag ließ es sich nicht vermeiden, dass man sich in die Augen sah. Der stahlharte Blick Kirans bohrte sich in den offenen, zurückhaltenden Davids. Davids Mund verzog sich zu einem schwachen, bedauernden Lächeln, das Kiran mit zusammengebissenen Lippen nicht erwiderte. Ein kurzes Nicken und er eilte zielstrebig aus dem Raum.

Das Zuschlagen der Tür riss David aus seinem angespannten Zustand. Ratlos ließ er sich in seinen Arbeitssessel fallen, atmete tief ein und stieß die Luft mit einem Stoß aus. Oh, mein Gott. Es war lange her, dass ein Typ ihn derartig aus dem Gleichgewicht gebracht hatte. Er war auf dem besten Wege, sich in jemanden zu verlieben, bei dem nicht die geringste Chance bestand, dass er seine Gefühle willkommen hieß. Hilflos stöhnte er auf und griff sich ins Haar. Nicht schon wieder.

Etwa eine Woche später war es dann so weit. Matildas gründlicher Check hatte einen äußerst positiven Verlauf genommen und es stand einer Entlassung nichts mehr im Wege. In den vergangenen Tagen hielt David seine Besuche bei Matilda so kurz wie möglich, horchte sie aus, wann ihr Vater sie besuchte, und vermied es, zu diesen Zeiten auch nur in die Nähe des Krankenzimmers zu kommen. Erfolgreich. Eine gewisse Ruhe kehrte in ihm ein. Seine aufwallenden Gefühle schienen sich zu beruhigen und das empfand er durchaus als wohltuend.

Diese verdammten Empfindungen! Warum in aller Welt strafte man die Menschheit mit diesen überflüssigen Sinnesreizen? Um den Bestand der eigenen Rasse zu gewährleisten? Nun, da wäre man bei ihm an der falschen Adresse. Konnte man den Verstand nicht dahingehend trainieren, sich mit der Befriedigung der Triebe zufriedenzugeben und jeglichen gefühlsduseligen Liebesinstinkt oder was auch immer, samt der Wurzel auszureißen und auszurotten? Er selber besaß wahrscheinlich ein Abonnement für diese lästigen Wallungen, gepaart damit, dass sie permanent in einer Katastrophe endeten.

Dem bevorstehenden Gespräch sah er mit gemischten Gefühlen entgegen. Ein letztes Mal müsste er dem Vater entgegentreten, dem Kerl in seine verdammten Augen sehen und ihm für die Zukunft alles Gute mit seiner Tochter wünschen. Es würde schon gehen.

Leid tat es ihm einzig und allein um Matilda. Die zarten Freundschaftsbande, die sie geknüpft hatten, ihre gemeinsame Vorliebe für Brettspiele, der sie gerne frönten, wenn die Zeit es zuließ, würde er vermissen und sich stets gerne daran zurückerinnern. Sie war seine erste Patientin auf deutschem Boden und schon aus diesem Grund würde er Matilda nicht vergessen.

Ein zartes Klopfen an der Tür seines Arbeitszimmers ließ ihn von seinem Papierkram aufsehen. Die Tür öffnete sich vorsichtig und ein braunhaariger Kinderschopf lugte giggelnd um die Ecke. David musste grinsen. Matilda. Es war schön, die Kleine so gesund und glücklich zu sehen. Das Herz ging ihm auf. Durch seinen fachkundigen Eingriff hatte er diesem Mädchen die Lebensqualität zurückgegeben. Was gab es Besseres im Leben als die Gewissheit, Gutes zu tun. Durch die eigene Kompetenz, Dinge zum Besseren zu drehen.

Matilda kam zielstrebig auf ihn zu und kletterte ganz selbstverständlich auf seinen Schoß. „Ist das dein Arbeitszimmer, Doktor David?"

David musste über die Zutraulichkeit Matildas lächeln. Ja, er würde das Mädchen eindeutig vermissen, aber so war nun mal der Lauf der Dinge. Patienten kamen und gingen. Gingen sie so offensichtlich genesen wie dieses Kind, sollte er froh darüber sein.

„Weißt du, Matilda", begann er, „eigentlich stehe ich viel lieber im Operationssaal und helfe den kranken Patienten dort, aber ich muss auch alles genau aufschreiben und für später festhalten. Deshalb muss ich hier in meinem Arbeitszimmer den Schreibkram erledigen und Krankenakten studieren." Ernst nickte Matilda.

„Mach dir nichts draus, Doktor David. Ich muss auch manchmal Sachen tun, die ich nicht will." Fast hätte David laut losgelacht. Die Mimik der Kleinen sprach Bände. Mit anbetungswürdig zusammengezogenen Augenbrauen blickte Matilda Richtung Zimmertür, durch die soeben ihr Vater und die Omi eintraten. Die junge Dame wusste genau, was sie wollte, und besaß mit Sicherheit die Fähigkeit, ihren Willen durchzusetzen.

Beim Anblick ihres Vaters, der so selbstsicher wie ein Rockstar durch die Tür schritt, wurde David bierernst. Jetzt durfte er auf keinen Fall die Gelassenheit verlieren, für die er so inbrünstig gebetet hatte.

Lässig wuschelte er Matilda durch ihr Haar und bat sie, auf einem der Stühle Platz zu nehmen. Mit stoischer Miene reichte er Kiran Wichmann die Hand, suchte nur einen kurzen Blickkontakt und richtete seine ganze Aufmerksamkeit dann der Oma zu.

„Schön, dass Sie auch hier sind, Frau Wichmann. Heute ist

also der große Tag, an dem wir Matilda nach Hause entlassen können." Matilda kicherte wieder und kroch auf den Schoß ihres Vaters, der sie mit sichtbarer Erleichterung an sich drückte.

Drei gespannte Augenpaare richteten sich auf David. Er holte tief Luft. Nun denn.

Routinemäßig wickelte er das Gespräch ab, wies auf Notwendigkeiten einer weiteren Behandlung hin, versicherte sich, dass die Gegebenheiten in Matildas Sinne vorhanden waren, und schlug die Akte mit einem lauten Knall zu, nachdem er glaubte, alles in einem weiteren, positiven Verlauf zu wissen. Das war es also.

Seine erste Patientin konnte er guten Gewissens nach Hause entlassen, den enervierenden Anblick ihres Vaters vergessen und so weitermachen wie gewohnt. Arbeiten, schlafen, essen, wieder arbeiten und anschließend noch ein paar Überstunden obendrauf. Guter Plan.

Zufrieden atmete er auf und blickte in die Runde. Er sah in die entspannten Gesichter der Erwachsenen und in die großen Kulleraugen von Matilda. Entschlossen rutschte die Kleine vom Schoß ihres Vaters und lief zu ihm herüber. Wieder kletterte sie auf seinen Schoß, legte diesmal ihre kurzen Arme um seinen Hals und drückte ihm einen feuchten Kuss auf die Wange. Wärme breitete sich in ihm aus. Ein Gefühl von Wohlbehagen. Er mochte das süße Mädchen.

„Doktor David, kommst du mich mal besuchen? Du musst! Papa hat keine Zeit, mit mir Halma zu spielen, und Omi ist eindeutig zu schlecht." Bettelnd zupfte sie an seinem Kittel.

David neigte den Kopf in den Nacken und lachte. Sein Blick fiel in Richtung des Vaters, den Matildas Worte unruhig auf dem Stuhl hin und her rutschen ließen. Bereitete ihm der Gedanke eines Besuches Unwohlsein? Nun, der Herr sollte ihm wenigstens ein klein wenig dankbar sein. Nicht, dass er beabsichtigte, bei ihm aufzukreuzen. Gott bewahre. Trotzdem.

„Ähm Matilda, Mäuschen. Ich glaube, Dr. Feldhoff hat keine Zeit, all seine Patientinnen zu besuchen und mit ihnen zu spielen. Er muss die anderen Kinder auch gesund machen, weißt du. Bestimmt hat der Doktor eine Familie, um die er sich in seiner knapp bemessenen Freizeit kümmern muss."

Kirans Augen streiften David. Unsicherheit, ein Gefühl, das er normalerweise nicht kannte, machte sich breit. Er hatte längst gemerkt, dass Matilda einen Narren an dem gut aussehenden Arzt gefressen hatte, was auf Gegenseitigkeit beruhte, das konnte man eindeutig spüren.

Das Interesse, das der Mann ihm unterschwellig entgegenbrachte, beunruhigte ihn jedoch, brachte ihn ins Schwitzen. Warum eigentlich? Weil seine Gedanken sich mehr als nötig mit dem Schönling beschäftigten? Er stand mit an Sicherheit grenzender Wahrscheinlichkeit auf Frauen, konnte sich nicht vorstellen, einen Kerl zu berühren, Zärtlichkeiten mit ihm auszutauschen, ihn gar zu küssen. Seit frühster Jugend hatte er Röcken hinterhergeschaut, liebte es, mit einer Frau ins Bett zu gehen, ihre Weichheit zu spüren, ihre Brüste zu kneten, sich in ihr zu verlieren. Und nun kam so ein zugegebenermaßen hübscher Bursche daher und lenkte seine Gedanken in eine Richtung, in die er sich nicht drängen ließ. Niemals. Verdammt noch mal! Der Kerl sah einfach viel zu gut aus für einen Mann. Die ruhige Art, die fachliche Kompetenz und die Fähigkeit, Dinge zu tun, die andere nicht konnten, faszinierten ihn. Rangen ihm Respekt ab. Er war Dr. Feldhoff unendlich dankbar, dass er seiner Tochter helfen konnte. Dafür allein schon schuldete er ihm Verbundenheit und keine Herabwürdigung seiner Person. Ungeachtet der Neigung des Doktors, die er lediglich vermutete und nicht mit Sicherheit wusste. Seit wann war er ein Mensch, der mit Vorurteilen belastet war? Hm, vielleicht seit gewisse Aspekte ihn persönlich betrafen?

Kirans Blick streifte die langen, feingliedrigen Finger, die Matilda fürsorglich festhielten. Hände, die Wunder vollbringen konnten, die gefühlvoll arbeiteten. Musterte die freundlichen Augen, die seine Tochter voller Sympathie anschauten. Unbewusst musste er sich schütteln. Seine Gedanken glitten langsam in Regionen ab, die für niemanden gut sein konnten. Er war Kiran Wichmann, Elitepolizist, willensstark, kampfgestählt und kompromisslos, wenn es darauf ankam. Was für ein Irrsinn breitete sich da in seinem Kopf aus? Höchste Zeit, sich abzulenken. Die Tatsachen ins richtige Lot zu rücken. Das Erste, was er tun würde, sobald er daheim auf seinem Sofa saß, war den Telefonhörer in die Hand zu nehmen und Marion anzurufen. Es wurde höchste Zeit, sich endlich mal wieder eine hemmungslose Nacht zu gönnen. Es war zu lange her. Seine Notgeilheit war wahrscheinlich der Grund, weshalb seine Gedanken bei dieser unpassenden Gelegenheit in eine noch weniger passende Richtung schweiften. Ja. So war es.

Die eindringliche Stimme seiner Tochter klang an sein Ohr, holte ihn zurück in die Gegenwart.

„Papa bitte! Du musst es erlauben!" Kiran rieb sich verlegen im Nacken. Er war sich sicher, dass Matilda nicht eher Ruhe geben würde, bis sie ihren Willen bekam. Deshalb hoffte er auf die Schützenhilfe des Doktors. Ihre Blicke trafen sich. Wenigstens schien sich der Mann genauso wenig wohlzufühlen, bei dem Gedanken, in seinem Heim aufzukreuzen, wie er. Ja, er blickte fast ängstlich zwischen ihm und seiner Mutter hin und her. Das wiederum belustigte Kiran.

„Papa, ich habe doch nächste Woche Geburtstag und ich

möchte Doktor David einladen. Bitte, bitte, bitte!"
Ungeschickt rutschte Matilda von Davids Schoß, rannte
hinüber zu ihrem Vater und zog ihn am Jackenärmel. Wie ein
Gummiball hüpfte sie auf und ab. Eher hilflos versuchte
Kiran, seine aufgeregte Tochter zu beruhigen. War zu viel
Aufregung nicht schädlich für den noch geschwächten
Kinderkörper? Entschlossen packte er Matilda und hob sie
hoch auf seinen Arm. Dabei stand er auf. Dr. Feldhoff und
seine Mutter taten es ihm gleich.
„Also ich weiß nicht, Süße. Vielleicht ist das im Moment
noch zu viel Aufregung für dich." Hilfe suchend blickte er
hinüber zum Arzt seiner Tochter, suchte Bestätigung. Der
zuckte neutral mit den Schultern.
„Wenn die junge Dame schön brav ist und nicht auf dem
Tisch tanzt, ist von meiner Seite nichts gegen eine
Geburtstagsparty einzuwenden. Man wird schließlich nur
einmal sechs im Leben, nicht wahr, Matilda?" Lächelnd
schenkte er der Kleinen ein Augenzwinkern. Das veranlasst
sie dazu kichern.
„Hast du gehört, Papa? Doktor David hat es erlaubt."
Matilda bedeutet ihrem Vater, sie herunterzulassen.
Augenverdrehend ließ er ihr den Willen. Noch im gleichen
Augenblick hing sie an Davids weißem Kittel und zog
energisch daran.
„Wirst du kommen, Doktor David? Omi backt mir bestimmt
meinen Lieblingskuchen. Den musst du unbedingt
probieren!" Fragend blickte das kleine Mädchen hinüber zur
Oma, die lächelnd nickte.
„Natürlich, mein Schatz. Es ist schließlich dein Geburtstag."
„Hast du es gehört? Kommst du?" Mit großen, fragenden
Augen blickte Matilda David an, der sich niederkniete, um
auf Augenhöhe mit ihr zu reden.
„Nun, du musst mir erst einmal verraten, was dein

Lieblingskuchen ist, damit ich weiß, ob es sich lohnt zu kommen." Matilda kicherte erneut.

„Es ist ein Rotweinkuchen mit Buttercremefüllung." David zog fragend die Augenbrauen hoch.

„Ein Rotweinkuchen?" Matilda nickte eifrig.

„Ja. Ein Rotweinkuchen, aber ohne Rotwein. Ich bin noch ein Kind, weißt du? Kinder dürfen keinen Alkohol", fügte sie mit ernster Miene hinzu. David grinste und wuschelte dem anbetungswürdigen Mädchen durch das Haar.

„Also, Matilda. Rotweinkuchen ohne Rotwein hört sich gut an. Ich habe nächste Woche am Donnerstag und am Freitag keinen Dienst. Wenn du an einem dieser Tage feierst, komme ich gerne." Unsicher flog Davids Blick hinüber zu Kiran, der ihn mit einem aufgesetzten Lächeln beobachtete und ergeben nickte. Matilda jubelte. Das hieß wohl, dass er einen Treffer gelandet hatte.

„Ich habe am Freitag. Also ist es abgemacht. Du kommst!" David schluckte. Hoffentlich hatte er da nicht gerade den Fehler seines Lebens begangen.

Mit der Zusage, Matildas Geburtstagsparty zu besuchen, hatte er sich einen schönen Schlamassel eingebrockt. Er hätte sich mit seiner Arbeit entschuldigen müssen, doch er hatte den großen bittenden Augen nicht widerstehen können. Jetzt war es zu spät.

Schon morgen war der denkwürdige Tag und es blieb ihm nicht mehr viel Zeit, um ein Geschenk für seine kleine Freundin zu besorgen. Was schenkte man bloß einer Sechsjährigen? Die Einzige, die ihm da weiterhelfen konnte, war Nelia. Ihr Ältester war fast sieben und die Zwillingsmädchen etwa vier oder fünf. Da wusste sie, was bei sechsjährigen Damen im Kurs stand. Seufzend klingelte er an der Haustür des Vanderloo'schen Haushaltes. Vor einer halben Stunde hatte er kurz angerufen und Nelia bat ihn daraufhin vorbeizukommen. Eine gute Gelegenheit, seinem Patensohn einen Besuch abzustatten. Bei dem Gedanken an den jungen Mann stahl sich ein Lächeln über sein Gesicht. Er hatte Baby David in sein Herz geschlossen, schmolz jedes Mal dahin, wenn ihm der jüngste Spross seiner Freunde ein zahnloses Grinsen schenkte. Sooft es seine Zeit zuließ, hütete er den Jungen für ein paar Stunden, genoss die uneingeschränkte Zuneigung, die ihm dieses Baby entgegenbrachte. Rein, unvoreingenommen, pur.

Sam öffnete ihm die Tür und begrüßte ihn freudig.

„Es ist Onkel David, Mama", rief er ins Haus, zerrte ihn aber gleichzeitig zielsicher in sein Kinderzimmer. Das kannte David schon. Geduldig bewunderte er seine jüngsten Legobauwerke, doch heute hatte er leider keine Zeit, um mit ihm zu spielen. Andere Dinge drängten in den Vordergrund.

„Och Mann", brummte er enttäuscht, als David sich

entschuldigte und nach Nelia suchte. Er fand sie im Wohnzimmer, Baby David an ihrer Brust, der begierig seine Mahlzeit einsog. Lächelnd beugte er sich über das kahle Kinderköpfchen, auf dessen Stirn Schweißperlen der Anstrengung standen. Als er ihn erblickte, ließ er die Brustwarze sausen und schenkte ihm eine seiner anbetungswürdigen Grimassen. Hände und Füße gerieten hektisch in Bewegung, sodass Nelia missbilligend mit der Zunge schnalzte. Tja, das war sein Junge!

David trat schnell aus dem Blickfeld des Kleinen, der sofort seine Missbilligung kundtat, jedoch schnell verstummte, als er erneut die Nahrungsquelle auf den Lippen spürte. Nachdem das jüngste Familienmitglied versorgt war, fand Nelia endlich Zeit, sich um sein Anliegen zu kümmern.

„Ein Geschenk für eine Sechsjährige? Hm", brummte sie nachdenklich. „Was ist sie denn für ein Mädchen? Lebhaft? Verspielt? Zurückhaltend?"

„Sie spielt gerne Brettspiele und liebt so Puppenzeug mit rosa Flitterkram", antwortete David im Brustton der Überzeugung. Nelia grinste.

„Rosa Flitterkram also. Kennst du dich damit nicht aus?"

David warf seiner Freundin einen bösen Blick zu.

„Nein", fuhr er sie an. „Kenn ich mich nicht. Das weißt du ganz genau. Vielleicht entspricht meine sexuelle Orientierung nicht der Norm, das heißt aber nicht, dass ich auf Mädchenzeugs stehe. Jedenfalls nicht, was Spielsachen für Kinder betrifft." David grinste Nelia breit an.

„Die Spielsachen der großen Mädchen interessieren mich da schon viel eher, vor allen Dingen wenn sie breite Schultern und einen Knackhintern haben." Jetzt war es Nelia, die ihm einen festen Schlag versetzte und einen bösen Blick zuwarf. Einen gespielt bösen. Schon lange fochten sie keine Streitereien mehr aus. Die Ereignisse um Baby Davids

Geburt hatten sie verbunden und aus der einstigen unterschwelligen Feindschaft war eine beständig wachsende Freundschaft geworden.

„Also gut, David, der Große. Ich werde dir jetzt sagen, was wir tun. Ich rufe meine Mutter an, damit sie für eine Weile auf die drei Kleinen aufpasst, dann schnappen wir uns Sam und fahren nach Unterhaching ins Einkaufszentrum. Da finden wir mit Sicherheit etwas, dass das Herz der jungen Dame höherschlagen lässt. Versprochen." David nickte ergeben, froh, dass er jemanden hatte, der ihn in diesen Angelegenheiten unterstützte.

Nelia musterte David mit zusammengekniffenen Augen.

„Sag mal, was sind das eigentlich für Leute, die du morgen besuchst. Ich dachte, du kennst niemanden in München, außer uns?" David fuhr sich verlegen durch das Haar.

„Bei dem Mädchen handelt es sich um meine erste Patientin, die ich im Klinikum operiert habe. Na ja, wir haben so eine Art Freundschaft geschlossen. Matilda hat nicht viel Besuch gehabt. Nur ihre Oma kam regelmäßig. Ihr Vater ist Mitglied eines SEKs der Polizei und hatte sehr wenig Zeit, nach seiner Tochter zu sehen. Eine Mutter gibt es nicht. Ich habe mich mit der Kleinen angefreundet und ihr hin und wieder mit einer Partie Halma die Zeit vertrieben." Nelia musterte David misstrauisch. Sein beiläufiger Ton gefiel ihr gar nicht. Streng fixierte sie ihn.

„Also spuck es schon aus. Ich spüre doch, dass du nervös bist. Was behagt dir nicht. Ist es dieser Vater, der Mitglied einer Sondertruppe ist? Groß, sportlich, männlich? Genau deine Kragenweite, nicht wahr?" Frustriert stemmte David seine Ellbogen auf seine Knie und legte den Kopf in seine Hände.

„Verdammt noch mal, Nelia! Die Kleine hat mich fast angebettelt zu kommen. Ich konnte einfach nicht Nein

102

sagen, obwohl das vielleicht besser gewesen wäre."
Zerknirscht räumte er ein, dass sie recht hatte, was ihre
Vermutung in Bezug auf den Vater betraf.
„Wenn du ihn gesehen hättest. Warum muss ausgerechnet
ich mich immer in Typen vergucken, bei denen ich nicht die
geringste Chance habe. Warum? Der Kerl sieht weiß Gott
nicht danach aus, als ob er auf meine Avancen Wert legen
würde. Lieber Himmel, stell dir bloß mal vor, der Mann
merkt was. Der ist glatt in der Lage und ertränkt mich in
einem alten Jauchefass." Verdrossen krallte David die Finger
ins Haar. Er wagte nicht, sich vorzustellen, was passieren
würde, wenn diese kräftigen, schlanken Finger ihn
berührten. Ein Schauer überlief ihn.
Nelia legte einen Arm um Davids Schulter und zog ihn in eine
tröstende Umarmung. Was sollte sie ihm schon sagen. Sie
verstand sein Dilemma und beneidete ihn beileibe nicht.
Trösten konnte sie ihn nicht, aber Mut zureden schon.
„Du bist ein toller Mann, David. Gut aussehend, intelligent,
und du riechst unheimlich gut." David schnaubte, musste
aber lachen. Das hatte Nelia beabsichtigt. Breit grinste sie
ihn an.
„Eins kannst du mir glauben, mein Lieber. Gut riechen ist
wichtig. Damit hältst du wenigstens eine einzige Spitzen-
Voraussetzungen in den Händen, um zum Erfolg zu
kommen. Halt! Es sind drei! Optik und Hirn sind bei dir
genauso wenig zu verachten." Ungeduldig stieß ihn Nelia mit
dem Ellbogen in die Rippen.
„Mensch, David! Denk nicht immer so negativ. Hab Mut.
Auch wenn es dieser Mann nicht für dich sein sollte.
Irgendwo gibt es den Einen und der Kerl kann sich verdammt
noch mal glücklich schätzen, wenn du über ihn stolperst.
Geh einfach morgen auf diesen Kindergeburtstag und sei der
David, den wir alle kennen. Die Leute werden dich mögen.

Ach was rede ich. Sie werden dich anbeten! Sollte das Objekt deiner Begierde dich nicht als Liebhaber wollen, so what? Als Mensch wird er dich mögen. Immerhin hast du seine Tochter operiert. Erfolgreich. Und wer weiß das schon? Vielleicht gelingt es dir ja doch mit deinem zweifelhaften Charme, das testosterongeschwängerte Mannsbild einzufangen. Man sollte nie nie sagen. Es wäre nicht der erste Mann, der dir zu Füßen fällt, nicht wahr?"

David grinste.

„Nein, Supermami. Das wäre er nicht." David beruhigte sich allmählich. Eine Unterhaltung mit Nelia tat ihm immer gut. Besänftigte ihn, stärkte sein Selbstbewusstsein in zwischenmenschlichen Dingen. Irgendwie verstand es die Frau, zu ihm durchzudringen. Dafür liebte er sie fast schon.

Einige Organisationsakte später stand er mit Nelia und Sam in der Spielwarenabteilung eines großen Kaufhauses und ließ sich von einem Dreikäsehoch über das beraten, was seine Altersgenossinnen vorzugsweise ihren Eltern aus dem Kreuz leierten. Es machte Spaß, mit einer Bilderbuchfamilie an der Seite einzukaufen. Vater, Mutter, Sohn. Leider war er in dieser Konstellation nicht der Vater, aber das Gefühl, es könnte sein, war schön.

Am Ende entschied er sich für ein kunstvoll geschnitztes Halma-Brettspiel aus Holz und einen Barbie-Schminkkoffer mit viel Flitterkram und Zeugs, bei dem eine sechsjährige Lady vermutlich ausflippte. Das vermutete zumindest Sam.

Nun, der Junge sollte recht behalten. Nachdem er die angegebene Adresse in Gräfelfing endlich gefunden hatte, stieg er neugierig aus dem Auto und schaute sich um. Er war erstaunt, vor einem Häuschen mit Garten zu stehen, das zwar nicht riesig war, aber alles besaß, was ein Kinderherz sich wünschen konnte. Im Vorgarten stand eine Schaukel und diverse Gegenstände zeugten davon, dass von der Außenanlage lebhaft Gebrauch gemacht wurde. Zögerlich klingelte er. Es war Anni Wichmann, die Oma Matildas, die ihm öffnete und ihn herzlich willkommen hieß.

„Dr. Feldhoff! Schön, dass Sie da sind. Kommen Sie!" Mit einer einladenden Geste bat die ältere Frau ihn ins Innere des Hauses. Gerne leistete er Folge. Erwartungsvoll schaute er sich um. Anni Wichmann begann zu erklären.

„Wissen Sie, Herr Dr. Feldhoff, Matilda wartet schon gespannt auf Ihr Kommen. Das Kind kann es kaum erwarten, ihren Freunden den hübschen Doktor vorzustellen, der sie wieder gesund gemacht hat. Sie redet den ganzen Tag von nichts anderem und ich glaube, Kiran klingeln schon die Ohren." David schnaubte. Beim ihm klingelte was ganz anderes. Nämlich alle Alarmglocken, bei den Gedanken an den Mann, der sein Gemütsleben durcheinanderwirbelte wie kein anderer. Anni Wichmann fuhr unverdrossen fort.

„Kiran und Matilda wohnen hier unten, und ich habe unter dem Dach mein Reich. Da kann man sich auch einmal aus dem Weg gehen, falls nötig. In Zeiten, in denen mein Sohn nicht da ist, schläft meine Enkelin natürlich oben." Anni Wichmann verdrehte die Augen und winkte mit einer Hand ab.

„Was rede ich nur. Sicher interessiert Sie das gar nicht. Kommen Sie mit. Man erwartet Sie schon sehnsüchtig."

„Gerne." David nickte angespannt. Ob sich dieses „sehnsüchtig" auch auf den Vater bezog, wagte er zu bezweifeln.

Im gleichen Augenblick traten sie durch die hintere Terrassentür ins Freie, wo sich das Bild einer typischen Geburtstagsparty vor ihnen ausbreitete. Auf der Rasenfläche stand ein riesengroßer Tisch, auf dem Pappteller, Plastikbecher und Partyzubehör dekorativ arrangiert waren.

Mitten drauf thronte der schokoladenüberzogene Geburtstagskuchen, bunt verziert mit Zuckerperlen, Marzipanherzen und Blumen. Sechs dicke, rote Kerzen brannten in der Runde und warteten darauf, ausgepustet zu werden. Um die ganze Tafel herum liefen die jüngeren Geburtstagsgäste und machten Lärm für eine ganze Kompanie. Suchend blickte sich David nach Matilda um. Wo war seine kleine Freundin? Als Kinderarme von hinten seine Beine umfassten und das herzerfrischende Kichern Matildas zu hören war, erübrigte sich seine Frage. Lächelnd drehte er sich um und hob das fröhliche Kind auf den Arm.

„Alles Gute zu deinem Geburtstag, meine Schöne. Geht es dir gut?" Eifrig nickte Matilda und schlang ihre Ärmchen um seinen Hals.

„Du bist gekommen, Doktor David! Ich freue mich so!" David lächelte.

„Ich kann doch meine Lieblingspatientin nicht enttäuschen! Außerdem habe ich dir mein Wort gegeben. Und was man verspricht, das hält man auch, das ist dir schon klar, oder?" Eifrig nickte Matilda.

„Ich muss dir unbedingt meine Freunde vorstellen, Doktor David. Die sind schon alle neugierig auf dich. Komm mit!" David setzte das zappelnde Mädchen wieder ab und ließ sich bereitwillig mit von dannen ziehen. Zielstrebig wurde er über den Rasen gezerrt, hin zu einer Schar von etwa sieben weiblichen Altersgenossinnen Matildas, die ihm als ihre liebsten Kindergartenfreundinnen vorgestellt wurden. Sieben Augenpaare starrten ihn erwartungsvoll an und drängten sich um ihn. Was hatte Matilda bloß über ihn erzählt? Dass er zaubern konnte? In Gegenwart von Kindern hatte er sich schon immer wohlgefühlt und so ging er in die Hocke und beantwortete geduldig die Fragen der jungen Damen.

„Ist es schwer, ein Herz zu reparieren? Wo hast du das gelernt? Hast du eine Freundin? Willst du Matilda heiraten, wenn sie groß ist? Was hast du für ein Auto? Wo wohnst du? Bist du berühmt? Bist du mit George Clooney verwandt? George Clooney? David glaubte, ein ersticktes Lachen aus dem hinteren Teil des Gartens zu hören. Als er seinen Blick in die Richtung des Geräusches richtete, erblickte er Kiran Wichmann, der mit einem älteren Ehepaar an einem kleinen Tisch saß und sich mit hochrotem Kopf in die Hand biss. Dieser aufgeblasene Idiot. Ihn würde man vielleicht fragen, ob er eines Armleuchters Bruder wäre. David schnaubte. Den Mann würde er später begrüßen. Viel später. Den anderen Herrschaften nickte er freundlich zu und widmete sich erneut seinen Verehrerinnen. Er scherzte mit ihnen, ließ seinen Charme spielen und in Nullkommanichts hatte er einen kleinen Fanklub um sich geschart.

Als er Matilda schließlich ihr Geschenk überreichte und sie bat, es auszupacken, hatte er für eine Weile Ruhe. Das Brettspiel legte sie selig zur Seite, und fragte ihn scheu, ob er es ihr geschenkt hätte, weil er wiederkommen wollte. An so etwas hatte er natürlich nicht gedacht, aber er bejahte es. „Wenn du willst, können wir hin und wieder eine Partie spielen, Süße. Vorausgesetzt, ich habe Zeit und ich darf kommen." Matilda fiel ihm freudestrahlend um den Hals. Nachdem der Barbie-Schminkkoffer ausgepackt war, hatte die holde Weiblichkeit ihn vergessen und frönte im Farbenrausch von winzigen Lippenstiften und Augenfarben. Ächzend begab er sich in die Senkrechte, drückte Matilde an sich und ermahnte sie, es langsam angehen zu lassen und daran zu denken, sich zu schonen. Doch welches Kind hörte schon auf solche Worte.

Seufzend richtete er seine Aufmerksamkeit auf den älteren Teil der Gästeschar. Hoffentlich hielt man ihn nicht für unhöflich, weil er sich zuerst ausgiebig der Hauptperson des Tages gewidmet hatte. Wegen Matilda war er schließlich gekommen.

Korrekterweise reichte er zunächst dem Hausherrn zur Begrüßung die Hand. Dabei versuchte er, seinen Herzschlag zu beruhigen und nicht allzu tief in diese aufregenden Augen zu blicken. Seine Bemühungen wurden mit einem selbstgefälligen Lächeln erwidert und mit einer beifälligen Bemerkung bedacht.

„Keine Angst, dass ich zu fest zudrücke?" Davids Augen blitzten. Keinesfalls würde er sich von diesem Kerl vorführen lassen. Er konnte jederzeit gehen. Matilda gegenüber hatte er sein Versprechen eingelöst.

Kiran bemerkte die Veränderung in Davids Verhalten und wusste, dass er seine lose Zunge im Zaum halten musste. Er und Matilda hatten dem Arzt viel zu verdanken. Irgendetwas an dem Mann weckte ein Teufelchen, das ihm diese provozierenden Worte in den Mund legte. Es reizte ihn, mit David Feldhoff zu spielen. Der Himmel wusste, warum. Einlenkend redete er rasch weiter.

„Ich freue mich, dass Sie hierhergefunden haben, Dr. Feldhoff. Anscheinend haben Sie nicht nur das Herz meiner Tochter geheilt, sondern auch erobert. Zuzüglich denen der anderen jungen Damen. Mein Kompliment dafür. Sie arbeiten wirklich schnell und effizient, das muss man Ihnen lassen." Jetzt war es David, der spöttisch grinste.

„Da können Sie sich drauf verlassen, Herr Wichmann. Immer. In jeder Situation. Nennen Sie mich doch bitte hier im privaten Kreise David. Das ewige Doktor hier und Doktor da sollten wir doch im Krankenhaus lassen, finden Sie nicht auch?" Kiran nickte beifällig.

„Einverstanden unter der Bedingung, dass Sie mich Kiran nennen. Sonst wäre es nicht fair." „Fair genug", grinste

David. Mit einer Geste der Hand wurden ihm nun die befreundeten Nachbarn vorgestellt. Nachdem der allgemeinen Höflichkeit Genüge getan war, ließ man sich entspannt nieder und begann ein allgemeines Gespräch, wobei die Allgemeinheit darin bestand, dass David von den Nachbarn ausgequetscht wurde wie eine Zitrusfrucht. Hatte er eben noch gemeint, Matildas Freundinnenschar wäre neugierig, hatte er sich getäuscht. Es gab noch eine Steigerung, nämlich in Gestalt des Ehepaares Meyerling von nebenan. Allen voran der weibliche Part dieser Lebensgemeinschaft. Die Frau nahm kein Blatt vor den Mund und saß praktisch bei ihm auf dem Schoß, während sie mit ihm sprach und seinen Arm umklammerte. „Sagen Sie mal, Herr Doktor. Warum hat denn so ein junger, hübscher Mann keine Freundin? Dafür haben Sie wohl keine Zeit bei Ihrem anstrengenden Beruf, was?" David stöhnte innerlich. Bitte nicht schon wieder diese Art von Gespräch. Am liebsten hätte er sich die Haare gerauft. Stattdessen setzte er sein charmantestes Lächeln auf und antwortete brav. „Da haben Sie wohl recht, Frau Meyerling. Es ist verdammt schwierig, jemanden kennenzulernen, wenn man praktisch rund um die Uhr für seine Patienten da sein muss." Während er sprach, huschte ein flüchtiger Blick hinüber zu Kiran, der ihn stumm beobachtete. David merkte bestürzt, dass er zu allem Überfluss rot anlief. Der Verlauf dieser Unterhaltung war ihm in Gegenwart dieses Mannes umso peinlicher.

Frau Meyerling ließ nicht locker.

„Was halten Sie davon, wenn ich Ihnen bei Ihrem nächsten Besuch mal meine Nichte vorstelle?" Nichts, dachte David gequält, doch es war bereits zu spät. Die eifrige Nachbarin kramte in ihrer Tasche und beförderte eine Visitenkarte zutage, auf der ihre Telefonnummer stand, und reichte sie ihm.

„Hier, nehmen Sie. Rufen Sie mich an, damit wir ein Treffen arrangieren können. Tamara ist ein anständiges Mädchen, nicht so gedankenlos wie die meisten jungen Dinger heutzutage. Sie arbeitet auf dem Finanzamt und ist in den Beamtenstand übernommen worden. Eine gute Partie, wenn Sie verstehen, was ich meine." Die ältere Dame zwinkerte ihm doch tatsächlich zu. David schüttelte innerlich den Kopf. Er verstand nur allzu gut. Aber er war ein höflicher Mensch. Wieso sollte eigentlich nur er leiden? Schließlich gab es noch andere ledige Männer hier. Sein Blick streifte unauffällig den Hausherrn, bevor er sich wieder der neugierigen Nachbarin zuwandte.

„Liebe Frau Meyerling, haben Sie schon mal daran gedacht, Ihre heiratsfähige Nichte unserem Freund Kiran vorzustellen? Der besitzt auch einen Beamtenstatus und ist ebenfalls eine passable Partie. Bedenken Sie nur einmal, dass später zwei Beamtenpensionen anfallen." Frau Meyerling zog ihre Stirn in Denkerfalten. Hah, dachte David. Dieses Szenario hatte die Frau noch nicht durchdacht. Gleichzeitig erntete er einen bitterbösen Blick des Gastgebers, der sich reaktionsschnell erhob, nach seiner Tochter rief und sie anwies, mit ihm zusammen den Kuchen anzuschneiden, um den hungrigen Gästen zu einem gefüllten Magen zu verhelfen. David verdrehte die Augen. Der Mann verstand es, sich aus einer unappetitlichen Situation herauszulavieren. Nun saß er hier, hörte Frau Meyerling über den gefährlichen Polizeiberuf referieren und dass sie ihn als Arzt für eine wesentlich bessere Partie für ihre hochgelobte Nichte hielt. Warum in aller Welt hatte dieses Mädchen trotz des Beamtenstatus noch keinen Mann? Die Antwort wollte er gar nicht wissen.

Gott sei Dank kam in diesem Moment Matildas Oma Anni

110

mit einem Teller in der Hand auf ihn zu und erlöste ihn. Sie schickte ihn mit einem wissenden Lächeln rüber zum Kindertisch und bat ihn, Kiran bei der Fütterung der Raubtiere zu helfen. Er würde Anni für seine Rettung bei Gelegenheit einen besonderen Dank aussprechen.

Am späten Nachmittag half David Kiran dabei, den Holzkohlegrill aufzustellen und dafür zu sorgen, dass die Geburtstagsgäste ihre Würstchen und Burger bekamen. Kiran warf das Fleisch auf das Feuer und David gab den Oberkellner, der gekonnt jedem das servierte, was er wollte. Sie arbeiteten Hand in Hand, als wären sie ein eingespieltes Team. Viele Worte waren nicht nötig. Es war schön, mit Kiran zu arbeiten, wobei man den Verlauf des zurückliegenden Nachmittags nicht wirklich als Arbeit bezeichnen konnte.

Nach dem Verzehr des Geburtstagskuchens hatte man zwei Gruppen gebildet und kurzfristig eine kleine Olympiade gestartet. Jeder durfte eine Disziplin vorschlagen, was großes Palaver mit sich brachte. Am Ende einigte man sich auf Sackhüpfen, Eierlauf, Kirschkernspucken, Blindenparcours, Pfeilwerfen und Melonenweitwurf.

David rieb sich schadenfroh die Hände, als ein kleiner Tumult ausbrach, weil nicht alle in sein Team aufgenommen werden konnten. Triumphierend hatte er Kiran angeblickt, doch der hatte nur gelacht und war über seinen zweitklassigen Status keineswegs traurig. Das Los entschied schlussendlich. Nur Matilda durfte wählen. Natürlich wählte sie ihren Lieblingsdoktor.

Mit wachsamen Augen achtete David darauf, dass sich das Geburtstagskind nicht überanstrengte, ermahnte sie, half ihr, wo er nur konnte, auch wenn es nicht immer den Wettbewerbsbedingungen entsprach. Für Matilda gab es spezielle Regeln, die alle akzeptierten. Kiran schenkte ihm dafür dankbare Blicke, was er lächelnd quittierte. Schon lange hatte er nicht mehr so viel Spaß gehabt wie an diesem Nachmittag.

Ausgelassen tobte er mit seinen Bewunderinnen durch die Programmpunkte, gebärdete sich, als wäre er selber noch ein Kind. Kiran stand ihm in diesem Punkt in nichts nach. Oma Anni und das Ehepaar Meyerling hatten beim Zuschauen ebenso viel Spaß wie die eifrigen Athleten und feuerten die Parteien ordentlich an. Irgendwann zwischen Eierlauf und Blindenparcours hatten Kiran und David begonnen, sich zu duzen. Zunächst unbewusst, dann mit stillschweigender Zustimmung. Die allgemeine Ausgelassenheit und Freude führten dazu, dass die beiden ungezwungen miteinander umgehen konnten und sich sogar gegenseitig aufzogen.

„Hey, Kiran. Pass auf, dass dir die Kirschkerne nicht im Hals stecken bleiben. Sonst müsste ich womöglich eine Mund-zu-Mund-Beatmung durchführen", brüllte David übermütig, um seinen Gegner zu irritieren. Es funktionierte. David sank lachend zu Boden, wurde sofort von seinen Mitstreiterinnen umringt, die einfach aus Solidarität mitlachten, weil Kirans verdutztes Gesicht zu lustig aussah.

„Mensch, Doc, bring bloß deine Eier heil ins Ziel. Vielleicht brauchst du die Dinger noch!", kreischte Kiran.

„Ach ja?", zischte David zurück, als besagte Gegenstände zu Boden fielen und zerbrachen.

„Du hättest wohl gerne Rührei zum Frühstück, was?" Diesmal war es Kiran, der sich nicht mehr einkriegen konnte. Er wurde sofort heftig ausgebuht. Die kleinen Ladys waren noch zu jung, um die Zweideutigkeit der Erwachsenen zu verstehen, sonst hätte man sich zusammengerissen. Sie fanden es aber ungerecht, dass David die Eier zerbrochen hatte, weil Kiran ihn mit seinen dummen Sprüchen ablenkte.

Als man am Ende die Punkte zusammenzählte, drückte Kiran selbstgefällig die Brust durch. Seine Gruppe hatte gewonnen. Nichts anderes hatte er erwartet. Mit einem breiten Grinsen näherte er seinen Mund Davids Ohr und flüsterte leise: „Hey, Doc. Du bist vielleicht hübscher und beliebter, aber ich habe gewonnen!"

Nachdem man die ganze Geburtstagsgesellschaft abgefüttert hatte, alle noch still und zufrieden miteinander spielten, wurde es Zeit, ans Heimgehen zu denken. Die ersten Kinder wurden bald darauf abgeholt und Kiran packte die restlichen Besucher in sein Auto, um sie nach Hause zu fahren. Das war so mit den Eltern ausgemacht. David bot Oma Anni an, noch beim Aufräumen zu helfen, was die Frau dankbar annahm. Zusammen schleppte man das schmutzige Geschirr in die Küche, entsorgte den übrig gebliebenen Müll, bestückte die Geschirrspülmaschine und wusch die größeren Stücke mit der Hand auf.

„Herr Doktor, Sie müssen das doch nicht machen", murmelte Anni vorwurfsvoll, als sie ihm das Geschirrtuch aus der Hand nahm. David holte es sich entschieden zurück. „Doch, das muss ich, Anni. Schon vergessen? Der Doktor ist tabu. Ich heiße David." Anni errötete und nickte verlegen. „Nein, David. Ich danke Ihnen." Stumm arbeiteten die beiden nebeneinander her, bis alles sauber und ordentlich zurück in die Schränke geräumt war. Als man zurück ins Wohnzimmer kehrte, fand man Matilda schlafend auf dem Sofa vor.

„Ach herrje", stöhnte Anni. „Das arme Kind. Es war ein anstrengender Tag für sie. Hoffentlich war es nicht zu viel." Prüfend warf sie einen unsicheren Blick in Davids Richtung. „Nein, ich denke nicht. Sie hat es gut weggesteckt, keine Sorge. Ich hatte die ganze Zeit ein Auge auf sie. Wäre es zu viel geworden, hätte ich etwas gesagt. Dass sie müde ist, ist ganz normal. Es wird noch eine Weile dauern, bis sie so kräftig ist wie die anderen Kinder, aber es wird, das kann ich Ihnen versichern." David schenkte Anni ein beruhigendes Lächeln, das die ältere Frau aufatmen ließ.

„Wenn Sie das sagen, David, bin ich beruhigt."

„Soll ich Matilda in ihr Zimmer tragen?", fragte David, der behilflich sein wollte.

„Ach, das wäre nett, David. Tragen Sie das Kind doch bitte eine Etage höher. Mein Sohn muss morgen früh raus. Er hat am Wochenende Bereitschaftsdienst, da ist es besser, Matilda schläft gleich oben. Das ist einfacher für uns." David nickte zustimmend, hob Matilda vorsichtig in seine Arme und schritt Anni Wichmann hinterher. Das weiche Bündel kuschelte sich nach Bequemlichkeit suchend an seine Brust, schlang die Arme um seinen Hals und brummte zufrieden vor sich hin. Nur einen Augenblick später schlug Matilda die Augen auf und blickte ihn selig an.

„Das war ein schöner Tag, Doktor David. Danke, dass du gekommen bist."

„Das hab ich doch gern gemacht, Süße. Ich bin froh, dass ich dabei sein konnte. Es hat einen mordsmäßigen Spaß gemacht." Selig nickte Matilda.

„Ja, es war toll. Ich habe Papa noch nie so lustig gesehen. Die Geschenke waren schön und allen hat es gut gefallen. Das war der beste Geburtstag, den ich je hatte." David lachte.

„Du wirst noch viele beste Geburtstage haben, glaube mir. Aber jetzt wird geschlafen, hörst du?" Eifrig nickte Matilda.

„Kommst du mich wieder besuchen, Doktor David? Wo du mir doch so ein schönes Spiel geschenkt hast. Du musst der Erste sein, der mit mir spielt!"

„Versprich mir, dass du auf dich Acht gibst und artig bist. Dann schau ich mal, was sich machen lässt, o. k.?" Eifrig

114

nickte Matilda. Rasch drückte ihr David noch einen Kuss auf die Wange und verabschiedete sich, nicht ohne noch einmal das Versprechen gegeben zu haben, bald nach ihr zu sehen. Auch Anni wünschte er eine gute Nacht und versprach ihr, noch kurz auf den Hausherrn zu warten, damit ihm ihr Sohn nochmals für alles danken konnte.

Eigentlich hatte er gedacht, er könnte sich heimlich aus dem Staub machen, aber der Anstand gebot es, noch einen kurzen Moment zu warten. Es dauerte nicht allzu lang, bis Motorgeräusche vor dem Haus die Heimkehr Kirans ankündigten.

Abgespannt betrat Kiran das Haus und blickte erstaunt auf, als er David auf der Terrasse vorfand.

„Du bist noch da?", fragte er erstaunt. David zuckte mit der Schulter.

„Ich dachte, ich helfe dir noch dabei, den Tisch reinzutragen. Außerdem wollte ich mich verabschieden und mich für die Einladung bedanken." Kiran winkte ab.

„Matilda und ich sind es, die sich bedanken müssen. Ich weiß gar nicht, wie wir das jemals wiedergutmachen können." David antwortete nicht darauf. Er wollte keinen Dank. Die Gewissheit, geholfen zu haben, reichte ihm. Daraus zog er sein Selbstbewusstsein und die Fähigkeit, die nicht so prickelnden Dinge in seinem Leben ertragen zu können.

„Also los", lenkte er das Gespräch in eine andere Richtung. „Lass uns das Monstrum wegschaffen. Wo soll es hin?"

Ohne eine Antwort abzuwarten, ging David zum Tisch und blickte dann fragend in Kirans Richtung. Der war ihm stumm gefolgt und deutete hinüber zu einem kleinen Gartenhäuschen. Stillschweigend räumten sie die letzten Zeugnisse des turbulenten Nachmittags beiseite. Es war Kiran, der das Gespräch wieder aufnahm.

„Was ist, trinkst du noch was mit mir? Ein Feierabendbier? Ich denke, das haben wir uns redlich verdient, findest du nicht?"

David blickte auf und musterte Kiran. Der Verstand riet ihm, dankend abzulehnen, sein Mund antwortete jedoch in einer anderen Sprache.

„Gerne, Kiran. Hast du einen Apfel- oder Orangensaft? Ich trinke keinen Alkohol." Kiran grinste.

„Das sollte ich auch nicht, aber ich tue es trotzdem." David schüttelte mit dem Kopf.

„Es ist nicht so, dass ich nicht will. Ich kann mir Ausnahmen einfach nicht erlauben. Meine Hände dürfen nicht zittern, mein Geist muss voll da sein. Alkohol schwächt in dieser Hinsicht. Deshalb lasse ich es ganz. Es bringt nichts. Bei dem, was ich tue, muss ich hundert Prozent geben. Nur ein Bruchteil weniger kann einem Menschen das Leben kosten." Kiran nickte. Bei ihm lag die Sache ähnlich, doch hatten winzige Fehler nicht so drastische Folgen.

„Das verstehe ich. Also Apfelsaft?"

„Gerne", war Davids schlichte Antwort. Sein verbindliches Lächeln verschwand, als er Kiran nachblickte, der mit lässigem Schritt in der Küche verschwand, um die Getränke zu holen. Wo um Gottes willen sollte diese Bekanntschaft hinführen? Heute Nachmittag hatten sie sich erstaunlicherweise ziemlich rasch, ziemlich gut verstanden. Wusste der Himmel, wo diese unverhoffte Einigkeit so plötzlich herkam, aber sie war da. Deutlich zu spüren. Ein Gleichklang, ein Verständnis, dass ihm Furcht einflößte. Ja, er hatte Angst vor einer erneuten Enttäuschung. Er wollte das nicht mehr. Also hieß es auf der Hut sein, Abstand zu halten. Es war besser so.

Kiran verfolgte währenddessen ähnliche Gedankengänge. Nachdem er den Apfelsaft und ein Bier aus dem Kühlschrank gefischt hatte, lehnte er sich einen Moment an die Arbeitsplatte. Als er nach Hause kam, war er zunächst überrascht, David noch anzutreffen. Es hatte ihn gefreut, dass er offensichtlich seiner Mutter geholfen hatte, die Unordnung zu beseitigen und Matilda ins Bett zu schaffen. Die letzten Tage waren ziemlich anstrengend gewesen. Auf der Einsatzstelle war die Hölle los und es hatte ihn die größte Mühe gekostet, überhaupt freizubekommen und das Geburtstagsfest zu organisieren. Er konnte sich glücklich schätzen, dass ihn seine Mutter so tatkräftig unterstützte. Gedankenverloren rieb er sich über das Gesicht und nahm einen Schluck aus der Flasche. Er brauchte noch einen Augenblick.

Dr. Feldhoff, der jetzt David für ihn war, hatte ihn überrascht. Als er ihm das erste Mal im Krankenhaus gegenüber stand, hielt er ihn zunächst für einen überheblichen Schönling. Man hörte ja viel über die sogenannten „Halbgötter in Weiß", die glaubten, die Welt drehe sich einzig und allein um ihre eigene Person. Schnell hatte er gemerkt, dass der Arzt hinter der aufgesetzten Fassade etwas zu verstecken versuchte. Was das war, stand für ihn nach kurzer Zeit fest. Der Mann war schwul und er, Kiran, gefiel ihm. Das hatte ihn zunächst belustigt, dann aber in zunehmendem Maße beschäftigt. Mehr als ihm lieb war. Heute lernte er überraschend eine neue Facette von Dr. Feldhoff kennen, die ihn total überraschte. David war ein durch und durch netter Kerl. Locker und witzig. Er konnte mit Kindern umgehen wie kein zweiter. Besonders Matilda hatte einen Narren an ihm gefressen. Es verschlug ihm schier die Sprache, dem Mann dabei zuzusehen, wie er es verstand, innerhalb von Minuten zum Held der Geburtstagsparty zu avancieren. Tja, er mochte es kaum zugeben, aber auch er konnte sich diesem

Charme nicht entziehen.
Seufzend nahm er die Getränke an sich und ging zurück zu seinem Gast.

Stillschweigend nahm Kiran neben David Platz und reichte ihm den Apfelsaft.

„Danke", antwortete David knapp und nippte an dem kühlen Getränk. Kiran sank zurück in die Polster des Gartensofas und atmete tief durch.

„Was für ein Tag", murmelte er und nahm einen großen Schluck aus der Flasche. David blickte verstohlen zur Seite und betrachtete das Profil des in den Nacken geneigten Kopfes. Mein Gott, sah der Mann scharf aus. In diesem Moment setzte Kiran die Flasche erneut an und trank. Der hervorstehende Kehlkopf bewegte sich durch das Hinunterschlucken der Flüssigkeit auf und ab und verursachte eine Gänsehaut auf Davids Haut. Er schluckte ebenfalls. Trocken.

Kiran schien zu bemerken, dass David ihn anstarrte, und hielt inne. Fragend blickte er ihm in die Augen.

„Was?" David senkte den Blick und schüttelte mit dem Kopf.

„Nichts", antwortete er lapidar und nippte eher aus Verlegenheit an seinem Saft. Unsicher drehte er das Glas in der Hand und suchte krampfhaft nach einem unverfänglichen Gesprächsthema.

„Das war ziemlich witzig heute. Ich glaube, Matilda hatte einen mordsmäßigen Spaß." Kiran nickte zustimmend und ließ seinen Kopf wieder nach hinten fallen. David sprach nach einer kurzen Pause weiter.

„Den hatte ich übrigens auch." Breit grinsend stützte er die Arme auf die Knie und blickte zurück zu Kiran. Der hob spöttisch die Augenbrauen.

„Das hab ich gemerkt, Doc. Es war ein unvergesslicher Anblick, dich blind durch das Karottenbeet meiner Mutter robben zu sehen, umringt von drei kreischenden Mädchen, die dich aufforderten, deinen Hintern schneller zu bewegen. Ich wundere mich nur, dass Mama dir die Ohren nicht lang gezogen hat." Jetzt waren es Davids Augen, die hämisch blitzten.

„Ich wette, bei dir hätte sie es getan. Du bist eben das Teufelchen und ich das Engelchen. Für meinen unwiderstehlichen Charme danke ich unserem Schöpfer jeden Morgen auf Knien. Eine Gabe, die mir sozusagen in die Wiege gelegt wurde. Wenigstens ist niemand auf meine Pfoten getreten." Kirans Brust bebte vom unterdrückten Lachen.

„Ach ja, deine filigranen Chirurgenhändchen. Da bin ich aber froh, dass wir keinen Schaden angerichtet haben." David grunzte unwillig und schwieg.

Kiran nahm sich Zeit und musterte die nach vorne gebeugte Gestalt seines Gastes ausgiebig. Eine Aura der Verlorenheit ging von ihm aus. Eine Einsamkeit, ungestillte Sehnsucht, die ihm nahe ging. Am liebsten hätte er die Hand ausgestreckt und all die unguten Schwingungen durch eine Berührung vertrieben. Den Trübsinn verscheucht. Kiran konnte nicht verhindern, dass seine Gedanken ständig um diesen attraktiven Mann kreisten. Alles an ihm interessierte ihn, weckte Empfindungen, welcher Art auch immer. Er wollte mehr über David wissen. Am besten, alles und das auf der Stelle. Einer aufsteigenden Eingebung folgend, beschloss er, den direkten Weg zum Ziel zu nehmen. Diese Taktik erwies sich meistens als die beste.

„Was ist los mit dir, Doc?" Unsicher blickte David beim Klang von Kirans Stimme in seine Richtung.

„Wie meinst du das, was soll mit mir sein?" Kirans Blick bohrte sich in den Davids und er zuckte lässig mit der Schulter.

120

„Muss ich noch deutlicher werden? Du bist anders als andere Männer. Spuck es also aus. Was ist es? Was willst du von mir?" Davids Gesicht verzog sich zu einer ärgerlichen Grimasse.

„Hör mal. Matilda hat mich eingeladen und deshalb bin ich gekommen. Ich mag sie wirklich gern und wollte ihr diesen Wunsch nicht abschlagen. Es war ein schöner Tag. Belassen wir es dabei." David warf einen kurzen Blick auf seine Armbanduhr und fuhr fort.

„Es ist spät. Höchste Zeit zu gehen. Ich muss morgen früh raus und kann es mir nicht leisten, verschlafen zum Dienst zu kommen." Ruckartig stand er auf und ging zielstrebig zur Haustür. Einen Abschiedsgruß ersparte er sich lieber. Nichts wie weg hier. Kirans direkte Worte hatten ihn getroffen wie ein kalter Wasserstrahl. Was sollte er ihm schon antworten? Dass er ihn am liebsten auf den Boden werfen würde, um ihn bis zur Besinnungslosigkeit zu vögeln? Grimmig biss er die Zähne zusammen. Nein danke. Sollte er ihm jemals die Wahrheit sagen, wäre er wohl Sekunden später sein eigener Patient.

Es war das Beste, einfach zu gehen und nicht zurückzuschauen. Diese Spielchen kannte er zur Genüge. Gerade jetzt brauchte er kein Drama in seinem Leben. Alles lief so gut. Geregelt. Bis auf diese eine Sache.

Er hatte fast die Haustür erreicht, als ihn ein fester Griff am Arm packte und zurückzog. Grob wurde er herumgerissen. Unvermittelt schaute er in ein zornig blitzendes Augenpaar, das ihn von oben herab anschaute. Kein Wunder. Stand Kiran so dicht vor ihm, wie in diesem Moment, nahm man den Größenunterschied von etwa zehn Zentimetern deutlich wahr.

„So leicht kommst du mir nicht davon, Freundchen. Ich habe dich etwas gefragt und ich will eine Antwort. Jetzt." David

121

wich erschrocken zurück. Er hatte nicht damit gerechnet, dass Kiran auf diese Art und Weise eine Antwort von ihm fordern würde. Die Vehemenz verwunderte ihn. Er versuchte sein Heil in der Flucht nach vorn.

Zunächst einmal schüttelte er die Hand ab, die ihn fast schmerzhaft am Arm umklammerte und verschaffte sich ein paar Zentimeter Freiraum. Doch Kiran war kräftiger und breiter gebaut. Er stand vor ihm wie eine deutsche Eiche und wich nicht zurück. Was fiel dem Kerl eigentlich ein? David begann rot zu sehen.

„Spinnst du jetzt total, du Blödmann? Seit du deinen anmaßenden Arsch in mein Büro geschwungen hast, versuchst du, mich zu provozieren. Verarschst mich, wo du nur kannst. Warum tust du das? Willst du mich anmachen oder versuchst du bloß, mich zu demütigen?" David schäumte vor Wut. Kirans Nähe verunsicherte ihn, aber einschüchtern ließ er sich nicht. Er hatte auch seinen Stolz und er beabsichtigte nicht, sich von diesem arroganten Schnösel kränken zu lassen. Keinesfalls musste er sein Licht unter den Scheffel stellen. Er hatte viel erreicht im Leben, musste seinen Blick vor niemandem senken. Für seine Neigung konnte er nichts. Sie war einfach da und er versuchte, damit klarzukommen. Verhohnepipeln ließ er sich allerdings nicht.

Kiran verschränkte seine Arme vor der Brust, warf seinen Kopf zurück und brach in schallendes Gelächter aus.

„Mensch, Doc. Ich wusste gar nicht, dass ein Akademiker in der Lage ist, sich einer solch ordinären Ausdrucksweise zu bedienen. Respekt!" Sein Gesichtsausdruck wurde jedoch sofort wieder ernst. Er stemmte einen Arm gegen die Wand und hielt durch diese Bewegung David zwischen seinem Körper und der Holzvertäfelung des Flures gefangen. Er kam ihm so nah, dass sich ihr warmer Atem vermischte.

Gefährlich leise begann er zu sprechen.

„Dann will ich dir sagen, was mit dir nicht stimmt. Anscheinend hast du keinen Arsch in der Hose, mir eine ehrliche Antwort zu geben. Du bist eine kleine Schwuchtel, Doc. Dir geht einer ab, wenn du mich ansiehst. Glaubst du, ich merke nicht, dass ich dir gefalle. Du sabberst dir förmlich den Kittel voll, wenn du meinen Hintern angaffst, hab ich recht?"

Davids Herzschlag beschleunigte sich. Mit jedem seiner Worte hatte Kiran ins Schwarze getroffen. Warum ignorierte das Großmaul seine Neigung nicht, warum sprach er ihn direkt darauf an und warum in Gottes Namen provozierte er ihn bis zur Weißglut. Wusste der Trottel nicht, dass er mit dem Feuer spielte? Legte er es sogar drauf an? Nun, das konnte der blasierte Lackaffe gerne haben. Sehr gerne sogar. Er würde ihm eine Lektion der besonderen Art erteilen. Seiner Überheblichkeit einen Dämpfer verpassen. Auch auf die Gefahr hin, dass es unter Umständen für seine eigene Person schmerzhaft endete.

Mit einem pfeilschnellen Griff packte er den „Herrn Hochmut himself" am Genick und zog ihn zu sich herab. Kurz bevor er seine Lippen auf die Kirans drückte, starrte er ihm Zentimeter entfernt für den Bruchteil einer Sekunde in die Augen. Ließ ihn seinen Hunger und seine Begierde sehen, bevor er sie ihm zu spüren gab. Sanft berührte er die Oberlippe, leckte quälend langsam über die weiche Unterlippe, bevor er den Mut fasste, fester zuzufassen und in Kirans Mund einzudringen. Kirans Passivität ermutigte ihn, weiterzugehen, seine Zunge tief in seine Mundhöhle zu stoßen.

Entweder hatte er ihn überrumpelt oder der Mann kapitulierte vor seinen männlichen Reizen. Fast schon erwartet er, dass kräftige Hände sich um seinen Hals legten, ihn würgten, ihn wegstießen. Weit gefehlt. Kiran kam ihm entgegen, sank schwer gegen ihn, wurde ihm im Gefecht der Zungen zu einem ebenbürtigen Gegner. Sein leises Stöhnen signalisierte ihm, dass es ihn erregte. War er bereit für mehr? Ja, er würde ihm zeigen, was er in der Lage wäre, ihm zu schenken. Solange er ihn ließ.

Mutig wanderte seine linke Hand über die breite Brust, rieb sachte über beide Brustwarzen, bis er ein kehliges Stöhnen hörte, und strich weiter nach unten. Längst hatte David Kirans Genick losgelassen, bot ihm einen Ausweg, den er scheinbar nicht wollte. Das zärtliche Herantasten artete zu einer wilden Knutscherei aus. Forsch schob David seine Hände in Kirans Jogginghose, krallte seine Finger in das nackte Fleisch der prallen Arschbacken, knetete sanft, presste den willigen Körper unmissverständlich an seine steinharte Erektion. Spürte eine andere Härte, die der seinen in nichts nachstand.

Ermutigt durch die offensichtliche Erregung des warmen Körpers in seinen Armen wanderte eine Hand nach vorne, umfasste die steil aufgerichtete Männlichkeit und begann mit einer Massage, die Kiran in seine Schulter beißen ließ. Sein gieriges Keuchen überraschte ihn. Die fast unterwürfige Hingabe. Ein wohlgefälliges Grinsen überzog Davids Gesicht und er beschleunigte seine Bewegungen. Die Bissspuren auf seiner Haut würde er gerne tragen. Zeichen der ungezügelten Leidenschaft des Mannes, der seine Fantasie schon so lange beflügelte.

Kiran lockerte den Biss, hielt die Luft an und atmete laut stöhnend aus. Das war genau der Moment, in dem David spürte, dass er sich heiß und lang in seiner Hand ergoss. Ein Gefühl des Triumphes machte sich in ihm breit. Seine Bewegungen verlangsamten sich, hörten schließlich ganz auf. Kiran hatte sein Gesicht noch immer an seiner Schulter vergraben, atmete heftig, versuchte, wieder zur Besinnung zu kommen. Am liebsten hätte David diese Nähe noch länger ausgekostet, ihn sanft gestreichelt, doch wer wusste schon, wie Kiran reagieren würde, sobald sein Verstand wieder arbeitete. David zog langsam die Hand aus der Hose und wischte sie an Kirans T-Shirt ab. Auch er atmete erregt. Diesem Ignoranten eine Lektion zu erteilen, hatte ihn mehr befriedigt als ein leidenschaftlicher Fick mit einem seiner Gespielen, die er hin und wieder aufsuchte.

Vorsichtig löste er sich aus der Umklammerung Kirans und strebte ohne Verzögerung Richtung Haustür. Kein Abschiedsgruß kam über seine Lippen, kein weiteres Wort. Er ersparte es sich, auch nur ein einziges Mal den Kopf zu drehen. Hätte er es getan, hätte er gesehen, dass Kiran mit dem Rücken zur Wand zu Boden sank. Die Arme um die Beine schlang und den Kopf auf den Knien ablegte. Sein gesamter Körper zitterte wie Espenlaub.

So aber schritt David mit einem Gefühl der Genugtuung aus dem Haus, setzte sich in seinen schneidigen BMW und fuhr heim.

Kiran saß minutenlang fassungslos auf dem Boden und stierte vor sich hin. Für das, was soeben passiert war, fand er keine Worte. Sein Körper summte wie ein Bienenstock. Er konnte keinen klaren Gedanken fassen. Wie hatte es nur so weit kommen können? Je länger er darüber nachdachte, desto weniger fand er eine Antwort.

Er hatte David reizen, ihn aus der Reserve locken wollen. Doch der kleine Hurensohn hatte den Spieß einfach umgedreht. Er hatte ihn im wahrsten Sinne des Wortes an den Eiern gepackt und mit wenigen Handgriffen gefügig gemacht. Nicht im Entferntesten hätte er es für möglich gehalten, dass ein Mann ihn auf diese Art benutzte. Noch weniger begriff er, dass er es eifrig zugelassen hatte. Es verschlug ihm die Sprache, wie willig er sich David unterworfen hatte und dabei diese unglaublich tiefe Befriedigung fand. Er hatte keine Ahnung, wohin ihn dieses Erlebnis führte, wie er damit umgehen sollte.

Zunächst einmal musste er dringend ins Bett. Vier Tage Bereitschaftsdienst lagen vor ihm. Da brauchte er einen klaren Kopf. Schwerfällig erhob er sich und verschwand im Bad. Minutenlang ließ er das heiße Wasser der Dusche über seine Haut fließen, versuchte, die Scham wegzuspülen, die Unsicherheit. Was jedoch blieb, als er im Bett lag und die Augen schloss, war die Erinnerung an weiche Lippen auf den seinen, von warmen Atem auf seiner Haut und ein hungriger Blick, der ihn aus tiefblauen Augen verschlang.

Kapitel 6/Zweifel, der zweifeln lässt

Kiran stand in der großen Gemeinschaftsdusche seiner
Baracke und genoss den harten Wasserstrahl auf seiner
verschwitzten Haut. Die vergangenen Tage und Stunden
waren ziemlich stressig gewesen und man konnte von Glück
reden, dass alle Kameraden wohlbehalten hier standen und
scherzen konnten. Eine Geiselnahme mit Bombendrohung
hatte sie in die höchste Alarmstufe versetzt und all ihre
Konzentration gefordert. Dieses Mal hatte man Schlimmeres
verhindern können. Als es ernst wurde, Entscheidungen
getroffen werden mussten, war es nicht er gewesen, der
den finalen Schuss abfeuerte. Nicht diesmal. Doch das
spielte keine Rolle. Im Grunde musste er immer dazu bereit
sein. Dafür war er ausgebildet, es gehörte zu seinem Job. Es
war niemals leicht, einem Menschen das Leben zu nehmen,
doch man tat es, um andere zu schützen. Irgendjemand
musste die Drecksarbeit erledigen. Hinter machohaftem
Gehabe und jovialen Sprüchen versuchte man, die innere
Anspannung zu verbergen, die Nervosität zu kaschieren. Ja,
manchmal auch ein bestimmtes Maß an Schuldbewusstsein.
Jeder musste das mit sich selber ausmachen.
Es gab natürlich auch Kollegen, die aus ihrer Tätigkeit ein
übersteigertes Selbstwertgefühl zogen. Die sich anderen
überlegen fühlten, dominant. Zu viel Skrupellosigkeit führte
manchmal zur Verrohung des Charakters. Randgruppen
mussten für Hohn und Spott herhalten. Carlo war der
Schlimmste. Auch heute konnte er sein dummes Gequatsche
nicht lassen. Laut brüllte er in die Runde: „Hey, kennt ihr
schon den neusten Schwulenwitz?" Während er sich
ungeniert dem Einseifen seiner Genitalien widmete, bewusst
aufreizend mit ihnen spielte, gab er seinen

127

Gedankenerguss zum Besten.

„Was ist der Unterschied zwischen Siegfried & Roy und den beiden Red-Bull-Piloten? Der Gesichtsausdruck, wenn der eine dem anderen hinten rein fährt!"

Der gesamte Waschsaal grölte. Kiran rang sich ein mildes Lächeln ab. Es dauerte keine drei Sekunden, bis der nächste Idiot noch einen draufsetzte.

„Ich kenn noch einen besseren: Sagt der eine Schwule zum anderen: ‚Stell dir vor, mir ist gestern ein Kondom geplatzt!' ‚Im Ernst?', fragt der andere. ‚Nee, im Heinz!' Erneut wieherte die ganze Nasszellenbelegschaft. Kiran verzog ein weiteres Mal sein Gesicht. Die Erinnerungen an das, was David mit ihm getan hatte, kamen zurück. Keiner seiner Kollegen durfte auch nur ansatzweise ahnen, welche geheimen Gedanken ihn bewegten. Sonst könnte er einpacken. Würde zum Gespött und zum Ziel von Schikanen. Das bedingungslose Vertrauen, das man bei ihren Einsätzen untereinander dringend brauchte, wäre gefährdet. Niemals dürfte das passieren.

Nachdem er zu Hause müde seine Sporttasche in die Ecke geschmissen hatte, führte ihn sein erster Weg ins Kinderzimmer seiner Tochter. Sie lag schon im Bett und schaute sich eines ihrer Lieblingsbücher an. Vorsichtig setzte er sich auf den Rand der Matratze nieder. Aufgrund ihrer Operation hatte sie den Beginn des neuen Schuljahres verpasst und man hatte einvernehmlich besprochen, dass man mit der Einschulung noch ein Jahr wartete. Es war besser, wenn Matilda vollständig fit war, bevor sie sich den Strapazen des Schulalltages stellte. Da ihr Geburtsdatum sowieso einen Test notwendig gemacht hätte, war die Entscheidung leichtgefallen. Sehr zum Verdruss des Kindes. Liebevoll strich ihr Kiran über das weiche Haar.

„Hallo Schatz. Geht es dir gut?" Hast du der Omi auch keinen Ärger gemacht?" Matilda schlug das Buch zu, schlang ihre Arme um den Hals ihres Papas und nickte eifrig.

„Ich bin froh, dass du wieder bei uns bist, Papa." Kiran lächelte.

„Ich auch, Kleines, ich auch. Was hältst du davon, wenn wir morgen nach Hellabrunn fahren und uns die Tiere ansehen? Es soll ein schöner Tag werden. Nur wir zwei, hm?" Eifrig nickte Matilda. „Das wäre schön. Ich freue mich."

„Dann ist es abgemacht, Prinzessin. Ich gehe heute Abend noch mal fort, ein Bier mit Freunden trinken. Schlaf du schön und träum was Schönes." Kiran beugte sich nach vorne und gab Matilda einen Kuss auf die Stirn. Sorgfältig deckte er seine Tochter zu und verließ das Zimmer.

Draußen im Flur lief er seiner Mutter in die Arme. Ohne Elan grüßte er sie. Mit verschränkten Armen vor der Brust blickte sie ihn an.

„So, du gehst also noch mal fort?"

„Ja, Mama, mit Kollegen. Quatschen und Biertrinken. Du weißt schon." Zweifelnd hob Anni ihre Augenbrauen.

„Ich weiß gar nichts, mein Lieber. Das Einzige, was ich sagen kann, ist, dass Matilda dringend eine Mutter braucht. Die findest du bestimmt nicht unter deinen zweifelhaften Kumpanen. Sieh dich doch mal nach einem netten Mädchen um und lad sie zum Essen ein. Ich werde auch nicht jünger und wäre froh, endlich eine Schwiegertochter zu bekommen." Kiran verdrehte die Augen. Nicht schon wieder dieses Thema.

„Mutter, das haben wir bereits hundert Mal durchgekaut. Du kennst meinen Beruf. Ich kann und will im Moment keine Beziehung. Das würde nicht gut gehen. Vielleicht später einmal, aber nicht jetzt." Anni schüttelte unwillig den Kopf.

„Das sagst du jedes Mal. Wann ist denn später? An Matildas

achtzehntem Geburtstag braucht sie jedenfalls keine Mutter mehr. Du könntest dich in eine andere Abteilung versetzen lassen. Denk mal darüber nach. Frau Meyerlings Nichte wäre wahrlich keine schlechte Partie. Überlege dir das noch einmal." Kiran stieß genervt die Luft aus. Es gab nur einen Weg, dieser Folter zu entkommen. Schnellstens raus hier.

„Mal sehen. Ich halte die Augen offen. Versprochen." Schnell gab er ihr einen flüchtigen Kuss auf die Wange und verabschiedete sich. Kopfschüttelnd blickte ihm Anni hinterher. Sie sorgte sich um ihren Sohn. Es war nicht nur Matilda, die die Hand einer jungen Frau brauchte, nein, auch ihr Junge brauchte jemanden, bei dem er sich fallen lassen konnte. Dem er vertraute. Ein Partner an der Seite, den man liebte, war durch nichts zu ersetzen. Kein Kneipenbesuch mit Freunden oder der Besuch eines zweifelhaften Etablissements, in dem er des Öfteren Druck abließ, boten auf Dauer eine zufriedenstellende Lösung.

Kiran atmete erleichtert auf, als sich die Haustür hinter ihm schloss. Er hatte keinesfalls vor, mit Bekannten um die Häuser zu ziehen, sondern er würde heute Abend Marion besuchen. Die dunkelhaarige Schönheit mit den Mandelaugen war seine Stammprostituierte, die er aufsuchte, wenn Anspannung und Sinneslust zu groß wurden. Gerade im Moment war das mit Sicherheit der Fall. Er brauchte dringend Entspannung. Die harten Arbeitstage, die ihm emotional alles abgefordert hatten, und vor allen Dingen die Sache mit David. Er bekam den Mann nicht aus dem Kopf. Der Gedanke an ihn brachte sein Blut in Wallung und seinen Verstand zur Verzweiflung. Eine heiße Nacht mit Marion würde ihn ablenken, vergessen lassen. So hoffte er zumindest.

Er hatte seine Mutter nicht angelogen, als er erklärte, eine

Beziehung käme nicht infrage. Falls er jemals eine feste Bindung einginge, müsste er sicher sein, dass sie auf Dauer bestehen konnte. Niemals würde er Matilda ständig wechselnde Frauenbekanntschaften zumuten. Sie wurde bereits einmal von einer Frau im Stich gelassen, nämlich von der eigenen Mutter. Das würde er ihr kein zweites Mal zumuten. Nein. Die Lösung mit Marion war im Moment das Beste für alle.

Drei Stunden später hielt er einen warmen Frauenkörper im Arm und genoss den Nachhall des ausschweifenden Geschlechtsaktes, den er bis vor wenigen Minuten mit Marion genossen hatte. Er stierte gedankenlos vor sich hin. Der Kopf war komplett leer gefegt. Seine Bettgefährtin spielte mit dem Haar auf seiner Brust und blickte ihn abschätzend an. Denkerfalten verunstalteten ihr hübsches Gesicht.

„Was ist mit dir, Kiran? Gibt es Probleme? Du bist heute verdammt komisch. Deine Gedanken sind Gott weiß wo und deine unterschwellige Wut ist kaum zu ignorieren." Kiran schüttelte den Kopf.

„Es ist nichts. Auf der Arbeit gab es Stress. Das ist alles." Marion zog die Augenbrauen hoch und blickte ihn zweifelnd an.

„Den hast du sonst auch. So wie heute warst du noch nie. Du hast mich benutzt, als ob du monatelang keine Frau mehr gehabt hättest. Ein brünstiger Bock wäre ein harmloses Kätzchen gegen deine wilde Rammelei gewesen. Was willst du dir beweisen? Mensch, Kiran. Drei Mal! Und das auf eine grobe Art und Weise, die ich sonst nicht von dir kenne. Nicht, dass es mir was ausmacht. Da bin ich ganz andere Sachen gewohnt. Ich hätte nur gerne gewusst, für wen oder für was ich diese Behandlung einstecken muss."

Kiran grunzte und löste sich von Marion. Er schob beide Hände unter den Kopf und starrte an die Decke. Die Frau kannte ihn viel zu gut. Seit fast vier Jahren, um genau zu sein. In all den Jahren hatte Kiran die hübsche Prostituierte nicht nur aufgesucht, um seine männlichen Bedürfnisse auszuleben. Hin und wieder schüttete er ihr sein Herz aus und holte sich einen weiblichen Rat. Mittlerweile pflegten sie so etwas wie ein freundschaftliches Verhältnis. Marion kannte seine Macken und er vertraute ihr. Sie wäre mit Sicherheit die richtige Adresse, um bei seinem ganz speziellen Problem eine Hilfestellung zu erbitten. Ihr konnte er sagen, was ihn verwirrte und seine Gedanken bis hin zum Unerträglichen anspannte. Immerhin war sie vom Fach, kannte alle Facetten der körperlichen Liebe. Falls es eine Person gab, der er sich anvertrauen konnte, war es zweifelsohne Marion. Er stand an einem Punkt, an dem er nicht mehr weiter wusste.

Kiran schwieg eine Weile, unsicher, ob und wie er beginnen sollte. Marion starrte ihn geduldig an und wartet. Eine Eigenschaft, die in ihrem Broterwerb Gold wert war. Ja, sie kannte all ihre Freier ziemlich gut. Viele wollten nach dem Sex noch reden, luden ihre Probleme bei ihr ab. Der eine brauchte mehr Zeit, der andere weniger. Mit Kiran jedoch verband sie ein besonders enges Verhältnis. Ihm schenkte sie mehr als nur einen flüchtigen Moment des Mitgefühls und des Verständnisses.

„Wo soll ich bei diesem ganzen Chaos bloß anfangen", sinnierte Kiran. „Ich habe jemanden kennengelernt, der mich verwirrt. Da sind Gefühle in mir, von denen ich nicht weiß, wohin sie mich bringen. Sie machen mir Angst und ich will sie nicht." Marion richtete sich auf und setzte sich im Schneidersitz neben ihn. Ihre Neugier war geweckt. Nachdenklich blickte sie ihn an.

„Jemandem Gefühle entgegenzubringen, ist doch etwas sehr Schönes, vor allen Dingen, wenn es gute sind. Das sind sie doch, oder?" Kiran druckste gequält herum. Er musste seinen ganzen Mut aufbringen, um es auszusprechen. „Es ist so verdammt kompliziert, Marion. Dieser jemand ist ein Mann und das, was ich für ihn empfinde, sollte ich normalerweise für eine Frau empfinden, verstehst du?" Marion blickte ihn groß an und fing laut an zu lachen. Kiran richtete sich auf, lehnte sich mit dem Rücken an das Kopfteil des Bettes und verschränkte beleidigt die Arme vor seiner Brust. Wütend funkelte er die junge Gunstgewerblerin an, doch Marion legte beschwichtigend eine Hand auf seinen Arm.

„Kiran, Kiran. Verzeih bitte, dass ich deine Bedenken lustig finde. Wenn du wüsstest, was ich tagtäglich auf dem Feld der sexuellen Abartigkeiten erlebe, würdest du über dein sogenanntes Problem auch lachen." Marion wurde ernst. Nicht jeder war in diesen Dingen ein Profi so wie sie und sah in andersartigen Praktiken das Normale.

„Wo liegt genau das Problem, Süßer? Liegt deine Angst in dir selber? Erschreckt es dich, so zu fühlen? Ist die Zuneigung nicht gegenseitig? Ist es die Furcht vor der Reaktion deiner Familie oder der deiner Arbeitskollegen?" Kiran rieb sich mit den Händen über das Gesicht und stieß den Atem verdrossen aus.

„Gott, wenn ich das nur selber wüsste. Wahrscheinlich ist es all das, was du gesagt hast. Ich bin verwirrt. Ich schäme mich und der ganze Mist ist meine eigene Schuld."

Kiran begann Marion die Geschichte von ihm und David zu erzählen. Das Kennenlernen im Klinikum, seine Vermutung, dass David schwul war, was sich bald in dem Verhalten des Arztes ihm gegenüber bestätigte. Die seltsame Anziehungskraft, seine eigenen Provokationen, die dazu führten, dass David ihm so unmissverständlich seine eigene Schwäche vor Augen führte, und das ausgerechnet am Tage des Geburtstages seiner Tochter.

„Wie sollte ich das jemals Matilda erklären oder meiner Mutter. Von meinen Arbeitskollegen will ich gar nicht reden. Außerdem weiß ich nicht, ob es überhaupt etwas zu erklären gibt. Vielleicht sollte ich das Ganze als einen Ausrutscher abhaken, aber warum lassen mich die Gedanken an diesen Mann nicht los?" Beschämt senkte Kiran sein Haupt. Marion tätschelte ihm beruhigend das Bein.

„Beruhigt es dich, wenn ich dir sage, dass ich auch schon mit Frauen geschlafen habe? Es ist ein kleiner Teil meiner sexuellen Vorlieben, denen ich hin und wieder nachgebe. Na und? Ich genieße es und von keinem Menschen auf der Welt lasse ich mir ein schlechtes Gewissen einreden."

Kiran stöhnte gequält.

„Sei mir nicht böse, Marion, aber die körperliche Liebe ist bei dir Geschäft. In meiner Welt ist die Beziehung zum gleichen Geschlecht etwas Anrüchiges. Ich arbeite mit Männern zusammen, die homophob ausgerichtet sind. Aber so was von. Was glaubst du, wie die mir gegenüber reagieren würden, wenn sie von meinem schwulen Fauxpas wüssten?"

„War es denn nur eine kleine Entgleisung oder wird mehr daraus? Willst du, dass mehr daraus wird?", warf Marion ein. Wieder schüttelte Kiran gefrustet den Kopf.

„Ich weiß es nicht, verdammt noch mal. Seit Tagen zerbreche ich mir den Kopf darüber und komme zu keinem Ergebnis. Ich habe eine Familie, bin für meine Tochter verantwortlich. Ich kann nicht einfach einem zweifelhaften Lustgefühl nachgeben, ohne an die Konsequenzen zu denken, verstehst du?"

Marion nahm ihn in den Arm und drückte ihn fest an sich.

134

Hielt ihn, strich ihm beschwichtigend über den Rücken.

„Ich werde dir sagen, wie ich die Sache sehe. Du hast einen Mann getroffen, der deine bisherige Sicht auf die Dinge ins Schwanken gebracht hat. Dass du in Betracht ziehst, mehr mit ihm auszutauschen als die Visitenkarte, lässt dich zweifeln. Gehen wir also einfach mal davon aus, dass du ‚bi' bist. Eines kann ich dir mit auf den Weg geben: In einer festen Beziehung zählt einzig und allein der Charakter. Nicht das Geschlecht. Solltest du dich also zu dem Menschen hingezogen fühlen, dann wage es. Ist es aber so, dass dich der Reiz des Verbotenen treibt, überlege es dir gut. Am besten, lass es. Tu das, was dir persönlich guttut und versuche nicht, den Menschen in deinem Umfeld gerecht zu werden. Natürlich gibt es da auch noch deine Tochter und deine Mutter. Die lieben dich. Denkst du nicht, sie würden eine solche Beziehung akzeptieren?"

Kiran schwieg eine ganze Weile und dachte über Marions Worte nach. Ihre Nähe tat ihm gut, ihre Unvoreingenommenheit. Es half ihm, einen kleinen Funken Klarheit zu gewinnen.

„Wenn ich das bloß wüsste. Meine Mutter mag ihn und Matilda verehrt ihn geradezu. Aber ob sie ihn als Mann an meiner Seite gutheißen, sei dahingestellt." Marion sah ihn eindringlich an. Forderte nochmals seine Aufmerksamkeit.

„Tja, Kiran. Die Entscheidungen, die du fällen musst, sind deine eigenen. Einen letzten Rat gebe ich dir noch: Sei du selbst. Es ist egal, auf was du stehst, Hauptsache, du verstellst dich nicht und bleibst dir selber treu. Wenn jemand ein Problem damit hat, ist das seine Angelegenheit. Ich kann dir aber auch aus Erfahrung sagen, dass die Ängste in uns oft unbegründeter sind, als wir meinen." Kiran presste die Lippen aufeinander und nickte.

„Danke, Marion. Ich werde daran denken." Marion

135

räusperte sich. Das Gespräch mit Kiran hatte sie verwundert. Nie hätte sie gedacht, dass gerade ihn solche Gedanken bewegten. Nun denn. Mütterlich tätschelte sie seine Schulter.

„Nun aber Abmarsch, mein Lieber. Es gibt noch den ein oder anderen deiner Geschlechtsgenossen, der ebenfalls ein klein wenig Trost gebrauchen kann, wenn du verstehst, was ich meine." Kiran lächelte und schlüpfte in seine Hose. Bevor er endgültig das Zimmer verließ, drückte er Marion noch einen Kuss auf die Wange.

„Danke, Schatz. Du hast mir wirklich sehr geholfen." Marion schlang ihm ein letztes Mal die Arme um den Hals und presste sich an ihn. „Das hoffe ich doch, mein Großer." Nachdenklich blickte sie ihn an.

„Wirst du wiederkommen?" Hilflos zuckte Kiran mit den Schultern.

„Wer weiß das schon. Bekanntlich sollte man ja nie nie sagen." Marion wurde noch mal ernst.

„Rede mit dem Männerfreund. Klärt das, was zwischen euch brennt, und lösch es, wenn du kannst. Egal, wie die Sache ausgeht. Du weißt, wo du mich findest. Zum Reden oder für mehr. Je nachdem, was du willst. Verstanden?"

Kiran gelang in diesem Moment sogar ein Grinsen.

„Dafür danke ich dir, Marion. Und für deinen Rat. Mach es gut."

„Mach es besser", rief sie ihm hinterher, bevor die Tür in die Angeln fiel.

⚝

In dieser Nacht sank Kiran zu Hause ermattet in sein Bett und schlief traumlos ein. Erst am späten Vormittag wurde er durch ein beständiges Piesacken seiner Person unsanft geweckt. Etwas oder besser gesagt jemand hielt ihm immer wieder die Nase zu und kicherte entzückt, als er zu röcheln begann. Matilda.

Unwillig öffnete er die Augen und starrte in das Gesicht seiner Tochter, das ihn erwartungsvoll beobachtete.

„Du musst aufstehen, Papa, wir wollen doch in den Tierpark. Du hast es versprochen.

„Ich komme, Schatz. Gib mir fünf Minuten, ja?", brummte Kiran verschlafen und versuchte, die Bettdecke noch einmal über seinen Körper zu ziehen. Gegen die Vehemenz seiner Tochter hatte er keine Chance. Eine kleine Hand schob sich vor sein Gesichtsfeld, die ihm ein zerknittertes Stück Karton direkt vor die Nase hielt.

„Können wir Doktor David anrufen und ihm sagen, dass er mitkommen kann? Ich habe seine Telefonnummer. Für den Notfall, hat er gesagt." Die Worte ließen Kiran erstarren. Augenblicklich war er hellwach und saß kerzengerade im Bett. Er nahm Matilda die Visitenkarte aus der Hand und starrte sie an, als hielte er einen explosiven Gegenstand in der Hand. Auf der Rückseite des Papiers stand tatsächlich eine handschriftliche Handynummer. Privat. Was sonst. Das hatte der kleine Mistkerl ja schön eingefädelt. Matilda beobachtete ihn die ganze Zeit mit Argusaugen. Sie kniete auf der Matratze neben ihm und wippte übermütig auf und ab.

„Bitte, Papa, bitte. Bestimmt ist er froh, auch die wilden

137

Tiere zu sehen." Matilda warf ihm einen von den anbetungswürdigen Blicken zu, denen er in der Regel nichts abschlagen konnte. In der Regel. Eindeutig traf das in diesem Fall nicht zu.

Innerlich schnaubte er. Und wie der Doc froh sein würde, wilde Tiere zu sehen. Insbesondere wenn sie zwei Beine hatten und noch immer kopflos durch die Gegend rannten, weil er ihnen an die Eier gepackt hatte.

„Matilda …", begann er lang gezogen. „Ich halte das für keine gute Idee. Bestimmt muss er arbeiten. Das ist alles recht kurzfristig, weißt du?" Matilda schüttelte wild ihre Locken.

„Ist es nicht. Ich habe ihn gestern Abend schon mal gefragt, nachdem du fort warst, weil ich wollte, dass er sich unbedingt den dicken Ameisenbär anschaut. Der ist so süß. Er hat gesagt, dass er Zeit hat und ich dich fragen soll, ob das o. k. ist. Das ist es doch, oder, Papa?" Ungläubig starrte Kiran seine Tochter an. Das durfte doch alles nicht wahr sein. Da zerbrach er sich die halbe Nacht den Kopf über seine vorhandenen oder nicht vorhandenen Gefühle und nun kam die kleine Motte an und servierte ihm praktisch den verbotenen Appetizer auf einem Silbertablett. Hatten sich Gott und die Welt gegen ihn verschworen?

„Matilda …", brummte er noch einmal unwillig. Fast gequält kamen die Worte über seine Lippen. Natürlich ließ seine Tochter den halbherzigen Einwand nicht gelten. Fest klammerte sie ihre kleinen Arme um seinen Hals und kuschelte sich an ihn.

„Bitte, Papa. Er freut sich bestimmt." Seufzend drückte Kiran den weichen Körper seines Kindes an sich. David zu meiden, wäre vermutlich die falsche Entscheidung. Matilda mochte ihn und er sie offensichtlich auch. Oder versuchte dieser kleine Intrigant, über seine Tochter an ihn heranzukommen?

Egal, wie die Dinge lagen. Wahrscheinlich böte sich bei dieser Gelegenheit die Chance für eine Aussprache. Über das, was geschehen war, mussten sie dringend reden. Keine Frage. Mit Matilda in ihrer Nähe würden sie vernünftig miteinander sprechen, dessen war er sich sicher. Wenigstens lief er nicht Gefahr, dem Kerl eine blutige Nase zu schlagen. Alles in allem war es gar keine schlechte Idee. Ergeben nickte er und gab seine Zustimmung.

„Übernimmst du den Anruf, Matilda? Sagen wir in zwei Stunden vor dem Haupteingang?" Jubelnd gab sie ihm einen feuchten Kuss auf die Nase und rannte davon. Kiran ließ sich verdrießlich zurück auf die Matratze fallen und stöhnte. Schöner Mist.

David steckte erstaunt sein Handy zurück in die Hosentasche. Mit diesem Telefonat hatte er heute nicht mehr gerechnet. Als Matilda ihn gestern Abend anrief und ihn förmlich anbettelte, mit ihr und Kiran den Zoo zu besuchen, hatte er alle Mühe gehabt, die Kleine davon zu überzeugen, dass sie zunächst das Einverständnis ihres Vaters einholen musste. Er würde sich hüten, den Eindruck zu erwecken, er wolle sich irgendwo dazwischendrängen. Ehrlich gesagt ging er nicht von einer Zusage aus. So konnte man sich täuschen. Der Mann hatte also doch einen Arsch in der Hose. Traute sich, nach allem, was passiert war, ihm gegenüberzutreten. Nur wie sah es bei ihm selber aus? Bei dem Gedanken an ein Wiedersehen verabschiedete sich sein wertes Hinterteil gerade aus den Beinkleidern und ging auf Grundeis. Hatte er an jenem verhängnisvollen Abend noch selbstsicher und souverän agiert, fühlte er hier und jetzt Unsicherheit. War er zu weit gegangen? Hatte er ein Spiel begonnen, das er nur verlieren konnte? Schon sehr bald würde er es wissen.

Als er auf den Haupteingang des Tierparks zulief, sah er Kiran und Matilda schon von Weitem. Scheinbar wurde er erwartet.

„Doktor David!" Matilda kam freudig auf ihn zugerannt, als sie ihn entdeckte. Wenigstens sie freute sich, ihn zu sehen. Ganz im Gegensatz zu ihrem muffig dreinschauenden Vater, der sie beobachtete. Er spürte einen Stich des Glücks in seiner Brust, bei dem Anblick des fröhlichen Mädchens, das augenscheinlich auf dem besten Wege war, sich vollständig zu erholen. Kein Vergleich zu dem blassen und antriebslosen Kind, das er im Krankenhaus kennengelernt hatte. Er gab zu, dass er ihre piepsige Stimme ein klein wenig vermisste. Das und ihre auf dem Halma-Brett ausgefochtenen Kämpfe. Sie warf sich in seine Arme und er schleuderte sie ausgelassen im Kreis. Ununterbrochen plapperte sie auf ihn ein. Gab ihm kaum Gelegenheit, ihren Vater zu begrüßen.

Heimlich huschte sein Blick hinüber zu der nicht zu übersehenden Gestalt, die sich in Lässigkeit erging. Kiran stand mit in den Hosentaschen vergrabenen Händen ein paar Meter entfernt und schaute dem übermütigen Treiben gleichmütig zu. Als sie sich per Handschlag begrüßten, lag in beider Augen etwas Abschätzendes. Vorsicht dem anderen gegenüber, gesundes Misstrauen, Unentschlossenheit. Die Ereignisse des Abends an Matildas Geburtstag standen unausgesprochen zwischen ihnen. Daran konnte man heute etwas ändern. Eventuell. Bei passender Gelegenheit.

Es war David, der aus der Verlegenheit heraus ein unverfängliches Gespräch begann. Mit einem Kopfnicken deutete er hinüber zu Matilda, die bereits durch den Eingang gelaufen war und ungeduldig gestikulierte.

„Sie macht sich gut. Ich denke, in wenigen Wochen ist sie wieder vollkommen fit." Kiran nickte.

„Ja, darüber bin ich froh. Wir stehen in deiner Schuld." David blickte ärgerlich auf.

„Das steht ihr nicht. Ein anderer Arzt hätte das ebenso hinbekommen. Ich war nur rein zufällig an diesem Tag der diensthabende Operateur. Niemand schuldet mir etwas."

Schweigend gingen sie weiter. Der unverfängliche Gesprächsstoff hatte sich offensichtlich erschöpft. Der Wille, miteinander zu kommunizieren, auch. Die Stimmung zwischen ihnen konnte man als geladen bezeichnen. Ein Funke, und das Fass drohte zu explodieren.

Matilda war es, die beide immer wieder dazu zwang, Worte miteinander auszutauschen, je nach Lage der Situation. Aufgeregt rannte sie von Gehege zu Gehege, erzählte hier eine Geschichte und da. Verharrte gefühltermaßen ewig bei ihrem Freund, dem Ameisenbär, und im Affenhaus, wo sie entzückt den Nachwuchs beobachtete. Von dem Unbehagen, das David und Kiran in der gegenseitigen Gesellschaft verspürten, bekam sie nichts mit.

Je länger sich der Nachmittag hinzog, desto griesgrämiger wurde David. So hatte er sich das Beisammensein nicht vorgestellt. Matildas Freude machte ihm Spaß. Die Schweigsamkeit des muffigen Vaters wütend. Zähneknirschend stellte er fest, dass wohl er es war, der den Anfang machen musste. Nun gut. Er hatte provoziert. Der Spielball lag auf seiner Seite.

„Es tut mir leid", presste er schließlich hervor. Die Bemerkung bewirkte zumindest, dass Kiran den Kopf drehte und ihn anblickte. Nach einer Weile des Stillschweigens bemühte sich der Mann, ihm wenigstens zu antworten.

„Und was genau, wenn ich fragen darf?", zischte er ungehalten. David wurde von Minute zu Minute gereizter. Vielleicht schwang auch eine Spur Enttäuschung mit. Seine Antwort kam scharf.

„Dass ich dir zu dem Orgasmus deines Lebens verholfen

141

habe? Dass ich dir gezeigt habe, was Lust bedeuten kann?"
Mit einem Knurren trat Kiran an David heran und krallte die
Finger in sein Shirt.

„Du miese, hinterhältige Schwuchtel. Darauf hattest du es
die ganze Zeit abgesehen, nicht wahr? Ist dir einer
abgegangen, als du deine schmierigen Pfoten an meinem
Schwanz hattest? Hast du es genossen, mir deinen Willen
aufzuzwingen?" David riss sich schockiert los. Mit dieser
heftigen Reaktion hatte er nicht gerechnet. Das hatte er
nicht gewollt. Er hatte der Überheblichkeit Kirans die Grenze
zeigen wollen. Seine Feindschaft suchte er nicht. Niemals. Im
Gegenteil.

Getroffen drehte er sich um und ging ratlos davon. Nach
wenigen Augenblicken hörte er hastige Schritte hinter sich
im Kies und fühlte, wie eine kräftige Hand ihn packte und
festhielt.

„Oh nein, mein Freund. So einfach kommst du mir nicht
davon. Wir werden das hier auf der Stelle klären, hörst du?
Du wirst dich nicht schon wieder wortlos vom Acker
schleichen."

„Ach nein?", fauchte David. „Wie willst du das verhindern?
Schlägst du mich vor den Augen deiner Tochter nieder? Tu
dir bloß keinen Zwang an. Ich bin doch nur eine blöde
Schwuchtel. Niemand, auf dessen Gefühle man Rücksicht
nehmen muss. Dreck, Abschaum, nicht wahr?" David
machte Anstalten, erneut weiterzugehen. Tränen traten ihm
in die Augen. Was war das Leben doch manchmal
beschissen. Auf keinen Fall würde er diesem Arschloch
zeigen, wie sehr ihm die Situation zu schaffen machte. Doch
diesmal trat ihm Kiran direkt in den Weg. Seine Stimme
klang fast sanft, als er anfing zureden.

„David ..." David wandte sich ab. Er wischte sich mit dem
Handrücken grimmig die Feuchtigkeit von den Wangen.

„Lass gut sein, Kiran. Ich verstehe dich. Ich habe es zu weit getrieben. Es tut mir leid, auch wenn du es mir nicht glaubst und meine Entschuldigung nicht annimmst. Es ist wohl das Beste, wenn ich jetzt gehe. Ich kann mich so nicht von Matilda verabschieden. Sag ihr liebe Grüße und dass es einen Notfall gab oder so ähnlich." Kiran fasste David fest am Handgelenk.

„Nein. Das werde ich nicht tun, denn du wirst hierbleiben. Ich gebe zu, dass ich mich gerade im Ton vergriffen habe. Verzeih." David blickte auf und schaute Kiran aus wässrigen Augen an. Er presste die Lippen zusammen und nickte.

„Ist gut." Schweigend standen sie eine Zeit lang beieinander. Schweigen, das mit der Zeit in Unbehagen umschlug. Zu viel unausgesprochene Dinge standen zwischen ihnen.

Kiran warf einen kurzen Blick in Richtung seiner Tochter, versicherte sich, dass es ihr gut ging, und zog David kurz entschlossen hin zu einer Bank.

„Setz dich", bestimmte er nachdrücklich, presste den konsternierten Begleiter in eine Sitzposition und ließ sich daneben fallen. Mit einem frustrierten Stöhnen barg er den Kopf in seinen Händen und stützte die Ellbogen schwerfällig auf den Knien ab.

„Verdammte Scheiße", zischte er. David warf ihm einen kurzen Seitenblick zu.

„Das kannst du laut sagen. Und nun. Was machen wir jetzt?" Von Kiran war nur ein Grunzen zu hören.

„Reden?", war seine einsilbige Antwort, die David mit einem Brummeln beantwortete.

„Also gut. Fang an." Er schlug die Beine an den Knöcheln über Kreuz und lehnte sich zurück. Kiran warf ihm einen bösen Blick zu.

„Warum ich. Du bist doch an allem Es sind nicht immer die schönen Dinge, nach denen es sich zu streben lohnt,

143

sondern die Einmaligen.

Die, die uns im Gedächtnis bleiben, die uns verändern, zum Guten hin oder zum Schlechten.

Die uns weiterbringen, uns formen. Die helfen, klarer zu sehen, uns den Weg aufzeigen, den wir zu gehen wagen sollten. Um unseres Willens und dem Euren.

schuld. Sag du doch, was du denkst." David beäugte Kiran misstrauisch.

„Wirst du auch nicht gleich über mich herfallen, wenn ich gesagt habe, was in mir vorgeht?" Kiran funkelte ihn aufmüpfig an.

„Das hättest du wohl gerne, du kleine ..."

„Schwuchtel?", ergänzte David hilfreich. Kiran fluchte.

„Wenn wir so weitermachen, dauert es nicht lange, bis wir am Boden liegen und ..."

„Uns gegenseitig die Zunge in den Hals schieben?", vervollständigte David den Satz, ohne weiter darüber nachzudenken. Er wusste selber nicht, was ihn dazu trieb, seine Gesundheit aufs Spiel zu setzen.

„Nein", zischte Kiran neben ihm. „Dass wir so lange aufeinander einprügeln, bis Blut fließt. Willst du das? Wenn nicht, hör endlich auf mit deinem blödsinnigen Gelaber."

David rieb müde die Hände über sein Gesicht und atmete resignierend aus.

„Du hast ja recht, Kiran. Wir sollten uns wie erwachsene Männer benehmen und nicht wie ..."

„Verdammte Tunten?", warf Kiran hilfreich ein, begleitete seine Unterbrechung aber mit einem breiten Grinsen.

Davids Augen verengten sich zunächst zu schmalen Schlitzen. Als er aber den Schalk in den Iriden Kirans blitzen sah, fing er an zu lachen. Ein Lachen, das auf beide eine befreiende Wirkung ausübte. Nachdem sich die Lachmuskeln wieder beruhigt hatten, schaute man sich abschätzend an. Jetzt war es Kiran, der anfing zu reden, und ihm dabei die ausgestreckte Hand hinhielt.

„Friede?"

David schlug ein. „Friede."

„Du hast mich ganz schön aus der Fassung gebracht, weißt du das?", bemerkte Kiran nach einer Weile.

„Das war meine Absicht. Du bist ein verdammt arroganter Arsch", war Davids Antwort. Kiran hob die Augenbrauen, doch David fuhr fort, entschlossen, ehrlich zu sein, zu sagen, was es zu sagen gab.

„Ja, ich bevorzuge die Partnerschaft eines Mannes. Um es klar auszudrücken, ich bin schwul. Zu sagen, ich bin stolz drauf, ginge zu weit und ist schon von so vielen breitgetreten worden. Stolz bin ich auf das, was ich erreicht habe. Aus eigener Kraft, ohne fremde Hilfe. Das hat für mich nichts mit meiner gleichgeschlechtlichen Orientierung zu tun. Das ist für mich Normalität, eine Gegebenheit, auch wenn es viele anders sehen.

Zu sagen: ‚Ich bin schwul und das ist auch gut so', trifft es ebenfalls nicht. Eine verdammt blöde Aussage, benutzt, um sich zu outen und um Verständnis zu werben. Oft ist das Gegenteil der Fall. Bei ganz vielen Menschen trifft es eher auf Unverständnis, obwohl ich sagen muss, dass heutzutage die breite Masse Akzeptanz zeigt und das ist es, was man als gut bezeichnen kann. Seien wir doch mal ehrlich. Was ist wirklich gut daran, einer Gruppe anzugehören, dessen Bezeichnung man als Schimpfwort benutzt? Die man aufgrund der sexuellen Orientierung beleidigt und im schlimmsten Fall mit körperlicher Gewalt bedroht? Das ist ein Scheißgefühl. Nein. Es ist, wie es ist. Ich kann nur sagen, ich bin schwul. Punkt. Aus. Ende. Nicht mehr und nicht weniger. Akzeptier es oder leck mich. Das ist meine Sicht der Dinge."

145

David warf Kiran einen flüchtigen Blick zu und schaute dann wieder geradeaus.

„Tu mir einen Gefallen und fass das Letztgesagte bitte nicht zweideutig auf." Er begann, sich zu entspannen, drehte sein Gesicht in Richtung Sonne und schloss die Augen. Leise redete er weiter, während Kirans Blick ihn nicht verließ.

„Als ich dich das erste Mal gesehen habe, hat mir gefallen, was vor mir stand. Na und? Ich habe dich nicht provoziert oder angemacht. Sollten meine Blicke mich verraten haben, so sei dir gesagt, dass es nicht in meiner Absicht lag, es dich spüren zu lassen. Ich weiß, wo meine Grenzen liegen. Arbeit ist Arbeit. Privat ist privat. Da ziehe ich einen dicken Strich. Du warst es, der mich mit unterschwelligen Bemerkungen bei jeder Gelegenheit provoziert hat. Hast du geahnt, was mit mir los ist?" Davids fragender Blick suchte den Kirans. Der zuckte lässig mit der Schulter.

„Ich hatte da so meine Vermutungen. Der Ausdruck in deinen Augen, als du mich angesehen hast, war eindeutig. Es war süß und hat mich gereizt, ein klein wenig mit dir zu spielen. Irgendwann ist die Sache aus dem Ruder gelaufen. Meine Gedanken haben sich ständig mit dir beschäftigt. Das hat mir Angst gemacht, ich wurde unsicher. Und als du mich dann geküsst hast ..." Kiran schüttelte hilflos den Kopf, redete aber nach einer kurzen Atempause weiter.

„Ich bin ein paar Tage später zu Marion gegangen, um mir zu beweisen, dass ich ein lupenreiner Hetero bin. Dass ich eine Pussy brauche und keinen ..." Hilflos wedelte er mit den Händen in Richtung Davids Unterleib. Ihm fehlten die richtigen Worte.

„Schwanz?", bot David hilfreich an. Seine Mundwinkel verzogen sich von einem Ohr zum anderen. Er fand es putzig, wie der große Mann neben ihm sichtbar verlegen nach den passenden Ausdrücken suchte.

„Was auch immer", fuhr Kiran nervös fort.

David unterbrach Kiran.

„Wer ist Marion?" Kiran senkte schweigend den Kopf. Mist. Es blieb ihm nichts anderes übrig. Er musste seine Beziehung zu Marion erklären.

„Marion ist eine Prostituierte, die ich regelmäßig besuche. Mein Beruf macht es verdammt schwierig, eine feste Partnerschaft zu führen. Ich bin unregelmäßig zu Hause, muss öfters unverhofft und für längere Zeit fort. Lebe ständig in Gefahr, auch wenn sie berechenbar ist. Wer lässt sich auf so was schon ein. Ehrlich gesagt hab ich auf Beziehungsstress keine Lust. Schon allein mit Rücksichtnahme auf Matilda. Ich werde ihr wechselnde Frauenbekanntschaften nicht zumuten. Eine miese Mutter reicht vollkommen.

Nein, das Arrangement mit Marion ist völlig in Ordnung." Kiran schwieg und starrte nachdenklich vor sich hin. Davids Neugier war geweckt und er bohrte weiter.

„Und? Weißt du jetzt, für welche Mannschaft du lieber spielen möchtest?" Kiran lächelte spöttisch und beäugte David von der Seite.

„Tja, schätze, das ist von ein paar entscheidenden Faktoren abhängig." David hakte nach, gespannt auf die nachfolgende Antwort.

„Die da wären?" Kiran ließ sich lange Zeit mit der Antwort. Er rekelte sich in eine bequeme Position, verschränkte die Finger vor seinem Bauch und blickte sinnend in die Ferne.

„An jenem Abend habe ich mit Marion darüber gesprochen. Habe sie sozusagen um ihren fachmännischen Rat gebeten. Dabei ist mir eins klar geworden. Im Grunde richtet sich mein Begehren nicht stur auf das Geschlecht, sondern es ist der Charakter eines Menschen, der mich fasziniert, seine Ausstrahlung, die Chemie untereinander muss stimmen. Das ist bei dir der Fall. Man könnte also sagen, ich bin bereit, um für beide Mannschaften zu spielen. Fakt ist, dass ich bis heute nur auf einer Seite die Bälle versenkt habe, verstehst du, was ich meine?" Kirans fragender Blick suchte den von David. Der grunzte erstaunt.

„Heißt das, dass du eventuell bereit wärst, uns eine Chance zu geben? Mir?" Kiran strich sich müde über das Gesicht, vergrub es in beiden Händen.

„Ich habe keine Ahnung, David. Es ist kompliziert. Sollten wir etwas miteinander anfangen, wird es geheim bleiben müssen. Ich habe keine Lust, ein Mobbingopfer meiner Kameraden zu werden. Sie müssen sich jederzeit auf mich verlassen können. Bei diesem homophoben Haufen wäre es ein Ding der Unmöglichkeit, jemandem bedingungslos zu vertrauen, von dem sie befürchten, dass er ihnen an die Wäsche geht. Verstehst du? Natürlich wäre das völliger Schwachsinn, aber es ist nun mal so. Meine Mutter hält zwar ziemlich große Stücke auf dich, doch käme ich mit einem Partner nach Hause, der Haare auf der Brust hat, würde es ihr wahrscheinlich das Herz brechen. Sie hofft immer noch auf eine Schwiegertochter und einen Stall voller Enkelkinder." Scherzend stieß Kiran David in die Seite.

„Stell dir mal vor, sie hat mir doch tatsächlich vorgeschlagen, Frau Meyerling nach der Adresse ihrer Beamtennichte zu fragen."

David gelang nur ein müdes Lächeln. Seine Gedanken rasten. Auf der einen Seite hatte er sehr wohl registriert, dass Kiran eventuell in Betracht zog, sich auf ihn einzulassen, auf der anderen Seite aber gab er deutlich zu verstehen, dass er keinesfalls dazu bereit wäre, es öffentlich zu machen. Wieder einmal wäre er ein heimlicher Geliebter. Wieder einmal müsste er den Gefährten in der Öffentlichkeit verleugnen. Warum nur war scheinbar niemand gewillt, zu ihm zu stehen? Das hatte er alles schon gehabt. Es nahm selten ein gutes Ende. Um genau zu sein, gab es niemals ein Happy End. Jedenfalls nicht bei ihm. Was also sollte er Kiran antworten? Just in diesem Moment erwähnte Kiran Matildas Namen und so schenkte er seinen Worten Aufmerksamkeit. Kiran bemerkte Davids Stimmungsschwankung und so versuchte er, ihn ein klein wenig aufzumuntern.

„Ich glaube, Matilda wäre begeistert, dich öfters zu sehen, und ich kann mir gut vorstellen, dass sie dich sogar als meinen Lebenspartner akzeptieren würde. Gerne. Trotzdem bleiben da immer noch die Leute. Die Nachbarn, die Schulkameraden, die Freunde. Das kann ich ihr nicht zumuten und du wolltest das bestimmt auch nicht."

David schaute Kiran ins Gesicht. Er wollte so vieles nicht. Doch hatte er eine Wahl? Mehr aus Hilflosigkeit als aus Überzeugung warf er ein: „Vielleicht sind deine Ängste unbegründeter, als du meinst."

„Vielleicht", antwortete Kiran lapidar. „Doch ich bin nicht bereit, das Risiko einzugehen. Noch nicht. "

David nickte stumm. Was sollte er schon dazu sagen. Er verstand Kiran ja. Seine Einwände, seine Bedenken. Trotzdem fühlte er sich zurückgestoßen und verletzt. Ungeachtet seiner inneren Stimme, die ihn zur Vorsicht mahnte, wollte er ihn. Wenn es Kiran Wichmann also nicht zu seinen eigenen Bedingungen gab, dann nähme er ihn zu Kirans. Und wer wusste schon, was die Zukunft brachte. Er hatte keine Lust mehr zu verzichten, nur weil Angst in ihm aufstieg, zurückgestoßen zu werden. Er atmete tief durch.

„Hör mal. Ich habe in den nächsten Tagen keine Zeit. Die Arbeit", versuchte David zu erklären. Er holte sein Handy aus der Jackentasche und überprüfte den Terminkalender.

„Ich habe erst am Vierzehnten das nächste Mal frei, das wäre in zwei Wochen. So ist es zumindest vorgesehen. Das sollte lang genug sein, damit du dir darüber klar wirst, was du möchtest. Solltest du eine Chance für uns beide sehen, komm gegen Abend bei mir vorbei. Wir könnten dann darüber reden und entscheiden, wie es weitergeht." Kiran nickte und zückte ebenfalls sein Smartphone. Konzentriert wischte er über den Bildschirm.

„In der Woche habe ich erst ab Donnerstag Bereitschaftsdienst. Zeit hätte ich also." Kiran blickte auf. „Dein Vorschlag ist fair genug. Also abgemacht."

Schweigend saßen sie nebeneinander. Ein jeder mit seinen eigenen Gedanken beschäftigt, bis Kiran seine Stimme erhob.

„Sollte ich nicht kommen, hat sich die Sache erledigt. In diesem Fall wirst du uns in Ruhe lassen und dich nicht mehr melden, verstanden?" David schluckte trocken.

„Verstanden."

Kapitel 8/Tantra

David saß an seinem Schreibtisch und blätterte lustlos in Unterlagen, die er sich zur Einsicht mit nach Hause genommen hatte. Ein Blick auf die Uhr sagte ihm, dass er am heutigen Tage höchstwahrscheinlich eine Enttäuschung hinnehmen musste. Dass sein Hoffen und Bitten nicht das gewünschte Resultat bringen würde. Kiran käme wohl nicht.

Das schrille Geräusch der Haustürklingel ließ ihn zusammenfahren, als hätte man ihn gerade bei etwas Verbotenem ertappt. Sein Pulsschlag beschleunigte sich und er zwang sich, gelassen zur Tür zu schlendern. Ruhig bleiben, Junge. Nicht rennen, redete er sich selber Mut zu.

Noch einmal tief Luft holen. Der Griff zur Klinke. Das Herabdrücken und gleichzeitige Öffnen.

Stumm starrte er den Mann an, der gerade im Begriff stand, noch einmal auf den Knopf zu drücken und um Einlass zu bitten.

„Du bist gekommen", war die Feststellung eines Idioten und wurde mit hochgezogenen Augenbrauen belohnt.

„Ähm", räusperte sich Kiran. „Sieht ganz so aus. Willst du mich nicht reinlassen? Oder war es die falsche Entscheidung, hier aufzukreuzen?"

Das brachte David in Bewegung.

„Nein, nein", stammelte er verlegen. „Komm rein. Ich freue mich." Mit einer einladenden Geste trat er zur Seite, um den Weg nicht länger zu versperren.

Kiran trat neugierig ein und schaute sich um. Davids Wohnung gefiel ihm. Hohe Wände mit Stuckverzierung und bodentiefe Fenster verliehen den Räumen Weite und man fühlte sich nicht beengt. Der Einrichtungsstil war schlicht, aber gemütlich. Stilvoll, jedoch nicht überteuert.

151

Bis vor wenigen Minuten war er sich selbst noch nicht darüber im Klaren gewesen, was er eigentlich wollte. Hatte eine gefühlte Stunde in seinem Auto, das er in einer Nebenstraße geparkt hatte, gesessen und gegrübelt. Ein Feigling war er nie gewesen und das unterschwellige Verlangen in ihm trieb ihn schließlich bis hierher.

Er spürte, dass David von hinten an ihn herangetreten war, und drehte sich ruckartig um. Der erschrak zutiefst, trat hastig einen Schritt zurück und entschuldigte sich stotternd.

„Tut mir leid, ich wollte dich nicht erschrecken oder dir zu nahe treten. Kann ich dir etwas zum Trinken anbieten?" Kiran lächelte.

„Schon gut. Wie wär es mit einem kühlen Bier?" David nickte und ging davon. In der Hoffnung, Kiran käme, hatte er den schäumenden Gerstensaft besorgt und kalt gestellt. Für sich nahm er die übliche Apfelschorle.

Als er zurückkam, hatte es sich Kiran bereits auf dem gemütlichen Sofa bequem gemacht. David stellte wortlos die Getränke ab und nahm zögerlich neben ihm Platz. Beide schwiegen eine Weile. Jeder unschlüssig, wo der Weg sie hinführte. Ob der Abend überhaupt zu etwas führte. David legte die Hände neben seinen Beinen ab und starrte nervös auf den Boden. Vorsichtig wagte er einen Blick hinüber zu seinem Nebenmann. Dem schien es ähnlich zu gehen. Tja, wo fing man in dieser Situation auch an. David grübelte noch, als er eine Berührung spürte, die seine Hand umschloss und sachte zudrückte. Seine Augen schauten gebannt auf die miteinander verschlungenen Finger, wanderten langsam nach oben und blieben an Kirans intensivem Gesichtsausdruck hängen, der ihm Gänsehaut über den Rücken trieb.

„Und nun? David schluckte. Kirans Nähe verwirrte ihn. Erst recht seine Frage, die durchaus berechtigt war. Umständlich räusperte er sich.

„Ich denke, wir sollten uns zunächst einmal besser kennenlernen. Hast du Hunger? Sollen wir zusammen was kochen?" Kiran verzog das Gesicht und schüttelte den Kopf. David musterte ihn aufmerksam. Dabei entging ihm nicht, dass der sonst so selbstbewusste Mann verkrampft wirkte. Sich unbehaglich fühlte. Das musste er ihm nehmen. Er wagte einen Vorstoß. Ganz langsam näherte er sich, griff ihm ins Haar und zog ihn gemächlich zu sich heran. Er spürte den beschleunigten Pulsschlag Kirans und die heftiger werdenden Atemzüge. Ganz sachte berührte er die Lippen mit den seinen, strich aufreizend daran entlang, der Berührung zarter Schmetterlingsflügel gleich. Für den Bruchteil einer Sekunde ließ er ihn seine Zunge spüren, zog sich danach bedächtig zurück, um ihn bewusst anzusehen. „Kennst du die Bedeutung des Wortes Tantra?" Kiran blickte ihn verwirrt an, gefangen in Empfindungen, die ihn erregten. Er flüsterte leise.

„Ehrlich gesagt nicht genau. Es hat was mit Lebenseinstellung zu tun. Irgendwas Indisches, glaube ich." David nickte.

„So ähnlich. Ich erkläre es dir." Sanft strich er mit einem Finger an Kirans Kinn entlang und beobachtete lächelnd das Blähen der Nasenflügel und das leise Erschauern des Mannes neben ihm.

„Tantra ist im Großen und Ganzen nichts anderes, als einen Weg zu der Kraft zu finden, die in dir selber schlummert. Die in jedem von uns zu finden ist. Man muss nur danach suchen.

Der Leitsatz lautet: Bring Bewusstsein in dein Leben, dann bist du frei."

David griff zu seiner Saftschorle und nahm einen großen Schluck. Lächelnd blickte er zu Kiran, der ihn erwartungsvoll anblickte. Er schien seine volle Aufmerksamkeit zu haben und so fuhr er fort.

„Ich habe vor ein paar Jahren angefangen, mich mit dieser Lebensphilosophie zu beschäftigen. Weißt du, es ist nicht immer leicht, in einer Gesellschaft zu leben, die sich nach außen hin tolerant gibt, nach innen hin aber immer noch voller Ressentiments steckt. Seit meiner Jugend habe ich Zurückweisungen aufgrund meiner Neigung einstecken müssen. Das hat Spuren hinterlassen und mein Selbstwertgefühl schwand mit der Zeit auf Erbsengröße. Versteh mich nicht falsch. Ich war stets ein hervorragender Schüler, habe beruflichen Erfolg. Meine Optik macht einiges her, das weiß ich sehr wohl. Trotzdem. Wenn man zwischenmenschliche Nähe sucht und die Erfahrung machen muss, dass man dort nicht gewollt wird, wo man es am meisten wünscht, hinterlässt das Spuren.

Ich habe oft in den Spiegel geschaut und gesehen, dass mir ein verdammt gut aussehender Kerl entgegenblickt. Dann geht man aus, versucht, mit jemandem anzubandeln, der einem gefällt, von dem man denkt, das könnte passen. Sobald aber auf der anderen Seite der Groschen fällt, schlägt dir zuerst Unsicherheit und dann Verachtung entgegen. Manchmal auch Wut. Man kann von Glück reden, wenn keine Faust im Gesicht landet, die einem eine aufgeplatzte Lippe oder ein blaues Auge beschert. Ein einfaches ‚Nein danke, kein Interesse‘ hätte genügt. Man wird behandelt, als wäre man die ekligste Kreatur auf der Welt. Natürlich gibt es Ausnahmen, aber viel zu selten. Es gibt entsprechende Orte und Kneipen, die man aufsuchen kann, wo Gleichgesinnte verkehren. Da findet man immer einen schnellen Fick, in den seltensten Fällen tiefergehende Gefühle. Das ist nicht das, was ich suche."„Und was suchst du?", warf Kiran ein. David blickte ihn sekundenlang an.

154

„Liebe", war seine schlichte Antwort. „Gefühle und Nähe."
Kiran nickte, schwieg aber dazu.
Unsicher wischte David mit dem Daumen über den Rand
seines Glases.

„Was ich eigentlich damit sagen will, ist, dass mir die
Beschäftigung mit der Lebenseinstellung des Tantras dabei
geholfen hat, mit mir und meinem Körper ins Reine zu
kommen. Ich habe gelernt, mich anzunehmen. Zu geben und
zu nehmen. Tantra ist eine Art Rebellion gegen
Moralvorstellungen aller Art. Sich diszipliniert dem Genuss
hingeben, die sexuelle Energie bejahen und kontrollierten.
Den Körper, das Leben und die Sinne verehren. Etwas
zulassen. Genau das möchte ich dir gerne zeigen, wenn du
mich lässt. Es wird uns helfen, Vertrauen zueinander zu
fassen. Uns besser kennenzulernen."
Gespannt wartete David auf die Reaktion Kirans, der ihn
nachdenklich musterte.
„Und wie hast du dir das vorgestellt?"
„Komm." David stand auf und zog Kiran an der Hand hinter
sich her. Er öffnete die Tür zu seinem ganz eigenen Raum.
Ein Zimmer, in dem er entspannte, abschaltete. Kiran blickte
sich neugierig um.
„Was ist das hier? Die Höhle, in die du deine Beute
schleppst, bevor du sie verspeist?" Er grinste schief, um
David zu signalisieren, dass er es scherzhaft meinte. Der
hatte sehr wohl verstanden und lächelte zurück.
„Du hast den Nagel auf den Kopf getroffen. Bevor ich dich
hinunterschlinge, möchte ich dir gerne nahebringen, was ich
dir eben versuchte zu erklären." David deutete hinüber zu
einer großen weichen Unterlage, auf der viele Kissen in den
verschiedensten Größen lagen, dazwischen bunte Tücher.
„Erlaube mir, dich zu massieren, im Sinne von Tantra. Es ist
nichts Anstößiges. Ich werde nichts tun, was du nicht willst

oder mir ausdrücklich erlaubst. Es geht nur um dich. Um dein Wohlbefinden. Du kannst dich fallen lassen, dich öffnen. Ich erwarte nichts von dir, aber werde dir alles in dem Rahmen geben, in dem du es wünschst. Wir haben Gelegenheit, uns kennenzulernen, unsere Körper zu erkunden. Auch intim. Nur wenn du willst. Mir erlaubst, dich zu verwöhnen."

Kiran blickte misstrauisch auf Davids Hand, die seine noch immer hielt. Sollte er sich darauf einlassen? Entschlossen nickte er. Er hatte den Mut aufgebracht, hierherzukommen, da würde er an diesem Punkt nicht zurückweichen. Die Neugierde und die Lust, von den weichen Händen verwöhnt zu werden, überwogen seine schwelenden Vorbehalte.

„Zeig es mir, David", flüsterte er. David lächelte und strich ihm zärtlich über das Haar.

„Du wirst es nicht bereuen. Glaube mir." Er zog Kiran hinüber zur der bequemen Liegelandschaft und begann, ihn ganz langsam zu entkleiden. Verschwörerisch zwinkerte er ihm zu.

„In den nächsten zwei Stunden brauchst du keine Kleider. Keine Angst, du bekommst sie zurück." Kiran erwiderte nichts. Er war angespannt wie ein englischer Langbogen. Zitterte innerlich. Davids Nähe erregte ihn, ließ Sachen in seinem Kopfkino lebendig werden, die er niemals zuvor gedacht hatte. Mit den kundigen Händen eines wahren Meisters berührte David ihn, bis er völlig nackt vor ihm stand. Sein Atem beschleunigte sich. Blut schoss in die Genitalien. Er wusste nicht, was auf ihn zukam. Diese Tatsache erregte ihn nur noch mehr. David schlang ein weiches Tuch um seine Hüften und drückte ihn sanft auf die bequeme Matratze. Kiran ließ es geschehen, sah zu, wie er ihn fürsorglich mit einem farbenfrohen Tuch bedeckte und bedeutete, sich auf den Bauch zu legen.

„Schließ deine Augen und entspann dich, ich bin gleich bei dir", wisperte David dicht an seinem Ohr. Das Spüren des warmen Atems verursachte eine Gänsehaut. Kiran versuchte zu folgen. Nur entspannen konnte er sich nicht. Er beobachtete David dabei, wie er den Raum abdunkelte, Kerzen anzündete und rundherum verteilte. Der Duft von Räucherstäbchen mit orientalischer Note breitete sich im Raum aus, sorgte dafür, dass er langsam zur Ruhe kam. Er spürte, wie David sich neben ihn legte und begann, ihn uneigennützig zu streicheln. Liebevoll strich er über Arme und Beine, massierte sanft seinen Nacken, fuhr ihm ins Haar und ließ gefühlvoll seine Fingerspitzen kreisen. Mit leise geflüsterten Worten fragte er nach, ob es ihm gefiel, ob er genoss.

Und ob er das tat.

Auf zarte Berührungen an den Fußsohlen folgten weiche, massierende Finger einen Pfad nach oben, strichen feinfühlend über seine Hoden drückten in das feste Fleisch seiner Pobacken und kneteten sanft weiter. Nichts war fordernd, nichts anrüchig. Er fühlte sich wohl, genoss die liebevolle Zuwendung ungemein. Mit vorsichtigen Handgriffen zog ihn David mit dem Rücken auf seinen Bauch, drängte ihn mit sanfter Gewalt, den Kopf nach hinten auf seine Schulter zu legen. Weiche Lippen liebkosten seinen Hals, berührten sein Ohr. Gepflegte Hände strichen über den Bauch, fanden den Weg an den Leisten hinab zu seinen Genitalien, streichelten voller Zärtlichkeit und hinterließen ein Wohlgefühl, als sie immer wieder zurück zum Herzen strichen, hinauf zur Schulter und im Haar zur Ruhe kamen. Laute der Wonne kamen über Kirans Lippen, ließen David lächeln. Fürsorglich drehte er Kiran auf den Bauch, entledigte sich seines um die Hüften geschlungenen Tuches, verband seine Haut mit der seinen, indem er sich sanft über ihn schob, den Bauch auf Kirans Hintern ablegte und den Kopf auf den Schulterblättern. Immer wieder fragte er um Erlaubnis, weiterzugehen, Dinge einzuflechten, von denen er dachte, dass Kiran sie genießen würde. Zärtlich streichelte er in dieser Position an den Armen hinab, verharrte minutenlang in dieser Stellung und genoss die wohligen Laute des Mannes, der unter ihm lag. Dessen weiche Haut er spürte, dessen unwiderstehlichen Duft er einsog. Sein steinharter Schwanz ruhte in dem Schlitz seiner prächtigen Backen, der Hodensack berührte den von Kiran. David rang um Beherrschung. Am liebsten hätte er sich auf der Stelle tief und hart in dem anbetungswürdigen Arsch vergraben, seine Lust herausgeschrien, doch er durfte Kiran nicht verschrecken. Musste langsam vorgehen. Ihn vorbereiten. „Darf ich dich intim massieren? Deine Prostata stimulieren? Du wirst es genießen, glaube mir." Leise geflüsterte Worte an der Ohrmuschel des Partners. Kiran gab mit einem stummen Nicken sein Einverständnis. David fasste zur Seite, griff nach dem erwärmten Massageöl aus Bergamotte und verteilte es hingebungsvoll auf der Kehrseite, die prall und rund vor ihm lag. Ein durchtrainiertes Hinterteil. Anbetungswürdig. Davids Atem beschleunigte sich. Mit festen Bewegungen begann er eine behutsame Massage, fuhr immer wieder zwischen den Backen entlang, strich scheinbar unbeabsichtigt über den Anus, drang vorsichtig ein, strich in kreisenden Bewegungen über den richtigen Punkt und entlockte Kiran ein anhaltendes Stöhnen. „Möchtest du kommen?", fragte David liebevoll, bereit, ihm diesen Wunsch zu erfüllen. Kiran schüttelte den Kopf. „Nein. Halt mich bitte." David lächelte. Gerne folgte er diesem Wunsch. Hatte gehofft, diese Worte zu hören. Bedächtig beendete er die intimen Berührungen, zog den warmen Männerkörper an sich und genoss das Gefühl von warmer Haut an warmer Haut.

Genauso wie Kiran. Noch nie hatte er sich so wohl gefühlt, so umsorgt, geborgen. Er hielt David im Arm und spürte die Liebe, die sie umfing.

„Schlaf mit mir", flüsterte er in sein Haar, „ich möchte dich noch intensiver spüren. In mir. Bitte."

David blickte erstaunt auf, kam nicht zu einer Antwort, da sich ein Mund auf seine Lippen drückte, eine Zunge gierig in ihn eindrang und ihm eine Antwort unmöglich machte.

Sachte löste er sich, schob den drängenden Oberkörper Kirans ein Stück zurück und schaute ihn eindringlich an.

„Bist du dir sicher? Du bist mir nichts schuldig, bist zu nichts verpflichtet, was du nicht selber willst." Kiran stöhnte.

„Oh Gott, David. Ich bin scharf wie ein Rettich. Tu was, sonst explodiere ich." Bezeichnend starrte er auf sein steifes Glied, das stolz zwischen ihnen aufragte, sich dick und rot direkt neben dem von David gen Himmel reckte.

Nicht, dass David dessen Härte nicht schon längst bemerkt hatte. Zart umfasste er beide Erektionen und strich mit sanftem Druck daran auf und ab. Seine Augen bohrten sich in die von Kiran, versuchten, darin zu lesen. Die Wünsche zu erahnen, die er hatte. In diesem Stadium der Lust war jedoch jegliche Nachfrage überflüssig. Fürsorglich drückte er den Oberkörper Kirans nach hinten, sodass er auf den vielen Kissen zum Liegen kam. Er nahm seine Hand von ihren steifen Schwänzen, umfasste Kirans Kniekehlen und drückte seine Oberschenkel nach hinten. Eine Position, die ihm ein Eindringen leicht machte. Die lustverhangenen Augen Kirans glitten über ihn.

„Was tust du?", krächzte er.

David lächelte sinnlich.

„Du wolltest mich in dir, erinnerst du dich? Hast du es dir anders überlegt?" David blickte ihn verunsichert an. Hatte er ihn nicht richtig verstanden?

„So?", fragte Kiran ungläubig. „Ähm, muss ich mich nicht umdrehen und auf den Knien …" David unterbrach ihn in ungläubigem Staunen. Gleichzeitig stieg ein zärtliches Gefühl in ihm auf. Er durfte nicht vergessen, dass Kiran in Bezug auf die Liebestechnik zwischen Männern ziemlich ahnungslos sein musste. Woher sollte er wissen, welche Möglichkeiten sich boten. Woher die Vielfalt kennen, sich Lust unter gleichen Geschlechtern zu schenken. Sanft neigte er sich herab und bedeckte seinen Körper mit kleinen Küssen.

„Nein, musst du nicht. Es geht auch auf diese Weise. Du wirst mir in die Augen sehen und vor Lust meinen Namen schreien, wenn du kommst. Ich zeige es dir." Und das tat er. Durch die vorangegangene Behandlung mit dem Massageöl hatte er ihn gut vorbereitet, doch er musste langsam vorgehen, ihn behutsam spüren lassen, was auf ihn zukam. Er sollte sein erstes Mal nicht in schlechter Erinnerung behalten. Sollte es genießen. Vorsichtig drang er in ihn ein, bahnte sich achtsam, aber unnachgiebig seinen Weg, so lange, bis er sich vollständig in ihm vergraben hatte. Kiran stöhnte lustvoll, bat mit unverständlich geflüsterten Worten um mehr. So empfänglich, dachte David und begann, sich in ihm zu bewegen, beflissen, ihm den Gefallen zu tun. Erst langsam, als dann die Wollust übernahm, immer schneller und härter. Keuchend genoss er die feuchte Enge des jungfräulichen Arsches, der sich um seinen harten Schwanz schloss, hörte erregt, dass Kiran ihn anbettelte. Um tiefer eindringen zu können, drückte David die Oberschenkel noch weiter zurück. So lange, bis Kiran endlich mit heiserer Stimme seinen Namen schrie und sich lang und heiß auf seinem Bauch ergoss. Der Anblick ließ David auf der Stelle folgen. Zitternd sank er auf dem besudelten Körper Kirans nieder, umklammerte ihn liebevoll und lächelte, als auch er

160

Arme um sich spürte, die ihn sanft hielten. Ein Gefühl der Zärtlichkeit spülte über ihn hinweg. Langsam hob er den Kopf. Versuchte, in Kirans Gesicht zu lesen, und sank zurück, als er sah, dass er mit geschlossenen Augen und einem Lächeln auf den Lippen dalag.

„Ist alles gut?", flüsterte David leise.

„Mehr als das", kam die gewisperte Antwort.

In den frühen Morgenstunden rekelte sich Kiran träge, versuchte, sich behutsam aus der Umklammerung Davids zu befreien. Mit einem sinnlichen Lächeln streichelten seine Augen das Gesicht des Mannes, der ihm gezeigt hatte, was Zärtlichkeit und Liebe bedeuten konnte. Noch immer stand er fassungslos den Ereignissen der vergangenen Nacht gegenüber.

Eines stand fest. So trotzig er sich geweigert hatte, sich die Gefühle für David einzugestehen, so sicher wusste er in diesem Moment, dass er sich unwiederbringlich in ihn verliebt hatte. Niemals zuvor hatte er diese tiefe Befriedigung im Bett mit einer Frau gefunden. Die Ereignisse hatten ihn sozusagen überrollt, ließen ihn ratlos zurück. Wo sollte das Ganze hinführen? Er musste an seine Familie denken. Seinen Job. Da kam man nicht mal soeben mit einem Kerl an der Hand angerannt und stellte ihn als neuen Lebenspartner vor. Man durfte nichts überstürzen. Vielleicht war es auch nur ein Strohfeuer, das in Kürze erlosch. Auf alle Fälle musste er überlegt handeln. Bis auf Weiteres musste diese Affäre geheim bleiben, das stand für ihn fest. Das Risiko, dass es schiefging, des Hohnes, des Spottes und die Konsequenzen für seine Familie waren zu groß. Er wusste, dass David das anders sah, doch der lebte auch schon seit Jahren mit seiner Neigung, war gewohnt, damit umzugehen. Für ihn war das alles neu und unbekannt. Er brauchte Zeit, um damit klarzukommen. Die Zukunft würde den Weg aufweisen.

Kiran spürte, wie warme Hände ihn umfassten und erneut nach unten zogen. Er grinste, wischte die störenden Gedanken beiseite. Der kleine, unersättliche Doc. Und er war seit Neustem sein gelehriger Liebhaber.

Später verabschiedeten sie sich im Flur voneinander. David zog Kiran an sich, stahl einen letzten Kuss.

„Wann sehen wir uns wieder?", wollte David wissen.

„Ich ruf dich an", war Kirans knappe Antwort. David nickte, unzufrieden mit diesem wenig hilfreichen Bescheid.

„Du kennst das Klischee, das dahinter steckt?", warf er frustriert ein. Kiran verdrehte die Augen.

„Ja, aber es ist nicht so. Ich melde mich wirklich. Versprochen." Eine letzte Umarmung, und die Haustür schloss sich hinter Davids Besucher. Bewegungslos starrte er noch eine Weile auf das helle Holz des Ausgangs. Würde er diesmal Glück haben? Hatte er in Kiran jemanden gefunden, mit dem er sein Leben teilen, sich fallen lassen konnte? Oder wartete am Ende nur wieder eine Enttäuschung auf ihn. Die Hindernisse, die im Weg lagen, waren groß und schwer wie Mühlsteine. Gab es einen Weg, sie zur Seite zu rollen? Man würde sehen.

Kapitel 9/Verbotene Früchte

Kiran hielt Wort. Keine zwei Tage später rief er an und sie verabredeten sich für das nächste Wochenende. David atmete erleichtert auf. Er hatte sprichwörtlich auf den heißen Kohlen gesessen und sich alle möglichen Gründe ausgemalt, warum Kiran nicht zurückrufen würde.
Das Zusammensein gestaltete sich weitaus schwieriger, als zunächst angenommen. Es galt, Dienstzeiten aufeinander abzustimmen, was an und für sich fast unmöglich war. Bereitschaftsdienste, Wochenendschichten und unvorhergesehene Ereignisse auf beiden Seiten machten das Organisieren gemeinsamer Freizeit zu einem wahren Jonglierspiel. Irgendwie gelang es, wenigstens ein paar gemeinsame Stunden herauszuschinden und dabei Kirans Verpflichtungen gegenüber seiner Familie mit einzubeziehen. Da David ein gern gesehener Gast im Hause Wichmann war – Matilda sei Dank –, stellte zumindest dieses Problem kein größeres Hindernis dar. Die Zeit zu zweit war es, die Schwierigkeiten bereitete.
David redete mit Engelszungen auf Kiran ein, endlich ihre Beziehung öffentlich zu machen, wenigstens im engsten Kreise. Das würde immerhin einige Dinge erleichtern, doch er lehnte rigoros ab. Die negativen Begleiterscheinungen, die einen solchen Schritt nicht rechtfertigten, überwogen in seinem Fall.
Im Beisein von Anni und Matilda kostete es David große Überwindung, sich nichts anmerken zu lassen. Seine Blicke neutral zu gestalten, die Finger auf dem Schoß still zu halten, auch wenn es ihn drängte, Kiran zu berühren.
Je länger ihre Beziehung dauerte, desto schwieriger wurde die Situation. Und unbefriedigender. Er wollte mehr. Wollte

erwünscht sein und nicht wie ein Aussätziger verheimlicht und versteckt werden. Mit Kiran und Matilda als Familie zusammenleben, Anni als Mutter in die Arme schließen. Die Wünsche in diese Richtung musste er vorerst begraben. Kiran weigerte sich nach wie vor, einen Schritt nach vorne zu tun. David akzeptierte sein Sträuben einstweilen.

Dabei war es offensichtlich, dass nicht nur Matilda ihn vergötterte. Die Kleine hing manchmal an ihm wie eine Klette, was er sehr genoss. Nein, auch Kirans Mutter Anni hatte ihn ins Herz geschlossen.

Bei jeder sich bietenden Gelegenheit versicherte sie ihm ihre Dankbarkeit, versorgte ihn mit selbst gemachter Marmelade und kochte ihm sein Lieblingsessen, sobald er seine Beine unter dem Wichmann'schen Küchentisch ausstreckte. Wahrscheinlich hatte ihr Matilda den einen oder anderen Tipp in diese Richtung gegeben. Anni mochte ihn, keine Frage. Doch nahm sie ihn auch als Lebensgefährten ihres Sohnes an? Eine Frage, die er weder beantworten wollte noch konnte.

Bewegung kam erst an dem Tag in die Angelegenheit, an dem Anni ihn und Kiran unbeabsichtigt im Treppenhaus ertappte.

Sie standen dicht aneinandergedrängt neben der Haustür, ein jeder hatte seine Hände in den Gesäßtaschen der Jeans des anderen vergraben. Ihre Lippen berührten sich, raunten leise Worte der Liebe und des Abschieds. Ein lautes Scheppern auf der Kellertreppe ließ sie zusammenzucken und hastig auseinanderfahren. Erschrockene Blicke trafen aufeinander und erfassten die unschöne Situation im Bruchteil von Sekunden.

Anni, die Augen und Mund weit aufriss, sozusagen paralysiert war, von dem Anblick, der sich ihr bot, keuchte entsetzt. Der Inhalt einer Tupperschüssel ergoss sich über die oberste Stufe und arbeitete sich langsam fließend Richtung Keller voran. Was für eine Schweinerei.

„Ich … ich … ich …" Sie suchte nach Worten, die sie nicht fand. David hielt sich zurück, während Kiran auf seine Mutter zuging und versuchte zu retten, was zu retten war. „Mutter, es ist nicht so, wie es aussieht", stammelte er und streckte unsicher die Hand nach ihr aus. David presste die Lippen aufeinander und verdrehte die Augen.

Wer, in Gottes Namen, sah bei dieser blöden Bemerkung nicht rot. Und richtig. Anni Wichmann fand blitzschnell in die Realität zurück, stemmte ihre Hände in die Taille und funkelte ihren Sohn angesäuert an.

„Ach, wie sieht es denn aus? Meine Augen funktionieren noch einwandfrei. Also versuch mir bitte zu erklären, wie ich das Ganze hier auslegen soll. Du willst doch nicht bestreiten, dass du und David euch geküsst habt! Verkauf mich nicht für dumm, Junge." Das verschlug nun wiederum Kiran die Sprache.

„Mama", stammelte er hilflos, blickte dabei seine Mutter an wie ein begossener Pudel. Mit verkniffenem Gesichtsausdruck machte sich Anni daran, die Reste des heutigen Essens zusammenzukratzen und in der Mülltonne zu entsorgen. Kiran bückte sich, um ihr zu helfen. Anni ließ es zu, sprach jedoch kein Wort. Als sie die leere Schüssel zurück in die Küche trug, folgten ihr David und Kiran auf dem Fuß. Der Zeitpunkt war gekommen, an dem sie zumindest Anni gegenüber Farbe bekennen mussten.

Konsterniert ließ sie sich auf einen Stuhl fallen und schaute die beiden Männer an, die vor ihr standen und um das Offensichtliche herumdrucksten. Resignierend schnaubte sie.

„Wie lange geht das schon mit euch zwei."

„Mama", flüsterte Kiran erneut leise, ging einen Schritt auf seine Mutter zu und zog sie in eine Umarmung. Stumm standen sie eine Weile beieinander. David hielt sich im Hintergrund. In diesem Moment war es Kirans Sache, sich seiner Mutter zu erklären. Mit sanfter Stimme begann er, auf sie einzureden.

„Erst ein paar Wochen. Lass es mich dir erklären." Zittrig holte er Luft. Wie machte man seiner Mutter begreiflich, dass ihr Sohn eine Beziehung mit einem Mann führte?

„Wir mögen uns und irgendwann wurde mehr daraus", fuhr er fort. „Ich dachte nicht, dass mir so was jemals passieren könnte, aber es ist so. Was soll ich denn machen?"

Anni schüttelte den Kopf und löste sich von ihrem Sohn, unterbrach aber nicht die Berührung mit ihm. Ungläubig starrte sie ihn an.

„Junge. Wo soll das denn hinführen? Hast du dabei auch an Matilda gedacht? Gott hat die Menschen nicht geschaffen, damit sie die gleichen Geschlechter lieben." Ihr Blick flog hinüber zu David und ihre Augen verengten sich zu schmalen Schlitzen.

„Das hätte ich nicht von dir gedacht, David. Ich habe dich für einen zielstrebigen, intelligenten Mann gehalten, dem ich auf Knien danke, dass er meiner Enkelin geholfen hat. Aber dass du diese Art von Interesse meinem Sohn entgegenbringst …" Sprachlos legte sie eine Hand auf die Stirn und setzte sich zurück auf den Stuhl. David trat an sie heran und sank auf Augenhöhe nieder.

„Anni. Hör zu. Ich habe mich in deinen Sohn verliebt und ich hoffe, dass er meine Gefühle erwidert. Nein, ich muss mich berichtigen. Ich weiß, dass er meine Gefühle erwidert, und das macht mich zu einem glücklichen Mann. Ich kann nichts dafür, dass ich so bin, wie ich bin. Dass ich das fühle, was ich fühle. Ich habe es mir nicht ausgesucht, es war einfach da.

Und die Sache mit Kiran und mir …" Hilflos zuckte er mit der Schulter und sah ihr bittend in die Augen. „Ist es denn so schlimm für dich, mich und Kiran zusammen zu sehen?" Konsterniert schüttelte Anni den Kopf.

„David, versteh mich nicht falsch. Ich mag dich. Aber was sollen die Leute denken? Und Matilda. Kirans Freunde und Arbeitskollegen. Es würde für ihn ein Spießrutenlaufen werden. Glaube mir." David sah Hilfe suchend zu Kiran, doch der presste die Lippen aufeinander und sah zu Boden.

Ärger stieg in David auf. So ein Feigling. Noch nicht einmal seiner Mutter gegenüber hatte er den Mumm, ihre Gefühle füreinander zu verteidigen. Für eine Nummer im stillen Kämmerlein war er gut. Nicht aber so gut, dass er ohne Wenn und Aber zu ihm stand. Wortlos erhob er sich, nahm seine Jacke von der Garderobe und ging zur Tür. Noch einmal drehte er sich um und sprach: „Solltest du mit dir im Reinen sein und gegenüber deiner Mutter eine klare Position bezogen haben, melde dich bei mir. Oder auch nicht." Kopfnickend verabschiedete er sich von Kirans Mutter. „Mach es gut, Anni." Leise fiel die Tür hinter ihm ins Schloss.

Kiran fiel mit einem frustrierten Knurren auf den Stuhl neben seiner Mutter und raufte sich die Haare.

„Verdammte Scheiße", schnauzte er. In den nächsten Minuten wurde kein Wort in der Küche gesprochen. Jeder sortierte seine Gedanken, überlegte.

„Du und David also, hm?", begann Anni in einem neutralen Ton. Kiran sah auf. Musterte seine Mutter, versuchte, ihre Gedanken zu lesen. Langsam nickte er.

„Ja, ich und David." Erneut ergingen sie sich in Schweigen. Anni Wichmann brauchte eine Weile, um sich mit der überraschenden Erkenntnis vertraut zu machen.

„Ich kann es nicht glauben", murmelte sie und schüttelte in

167

Unglauben ihren Kopf. Kiran blickte auf.

„Ist es so unvorstellbar für dich, dass dein Sohn mit einem Mann zusammen ist?" Anni seufzte. „Himmelherrgott noch mal, Kiran. Ich muss mich erst an den Gedanken gewöhnen. Wenn ich ehrlich bin, ist die Zeit, in der du mit Michelle verheiratet warst, eine wesentlich schlimmere Erinnerung für mich. Sie war eine furchtbare Frau. Oberflächlich und verantwortungslos. Ich bin froh, dass sie aus unserem Leben verschwunden ist und wenigstens einmal Verstand bewiesen hat, indem sie Matilda bei uns ließ. Mir ist schleierhaft, wie dieses Flittchen ein so fabelhaftes Mädchen zur Welt gebracht hat.

David ist zwar nicht die Schwiegertochter, die ich mir gewünscht habe, aber er ist ein wunderbarer Mensch, so viel muss ich ihm zumindest zugestehen."

Liebevoll strich sie ihrem Sohn durch das Haar.

„Gib mir ein wenig Zeit, damit ich mich an den Gedanken gewöhnen kann. Bitte." Kiran nickte und presste seine Mutter an sich.

„Die wirst du bekommen, Mama. Ich muss aber darum bitten, die Sache erst einmal für dich zu behalten. Es ist noch alles frisch und ich will mir erst ganz sicher sein, dass es das ist, was ich will. Schon allein wegen Matilda. Wie ich damit gegenüber meinen Arbeitskollegen umgehen soll, weiß ich selber nicht. Du weißt, wie sie sind. Es ist alles so verdammt kompliziert."

„Ach, Junge", seufzte Anni und strich ihrem Sohn über den Rücken. „Ich beneide dich nicht. Lass dir Zeit. Überlege gut. Sollte David das sein, was du willst, werde ich für euch da sein. Du kannst dich auf mich verlassen. Ich denke übrigens, dass du dir wegen Matilda selber keine Sorgen machen musst. Sie vergöttert David und wird es toll finden, dass du mit ihm zusammen sein willst. Heutzutage sieht man alles offener, auch wenn es viele Ignoranten gibt. Unverbesserliche. Man kann es nicht allen recht machen. Und deine Kollegen?" Anni winkte ab. „Es wird sich schon ein Weg finden. Mach dir keine Sorgen. Probiert es. Es nicht probiert zu haben, ist schlimmer."

Kiran atmete erleichtert aus und küsste seine Mutter auf die Wange.

„Ich danke dir, Mama. Jetzt kann ich nur hoffen, dass sich David wieder beruhigt. Schätze, ich habe es eben ganz schön verbockt."

„Sag ihm einen schönen Gruß", rief Anni ihrem Sohn hinterher, der bereits zur Haustür eilte, um die Karre aus dem Dreck zu ziehen. Seufzend sank sie zurück auf den Stuhl. Also keine Schwiegertochter und keine weiteren Enkelkinder. Dafür einen gut aussehenden, gebildeten Schwiegersohn. Eventuell. Wer hätte das gedacht.

David ging zum Kühlschrank und angelte nach einer Flasche Ginger Ale. Eine Abkühlung konnte er im Moment gut gebrauchen. Was hatte er alles getan, um zu vermeiden, genau an diesem Punkt anzukommen. Ein Freund, eine Beziehung oder was auch immer, in der er das schmutzige Geheimnis war. Warum in aller Herrgottsnamen verguckte er sich ein ums andere Mal in Typen, die sich ihrer Neigung nicht sicher waren oder sie schlichtweg verleugneten. Die ihn von sich wiesen, wenn es darauf ankam, und ins Bett zogen, wenn keiner hinschaute. Er fluchte gotteslästerlich. Als es an der Tür klingelte, war ihm klar, dass nur ein einziger Mensch davorstehen konnte. Kiran. Sollte er ihn hereinlassen oder seine Anwesenheit einfach ignorieren. Nun ja, kindisch verhielten sich andere schon genug und einem Gespräch konnte und wollte er nicht aus dem Weg gehen.

„Was willst du", begrüßte er ihn schroff. „Ach, komm schon", fing Kiran an. „Sei kein Mädchen. Ich habe mit Mutter geredet. Es ist in Ordnung. Sie braucht eine Weile, um die Neuigkeiten zu verdauen, aber sie wird damit klarkommen. Einstweilen wird sie unsere Beziehung für sich behalten." David schnaubte und steuerte das Wohnzimmer an. Kiran folgte ihm auf dem Fuß.

„Verdammt, David", raunzte Kiran. „Jetzt versteh mich doch bitte. Für dich ist das alles einfach. Du lebst schon eine lange Zeit damit. Aber ich brauche noch eine Weile. Das mit dir hat mich kalt erwischt. Ich muss mich an die Tatsache gewöhnen, mit einem Mann zusammen zu sein. Brauche Sicherheit, dass das mit uns richtig für mich ist, und die Gewissheit, dass was Dauerhaftes daraus werden kann. Erst dann bin ich bereit, die entstehenden Konsequenzen zu tragen. Das wird schwer genug. Kapierst du das denn nicht?" David blickte zu Boden, schwieg eine Weile. Kiran trat an ihn heran und nahm ihn in den Arm.

„David, bitte. Versteh mich doch." David gab auf, erwiderte die Umarmung und schmiegte sich an den warmen Männerkörper. Er hatte keine Wahl.

„Ist gut, Kiran. Ich bin ja schon froh, dass deine Mutter endlich Bescheid weiß. Wird sie mir bei meinem nächsten Besuch den Kopf abreißen?" Kiran lächelte, berührte sanft Davids Lippen, fuhr spielerisch an den empfindlichen Stellen seines Halses entlang. „Keine Angst Doc. Sie wird sich damit abfinden. Komm. Ich kann ein paar Stunden bleiben."

Kirans Hände glitten gedankenverloren über Davids Brust. Dicht an ihn gedrängt, genoss er Wärme und Nähe, die ihn mit tiefer Befriedigung erfüllte. In der letzten Stunde hatten sie sich zärtlich geliebt, ihre Lust aufeinander mehr als einmal gestillt. Er fühlte sich so unsagbar wohl mit diesem

Mann. Fand nichts verwerflich daran, ihn mit seinem Körper zu lieben. Wo führte das nur hin? Wie konnte er die überraschende Entwicklung seines Liebeslebens mit dem restlichen Alltag unter einen Hut bringen? Entschlossen wischte er die bohrenden Gedanken beiseite. Zu gegebener Zeit würde sich alles finden. Finden müssen. Einstweilen interessierte ihn nur der verführerische Leib neben ihm. Neckend biss er David ins Ohr.

„Nächsten Samstag ist drüben in Giesing eine große Ü30-Party. Zwei meiner Kollegen haben vor Kurzem die magische 3er-Grenze überschritten und wollen die Gelegenheit beim Schopf packen, um zu testen, ob es sich im Mittelalter genauso feiern lässt, wie in der Sturm- und Drangzeit. Was meinst du, hast du Lust, mit mir hinzugehen?" David blickte erstaunt auf, doch Kiran küsste ihn lachend auf den Mund. „Schau nicht so. Als Kumpel natürlich. Nicht als Partner. Du könntest mein engeres Umfeld unverbindlich kennenlernen. Testen, ob dir die Leute liegen. Und bevor du gleich Nein sagst, ich weiß, dass du an diesem Wochenende keinen Dienst hast." David verzog unwirsch das Gesicht.

„Wie stellst du dir das vor, hm? Soll ich mich ab und zu am Sack kratzen und bei passender Gelegenheiten dezent rülpsen, damit deine Kollegen gar nicht erst auf die Idee kommen, mit mir könnte etwas nicht stimmen?"

„Mensch, David", fuhr ihn Kiran an. „Jetzt sei doch mal ernst. Nimm bitte auf mich ein wenig Rücksicht. Wie oft haben wir das Thema schon durchgekaut. Wann verstehst du es endlich. Du hast mein Wort, dass ich zu dir stehen werde. Irgendwann. Aber den Zeitpunkt möchte ich bestimmen. Bei mir hängt mehr dran als verletzter Stolz. Du denkst immer nur an dich. An deine Gefühle. Wie es dir dabei geht. Gib mir bitte einfach die Zeit, die ich brauche, und spiel nicht ständig die beleidigte Leberwurst, ja? Das

171

nervt." David brummte mürrisch, sagte aber nichts mehr dazu. Kiran wuschelte ihm aufmunternd durch das Haar. Unwillig drehte sich David weg und Kiran verdrehte die Augen.

„Du liegst mir doch ständig in den Ohren, dass du mehr mit einbezogen werden willst. Warum sträubst du dich jetzt so? Ich stelle dich als Matildas Arzt vor, mit dem wir uns angefreundet haben. Man wird dich schon allein deshalb akzeptieren, weil du meiner Tochter ein gutes Leben zurückgegeben hast. Das wird später vieles leichter machen, glaube mir." David erhob sich miesepetrig und angelte nach seinem Slip.

„Nun übertreib mal nicht. Ist ja schon gut. Wenn du meinst, komme ich eben mit und schau mir an, mit welchen Leuten du deine Zeit verbringst. Ich hätte mir nur gewünscht, dass es anders wäre."

Kiran schlüpfte schweigend in seine Klamotten. Er wollte nicht noch mehr Öl ins Feuer gießen. Es war ja schon ein Erfolg, dass David zugesagt hatte. Wenn auch äußerst ungern.

Für ihn wurde es höchste Zeit, nach Hause zu gehen. Morgen früh musste er Matilda in der Vorschulgruppe abliefern und anschließend zum Schießtraining. Er brauchte einen klaren Kopf. Ein paar Stunden Ruhe konnten da nicht schaden. David musste mit seinen Befindlichkeiten allein klarkommen. Kiran blickte daher erstaunt auf, als sein Freund mit einem belustigten Tonfall anfing zu reden.

„Sollten deine Freunde nur halb so ansehnlich sein wie du, werden wenigstens meine Augen bei dieser Veranstaltung nicht zu kurz kommen." Kiran prustete los.

„Behalt deine sabbernden Blicke lieber für dich, mein Lieber. Heb sie dir für später auf. Wenn einer dieser mit Testosteron bepackten Kerle seine Männlichkeit bedroht sieht, liegst du schneller auf dem Kreuz, als dir lieb ist, aber nicht so, wie du es gerne hättest, glaube mir."

Davids Blick flog hinüber zu Kiran. Unsicherheit flackerte in seinen Augen.

„Du weißt schon, dass ich nicht so bin, oder? Ich grabe nicht jeden Typ an, den ich heiß finde, nur um ihn ins Bett zu bekommen."

„Natürlich weiß ich das", antwortete Kiran beschwichtigend und zog David in eine Umarmung. „Es war ein Scherz. Ich weiß doch, dass du nur auf mich und meinen Hintern scharf bist. Beruhige dich." David blickte auf und schaute in das grinsende Gesicht Kirans. Er wurde ernst.

„Es ist nicht dein Hintern, Kiran. Du bist es. Ich liebe dich."

Kapitel 10/Männerabend

Mit gemischten Gefühlen parkte David seinen BMW auf dem großen Parkplatz vor der Sporthalle, in der diese Party für Leute stattfand, die langsam in das gesetztere Alter kamen und sich ihre noch vorhandene Feiertauglichkeit beweisen mussten. Die Party, auf die ihn Kiran unbedingt schleppen wollte, damit er einen Einblick in sein privates Umfeld erhielt. Seine Lust auf laute Musik, schwitzende Leiber und zu viel ungewollte Nähe tendierte geradezu gegen null.

Wozu das Ganze? Um Kirans Freunde kennenzulernen, die er selber nicht für tolerant genug hielt, einen männlichen Lebenspartner an seiner Seite zu akzeptieren? Wie sollte er sich ihnen gegenüber verhalten? Er war das, was er war und konnte sich nur schwer verstellen. Wollte es auch nicht. Genau das erwartete aber Kiran von ihm. Eine Figur zu spielen, die keine Ähnlichkeit mit ihm hatte. Wo das hinführte, mochte der Himmel wissen. Ob er es hinbekam auch.

Kiran stieß ihn aufmunternd in die Seite.

„Jetzt komm schon. Es wird bestimmt lustig." David schenkte ihm ein Lächeln. Die Vorfreude Kirans amüsierte ihn. Er mochte die jungenhafte Leichtigkeit, die er ausstrahlte. Die Energie, die gerade in diesem Moment in seinen Augen blitzte. Er wollte ihn nicht enttäuschen und versuchte, sein Bestes zu geben. Es würde schon gehen.

Der ohrenbetäubende Lärm, der ihnen entgegenschlug, ließ David stark zweifeln. Wummernde Bässe vermischten sich mit einer Kakofonie aus lautem Gelächter und Gekreische. Leute drängten zum Eingang, andere wollten hinaus. Schon jetzt spürte David den Drang, davonzulaufen. Der ganze Rummel war einfach nicht sein Ding. Bereitete ihm

Unbehagen.

Ganz anders Kiran. Er schien in dem Getümmel geradezu aufzublühen. In dieser Hinsicht waren sie grundverschieden, in anderen Dingen wiederum …

Mit flammenden Augen schob Kiran ihn durch die wogende Menge, hin zu einer düsteren Raumecke, in der eine weich gepolsterte Sitzgruppe stand. In den Sesseln lümmelten sich vier ansehnliche Kerle, die durchweg in ihrem Alter sein mussten. Vielleicht jünger. Mit lautem Gejohle begrüßten sie zunächst Kiran, der sich augenblicklich in ein anderes Wesen verwandelte. Eine Metamorphose der besonderen Art. David verfolgte verblüfft, wie der Mann, den er kennen und lieben gelernt hatten, vor seinen Augen zu einem Sprüche klopfenden Macho mutierte. Erwartete man von ihm, dass er sich diesem Verhalten anpasste?

Der unerwartete Hieb auf seine Schulter ließ ihn fast taumeln und signalisierte ihm, dass er unweigerlich in den Fokus dieses Männerhaufens gerutscht war. Und richtig.

„Hey Jungs, ich habe heute Abend jemanden mitgebracht. Das ist Dr. David Feldhoff. Er hat Matilda operiert. Ganz die hübsche, kleine Lady, die meine Tochter ist, hat sie David mit ihrem Charme um den Finger gewickelt und sich mit ihm angefreundet. Er ist jetzt sozusagen der adoptierte Freund der Familie."

David biss die Zähne zusammen und grinste breit. Kiran, dieser alte Heuchler. Die Geschichte, die er da auftischte, hörte sich ziemlich lächerlich an. Er bemühte sich, einen möglichst maskulinen Eindruck zu hinterlassen, schlug kraftvoll in die ihm dargebotenen Hände ein und merkte sich die Namen der Männer, die Kiran ihm vorstellte. Immer darauf bedacht, Lässigkeit auszustrahlen.

Carlos war ein bulliger, vor Kraft strotzender Kerl, mittelgroß und gut aussehend, wenn man auf diesen Männertyp stand.

Mike und Scooter maßen gute zwei Meter. Jeder von ihnen besaß eine athletische Figur, die die Blicke ihrer Mitmenschen unweigerlich auf sich zogen. Von Frauen sowie von Männern. Der letzte, dem er die Hand reichte, stellte sich als Ben vor. Er war klein, drahtig, hatte das Gesicht eines Engels und den durchdringenden Blick einer Hydra. Ihn hielt David instinktiv für den Gefährlichsten dieses Kleeblatts.

„Freut mich", murmelte er ein ums andere Mal. Ein allgemeines Hallo schlug ihm entgegen und ehe er sich versah, saß er inmitten der Männerrunde und versuchte, freundschaftliche Kontakte zu knüpfen. Das war gar nicht so einfach, denn schnell stellte sich heraus, dass die Themen, die man vorzugsweise bequatschte, nicht unbedingt seine Wissensbereiche tangierten.

Frauen, Feiern, Interna des Berufes ... Hatten die Kerle keine Schweigepflicht? Na ja, das sah wohl untereinander anders aus. Das Ganze war in etwa so, als nähme er Kiran mit zu einem Ärztekongress und der Arme müsste sich stundenlang die Details einer Herzklappeninsuffizienz anhören. Kiran schien es nicht zu stören, dass das Gespräch mehr oder weniger an ihm vorbeilief. Im Gegenteil. Er fühlte sich sichtbar wohl in der Gesellschaft seiner Kameraden und war ein sprudelnder Quell an Informationen, von denen David nicht die geringste Ahnung hatte. Der Mann, der so entspannt in der Mitte seiner Freunde saß und über die unappetitlichen Einzelheiten seines Berufslebens sprach, war ihm fremd. Je länger das Geplänkel dauerte, desto unbehaglicher fühlte sich David. Ausgegrenzt. Fehl am Platz. Er bemühte sich, Interesse zu heucheln, doch jeder, der ihn kannte, musste ihm ansehen, was er dachte. Sollte er dankbar dafür sein, dass selbst die Kakerlaken einen großen Bogen um ihn machten? Eine unterschwellige Wut stieg in ihm auf. Wut auf Kiran, der ihn mit hierhergeschleppt hatte und ihn diesem Rudel Alphamännchen auf Gedeih und Verderb auslieferte. Sah er nicht, wie unwohl er sich in dieser Gesellschaft fühlte? Scheinbar nicht. Wohlweislich hatte er sich ans andere Ende des Sofas verzogen und überließ ihn seinem Schicksal an der Seite von Muskelprotz Carlos, demjenigen, der am lautesten die dümmsten Sprüche vom Stapel ließ. Der ihn immer wieder in die Seite stieß und ihm die Vorzüge von riesen Möpsen und langen Damenbeinen bildlich schilderte. Dass er kein Alkohol trank und strikt an einer ordinären Apfelsaftschorle festhielt, brachte ihm die ersten abschätzigen Blicke ein. Na fein. Er wartete nur darauf, wann dem Ersten auffiel, dass er sich nicht an der niveauvollen Unterhaltung über das andere Geschlecht beteiligte.

Als eine Schar bildhübscher Frauen vorüberging, ertönten beifällige Pfiffe und lautes Gejohle, das mit einladenden Blicken von Seiten der Damenwelt quittiert wurde. Davids Laune sank um einen weiteren Grad.

Eine Ü30-Party? Wohl eher eine Börse für paarungsbereite Singles und Leute, die ein schnelles Abenteuer suchten. Ob mit oder ohne Partner zu Hause.

Sofort sprang die Gesellschaft um ihn herum auf, bemüht, einen der Leckerbissen klarzumachen. Davids Blick flog hinüber zu Kiran, der sich erhoben hatte und auf den freien Platz neben ihm rutschte. Grinsend stieß er ihn mit der Schulter an.

„Hast du was dagegen, wenn ich mir ein Mädchen schnappe und tanze? Ich liebe es, mich auf der Tanzfläche auszutoben." David verschränkte seine Arme vor der Brust, schenkte ihm einen zweifelnden Blick und erging sich in Sarkasmus.

„Ach, und ich dachte schon, du bittest mich um einen Tanz.

177

Na, da bin ich aber enttäuscht!"

„Komm schon, David", erwiderte Kiran. „Guck nicht so muffig. Schnapp dir eine Braut und hab ein bisschen Spaß. Nur auf der Tanzfläche natürlich", schob er grinsend hinterher." David starrte ihn fassungslos an.

„Sag mal, tickst du nicht mehr richtig?" Kirans Blick verdüsterte sich.

„Mein Gott! Bleib mal locker. Wir sind schließlich hier, um uns zu amüsieren. Tanzen gehört für mich dazu. Wenn du keinen Bock hast, bleib eben hier sitzen. Ich bin auf der Tanzfläche!" Er machte Anstalten zu gehen, doch David hielt ihn fest.

„Was hast du dir eigentlich dabei gedacht, mich mit hierherzuschleifen. Ich wollte deine Freunde kennenlernen, aber nicht mit diesen Tarzan-Verschnitten über die Vorzüge des weiblichen Geschlechts diskutieren, während du mich geflissentlich ignorierst. Ich bin schwul, Kiran. Das dürfte dir am allerwenigsten entgangen sein. Was glaubst du, wie ich mich fühle, wenn du mich der Meute zum Fraß vorwirfst?" Kiran machte sich unwirsch los.

„Kannst du nicht etwas leiser reden?", zischte er ihn an.

„Hast du gehofft, dass ich den ganzen Abend neben dir sitze und Händchen halte? Wir haben abgemacht, dass wir das, was zwischen uns ist, vorerst für uns behalten. Was erwartest du?" Er deutete hinauf zur Tanzfläche.

„Komm mit und amüsiere dich. Ich hab dir meine Freunde vorgestellt. Was willst du noch? Ich bin hier, um Spaß zu haben. Oder ist das Ganze zu niveaulos für den Herrn Doktor?" Kiran blickte David an, wartete auf eine Antwort, auf eine Reaktion, die jedoch nicht kam. Beleidigt zuckte er mit den Schultern.

„Dann eben nicht. Du weißt, wo ich bin!" Mit einem mürrischen Blick wandte er sich ab und verschwand zwischen den wogenden Leibern.

David ließ sich zurück in die Polster sinken und stieß frustriert die Luft aus. Kiran hatte ihm eine berechtigte Frage gestellt. Was erwartete er eigentlich? Auf alle Fälle nicht das, was er bis hierher erlebt hatte. Was für ein beschissener Abend. Den Zirkus hatte er sich wahrlich anders vorgestellt. War er wirklich so eine Spaßbremse? Herrgott noch mal. Das Ganze ging ihm auf die Nerven, passte nicht in seine Welt. Na und? Ständig musste er sich für andere verbiegen. Warum verbog sich die Welt nicht mal für ihn?

Schweigend beobachtete er die übermütig tanzenden Menschen auf der Tanzfläche, nippte nur hin und wieder an seinem viel zu warmen Getränk. Kiran hatte sich tatsächlich ein Mädchen geschnappt und tanzte ausgelassen. Er sah einfach zum Anbeißen aus, bewegte seinen Körper im Rhythmus der Musik, als täte er nie etwas anderes. Auch andere Augenpaare streiften ihn beifällig, zollten seinem Anblick Bewunderung. Frauen suchten seine Aufmerksamkeit, tanzten ihn an, berührten ihn aufreizend. Und der Mistkerl genoss es ganz offensichtlich.

David musste schlucken. Ein Anflug von Eifersucht machte sich breit. Und Begierde. Meins, dachte er besitzergreifend. Triumphierend dachte er daran, dass er derjenige war, der heute Nacht mit ihm nach Hause ging, und nicht eine von diesen aufdringlichen Tussen.

Kiran dagegen bewegten ganz andere Gedankengänge. Schon nach wenigen Minuten wurde ihm klar, dass es keine gute Idee gewesen war, David mit hierherzubringen. Auf der Fahrt war ihm seine mürrische Art auf die Nerven gegangen. Mit Absicht suchte er einen Platz am anderen Ende des Sofas, um ihm die Möglichkeit zu bieten, ohne seine Hilfe zurechtzukommen. Ihm stand nicht der Sinn danach, den Babysitter zu spielen.

Er hatte sehr wohl beobachtet, dass David sich nicht besonders gut in der Männerrunde fühlte. Er verstand ihn ja. Der Gesprächsstoff war wirklich nicht sehr geistreich gewesen. Primitiv und nichts für Davids Gemüt. Doch da musste er durch. Er hatte sein Umfeld kennenlernen wollen. Bitte. Des Liebsten Wunsch war ihm Befehl.

Kiran störte das harmlose Geplänkel und das deftige Geschwätz seiner Kumpels nicht. Im Gegenteil. An manchen Tagen wollte man nichts anderes als dummes Zeug hören. Momente, in denen man rational und effektiv handeln musste, gab es genug. Momente, in denen man abwägen, Entscheidungen über Leben und Tod im Bruchteil einer Sekunde fällen musste.

Eins zeigte ihm der heutige Abend allzu deutlich. Sein Privatleben würde sich in Zukunft schwieriger gestalten, als er sich das vorgestellt hatte. Die Unterschiede zwischen ihnen waren ziemlich groß. Sie lebten beide in völlig verschiedenen Welten. War die Beziehung zu David ein Fehler? Konnte es ein Fehler sein, ihn zu lieben? Wollte er sich wirklich öffentlich zu dem Liebesverhältnis mit einem Mann bekennen? Käme das nicht einem Spießrutenlaufen gleich? Fragen, die er nicht beantworten wollte. Nicht konnte. Jetzt schon gar nicht. Diese Unsicherheit wurde langsam zu einem übermächtigen Schatten, der sich bedrohlich auf sein Gemüt legte.

Für die nächsten paar Stunden würde er einfach abschalten. Tanzen. Feiern. Sich amüsieren. Davids Befindlichkeiten hatten Zeit bis später. Er käme eine Weile ohne ihn zurecht. Hoffentlich.

Entschlossen mischte er sich unter die Masse der tanzenden und zuckenden Leiber, die die Tanzfläche bevölkerten. Seine

Kameraden hatten sich bereits dem Sog des hypnotisierenden Beats ergeben und tanzten ausgelassen inmitten einer Schar schöner Frauen. Kiran reihte sich ein in die Meute der wilden Tänzer, war alsbald umringt von weiblichen Wesen, die ihn aufreizend bedrängten, ihn mitrissen in die Welt des stampfenden Rhythmus, der ihm in die Glieder fuhr und seine Hüften schwingen ließ. Ekstatisch schloss er die Augen, spürte das Wummern der Bässe, das wohlig im Bauch kribbelte, genoss das Gefühl der feuchten, lebendigen Körper um sich herum, den Geruch von Schweiß und Hitze, der seine Sinne benebelte. Glücksgefühle durchströmten ihn wie eine Droge. Brachten die Unbeschwertheit zurück, die er vermisst hatte. Er spürte, wie Hände seinen Oberkörper umschlossen, ihn streichelten, wie Finger sich in sein Haar krallten und ihn nach unten zogen. Weiche Lippen fanden seinen Mund, küssten ihn auffordernd, leckten und knabberten, ließen ihm keine andere Wahl, als dagegenzuhalten. Hände legten sich auf seine Hinterbacken, pressten ihn an den erhitzten Körper der Tanzpartnerin, die sich unmissverständlich an ihm rieb. Feste Brüste drückten sich an seine Brust und für den Bruchteil von Sekunden sank er der Berührung entgegen. Fühlte die aufsteigende Erregung, bis ihm schlagartig bewusst wurde, was er da tat. Siedend heiß zog er sich zurück und schenkte der bildhübschen Frau ein bereuendes Lächeln.

„Tut mir leid, süße Lady. Mein Herz ist bereits vergeben", schrie er gegen die Lautstärke der Musik an.

„Schade, du bist echt heiß", schrie seine Tanzpartnerin zurück und zog einen Schmollmund. Kiran schenkte ihr ein breites Grinsen und zuckte bedauernd mit den Schultern. Entschieden wendete er sich ab und tanzte weiter, als wäre nichts passiert. Sein Blick flog prüfend hinüber zu David, der auf dem Sofa saß und ihn offensichtlich nicht aus den Augen ließ. Seine steife Körperhaltung sagte ihm, dass er genau mitbekommen hatte, was soeben passiert war. Scheiße.

Davids triumphierende Gedanken fanden ein jähes Ende, als er mit ansehen musste, was Kiran oben auf der Tanzfläche trieb. Dieser verdammte Mistkerl knutschte heftig mit einer Frau, die ihn gleichzeitig überall betatschte, und schien es auch noch zu genießen. Eine Welle der Eifersucht überrollte ihn. Was dachte sich der Kerl eigentlich dabei? Es musste ihm doch klar sein, dass er das mitbekam. Selbst wenn das nicht der Fall wäre. Wie konnte er ihm das nur antun? Dieser Abend entwickelte sich von einer reinen Katastrophe, hin zu einer ausgewachsenen Apokalypse. Wütend stand er auf und stapfte entschlossen hinüber zur Bar. Irgendwann war das Fass voll. Und wie voll es war.

Er trank eigentlich nie. Schon vor langer Zeit hatte er eingesehen, dass im Alkohol niemals die Lösung für irgendetwas lag. Mit klarem Kopf und wachem Verstand kam man wesentlich besser zurecht. Er hasste es, die Kontrolle über die eigenen Handlungen zu verlieren. Doch was er sich eben anschauen musste, schlug ihm auf den Magen. Etwas Hochprozentiges würde die Nerven beruhigen. Und seinen Magen.

Er stützte beide Arme auf die Theke und hob den Finger.

„Einen Jacky on the rocks, bitte!"

Schwer atmend nahm er das Getränk entgegen, schloss die Augen und trank einen großzügigen Schluck, der ihn auf der Stelle keuchen ließ. Wärme breitete sich in seiner mittleren Region aus. Wärme, die sich nicht auf den restlichen Körper übertrug. Seit er Kiran so hemmungslos gesehen hatte, war ihm kalt. Die Enttäuschung saß tief. Am liebsten würde er auf etwas einschlagen. Verdammter Mist.

Hierhergekommen zu sein, war ein Fehler. Kirans Freunde kennenzulernen, war ein Fehler. War diese ganze Beziehung ein Fehler?

Er war sich der gegenseitigen Liebe so sicher gewesen, glaubte zu spüren, dass starke und sichere Bande sie vereinten. Dass eine Konfrontation mit dem Alltag nicht zum Problem werden würde. Und nun? Ganz einfach. Nun sah es danach aus, als wäre er einer Täuschung aufgesessen. Wieder einmal. David schnaubte verächtlich.

Hatte er Kiran als exotische Abwechslung gedient? Ein willkommener Anlass, den sexuellen Horizont zu erweitern, sich auszuprobieren? Gott!

David stützte den Kopf auf seinen Händen ab und stöhnte frustriert. Entschlossen leerte er den Rest des Glases in einem Zug. Das brennende Gesöff, das den Weg in seinen Magen fand, tat gut. Könnte es doch auch den Frust wegbrennen. Das Gefühl der Enttäuschung und der Leere.

Ein Räuspern neben ihm veranlasste David, zur Seite zu blicken. Das Erkennen ließ ihn bitter auflachen. Der Mistkerl hatte sich doch tatsächlich an seine Existenz erinnert. Kroch er zu Kreuze? Da war er aber sehr gespannt, was er für Argumente auffuhr, um sein Benehmen zu rechtfertigen. Hoffentlich kam er nicht wieder mit dem Spruch „Es ist nicht so, wie es aussieht", sonst flippte er aus.

Sanft legte sich eine Hand auf seinen Arm. Noch einfühlsamer klangen die geflüsterten Worte, in denen Bedauern mitschwang: „David, bitte. Lass dir erklären."

Aufgebracht entriss ihm David den Arm. Ruckartig.

„Was willst du mir erklären? Ich habe genug gesehen. Mehr als genug. Glaubst du, nur weil ich dein schmutziges Geheimnis bin, kannst du in aller Öffentlichkeit mit jemand anderem rummachen? Denkst du, nur weil ich schwul bin, sehe ich die Sache mit der Treue etwas lockerer?" David fühlte, wie ihm die Beherrschung langsam entglitt. Er bedeutete dem Barkeeper, das Glas noch einmal aufzufüllen. Tief getroffen schüttelte er den Kopf.

„Gott, bist du armselig." Er hob sein gefülltes Glas und kippte es hinunter. Gefrustet wischte er sich über den Mund und schaute zu Boden. Das Letzte, was er jetzt brauchte, war ein Blick in diese enervierenden Augen. Er spürte, wie Kiran einen Arm um seine Schultern legte und ihn an sich zog. Seine Stirn lehnte sich an seine Schläfe. Leise flüsterte er ihm entschuldigende Worte ins Ohr.

„Verzeih. Ich habe mich von der Musik mitreißen lassen. Es war so ... ach ich weiß auch nicht, verstehst du? Als mir bewusst wurde, was ich da tat, habe ich sofort abgebrochen. Bitte, David. Es war nicht richtig von mir, das weiß ich. Es tut mir leid." Kiran drückte David, strich ihm über den Rücken, hoffte, dass er verstand. Frustriert grunzte David. Die Unsicherheit fraß an ihm. Kirans Worte stimmten ihn zwar etwas versöhnlich, ja, er verstand ihn sogar auf eine gewisse Weise. Trotzdem stand ihm nicht der Sinn danach, so schnell klein beizugeben. Mürrisch knurrte er ihn an.

„Du presst dich ziemlich eng an mich. Hast du keine Angst, deine Furcht einflößenden Freunde könnten sehen, dass du dem Arzt deiner Tochter an die Wäsche gehst?" Augenblicklich rückte Kiran ein Stück von ihm ab.

„Du hast recht. Ich hab nicht daran gedacht. Tut mir leid." David verdrehte genervt die Augen.

„Mein Gott, dafür brauchst du dich wirklich nicht zu entschuldigen. Ich hätte nichts dagegen, den Kerlen die Wahrheit zu sagen." Davids Blick wurde milde und er nahm Kirans Hand in die seine. Zärtlich strich er mit dem Daumen über den Handrücken, während er ihn erwartungsvoll anschaute.

„Es würde vieles leichter machen."

184

Im gleichen Moment, als hinter ihnen lautes Gelächter ertönte, entriss Kiran ihm entsetzt seine Hand und schob ihn von sich. Die dröhnende Stimme von Carlos war nicht zu überhören.

„Hab ich's doch gewusst! Der Doktor ist eine Schwuchtel! Hey Wichmann, hat der Familienfreund etwa versucht, dich anzugraben? Brauchst du Deckung von hinten? Äh, ich meine, sollen wir dir den Rücken freihalten?" Der Haufen brach erneut in anzügliches Gewieher aus.

Kiran lief rot an. Verlegen stimmte er in die allgemeine Belustigung seiner Kameraden ein. Jovial antwortete er: „Da mach dir mal bloß keine Sorgen, du Großmaul. Bist du etwa eifersüchtig?"

„Pah", grölte er zurück. „Wenn der kleine Homo mich anlangt, schlag ich ihm den Schädel ein." Erneut brach Gelächter aus, in das Kiran gezwungen mit einstimmte. Im selben Augenblick fühlte er sich schmutzig. Warum verhielt er sich genauso dämlich wie diese Ignoranten? Das hatte David nicht verdient.

David warf ihm unterdessen einen anklagenden Blick zu. Er hatte gehofft, dass Kiran ihn den Freunden gegenüber verteidigen würde. Wenn er sich nicht offen zu ihm bekannte, erwartete er zumindest, dass er diesen Beleidigungen Einhalt gebot. Sollte er sich so in ihm getäuscht haben? Der Blick in Kirans Gesicht sagte ihm, dass sich der kleine Scheißer sichtlich unwohl fühlte. Gut so, dachte David grimmig. Wut stieg in ihm auf. Der Alkohol verlieh ihm den Mut, den Schutz seiner Ehre in die eigenen Hände zu nehmen.

Entschlossen trat er an Carlos heran und baute sich vor ihm auf. Der Mann war ihm an Kampferfahrung und Kraft haushoch überlegen, doch das war in diesem Moment nebensächlich. Hier ging es um den Respekt seiner Person gegenüber. Die anderen standen feixend um sie herum und beobachteten ihn mit Spott in den Augen. Was Kiran gerade tat, konnte er nicht sagen, er sah ihn nicht. Vielleicht hatte sich der auf seinen Ruf bedachte Feigling hinter der Theke versteckt.

Ein träges Lächeln stahl sich über sein Gesicht. Mit einer schnellen Bewegung packte er den höhnisch grinsenden Muskelprotz an den Ohren und zog ihn zu sich heran. Im Bruchteil von Sekunden hatte er ihm einen Kuss auf den Mund gedrückt und stieß ihn danach zurück, sodass er taumelnd gegen einen Barhocker krachte. Breit grinste er ihn an.

„Na Süßer, habe ich dich auf den Geschmack gebracht? Willst du eine Zugabe?" Die Lacher waren nun auf seiner Seite. Kirans wütendes Gesicht, das neben ihm auftauchte und beschwörend auf ihn hinabblickte, war geradezu ein Labsal auf seiner Seele. Der kleine Schurke konnte ihn mal. Nachdem die erste Verblüffung aus dem Gesicht seines Kusspartners gewichen war, reagierte der Mann. Kurz und schmerzlos. Nicht für ihn, nein. Der Schlag, der ihn am rechten Unterkiefer traf, kam wirkungsvoll und präzise. Benommen ging er zu Boden, riss einen nahe stehenden Tisch unter lautem Gepolter mit sich. Ein allgemeiner Tumult brach aus. Carlos hatte sich auf ihn geworfen und prügelte weiter auf ihn ein.

„Du Drecksschwuchtel", zischte er. „Ich bring dich um!" Gegen die gezielten Schläge dieser durchtrainierten Kampfmaschine hatte David nicht die geringste Chance. Zum Schutz rollte er sich zu einer Kugel zusammen, umklammerte den Kopf mit seinen Armen und hoffte, dass irgendjemand den Mut aufbrachte, diesen Tobsüchtigen aufzuhalten, bevor er sein Leben aushauchte. Er spürte die Treffer am Kiefer und im Gesicht. In den Rippen, im Magen und im Unterleib. Irgendwann merkte er, dass der rasende Prügelknabe von ihm gerissen wurde, dass eine junge Frau ihm aufhalf und nachfragte, ob es ihm gut gehe. Das Mädchen besaß Humor. Sein sarkastischer Lacher ließ ihn schmerzhaft zusammenzucken. Der Kerl hatte ganze Arbeit geleistet. Zeit für eine Bestandsaufnahme.

Da er auf beiden Beinen selbstständig stand, aus einem Auge klar sah, während das andere langsam anschwoll, konnte man wohl davon ausgehen, dass er den Umständen entsprechend Glück gehabt hatte. Der Geschmack nach Blut in seinem Mund sagte ihm, dass seine Lippe in Mitleidenschaft gezogen sein musste. Die Rippen auf der linken Seite schmerzten höllisch. Eine Prellung, diagnostizierte er selber. Die Treffer im Unterleib hinterließen Gott sei Dank keine größeren Schäden an seinen Kronjuwelen. Lediglich blaue Flecken in unmittelbarer Nähe, vermutete er. Sein Blick flog hinüber zu dem immer noch tobenden Dreckskerl, der von seinen Kumpels festgehalten wurde und ihm zuschrie, was er mit ihm zu machen gedachte. Der rasende Gnom sparte nicht mit verbalen Obszönitäten aller Art. Davids Augen fanden Kiran, der danebenstand und die Szene paralysiert beobachtete. Er stand da und schaute zu. Tat nichts. Sagte kein Ton. Starrte ihn an, mit Horror in den Augen. Verächtlich wandte David den Blick ab. Seine Miene verdüsterte sich. Er schien heute Abend Todessehnsucht zu haben, denn er trat einen Schritt auf Carlos zu und grinste ihn mit blutverschmiertem Gesicht an, in der festen Absicht, ihm eine passende Antwort auf sein geschmackloses Geschrei zu geben.

„Von hinten oder von vorne, Schätzchen? Anal oder oral, hm?", säuselte er, sich sehr bewusst, dass der Adressat explodieren würde. Und richtig. Der Mann ging hoch wie eine Langstreckenrakete. Seine drei Begleiter hatten alle Mühe, ihn festzuhalten. Davids höhnisches Lachen trug nicht das Geringste zum Entschärfen der Situation bei. Im Gegenteil.

Das brachte endlich auch Kirans steifen Körper dazu, sich in Bewegung zu setzen. Wütend packte er David am Arm, zog ihn aus der Schusslinie und bugsierte ihn ins Freie. Barsch drückte er ihn gegen die Hauswand.

„Sag mal, kannst du mir sagen, was das da drin gerade sollte? Bist du von allen guten Geistern verlassen, du Idiot?"

David riss ungläubig die Augen auf. Er verstand die Welt nicht mehr. Erst ließ sein „Freundverschnitt" zu, dass man ihn verhöhnte, dann sah er dabei zu, wie er Prügel bezog, immer darauf bedacht, dass nur ja niemand auf die Idee kam, sie könnten sich näherstehen, und als Krönung des Abends beschimpfte er ihn dafür.

Sicherlich hatte er einen beträchtlichen Teil dazu beigetragen, dass die Sache derart eskalierte. Er war auch nur ein Mensch. Dennoch. Ein bisschen mehr Loyalität hätte er erwartet, zumal er bei der körperlichen Auseinandersetzung eindeutig am kürzeren Hebel saß.

Steckte die Furcht, dass ihre Gefühle füreinander entdeckt wurden, so tief, dass sich Kiran nicht einmal traute, für ihn einzutreten?

Lange blickte David ihn an. Sah in die schönen Augen, die im Moment wütend blitzten, bemerkte Kirans schnellen Atem, der von seinem Ärger zeugte, und nahm die zu Fäusten geballten Hände wahr. Resignierend stieß er die Luft aus.

Traurig verzog er das Gesicht und schüttelte ungläubig den Kopf. Das Pochen seines Schädels und die schmerzenden Rippen blendete er aus. Nebensächlichkeiten.

Es hatte keinen Sinn.

Er konnte diesen ganzen Beziehungsmist nicht gebrauchen.

Jon vor langer Zeit gehen zu lassen, hatte ihn viel gekostet. Schlaflose, durchgeheulte Nächte, Frust, Selbstzweifel. Darüber war er Gott sei Dank hinweg. Das alles wollte er nicht noch einmal durchleben. All die Jahre hatte er tiefer gehende Gefühle gemieden wie die Pest. Die Einsamkeit und den damit verbundenen Frieden gesucht. Auf Kosten zwischenmenschlicher Nähe.

Erst Kiran hatte er erlaubt, näher zu kommen. Nur, um am Ende erneut weggestoßen zu werden, weil er es nicht wert war, dass man zu ihm stand. Irgendetwas stimmte nicht mit ihm. Die Männer, an denen ihm wirklich etwas lag, wollten seinen Körper, nicht seine Seele. Verleugneten ihn, als wäre er ein lästiges Furunkel. Schluss damit. Stolz richtete er sich auf. Verzog keine Miene. Hörte die Worte, die ihm Kiran wütend entgegenschleuderte.

„Hast du das mit Absicht gemacht, du Arsch? Hast du es darauf angelegt, dass meine Freunde erfahren, was du bist? Wolltest du mich mit deinem Auftritt dazu zwingen, etwas zuzugeben, zu dem ich nicht bereit bin? Laut jauchzend zu gestehen, dass wir ein Paar sind? Sag es mir! War das dein Plan?" Davids Geduld war am Ende. Er schrie zurück.

„Für den Anfang hätte es mir gereicht, wenn du mich als den Freund behandelt hättest, als den du mich vorgestellt hast. Aber das hast du nicht. Du hast mich ausgegrenzt. Es passt dir nicht, dass ich hier bin. Ist das der Grund, weshalb du mit diesem Flittchen rumgeknutscht hast? Wolltest deinen Freunden wohl zeigen, was für ein geiler Weiberheld du bist!", höhnte er verächtlich. „Du hast keinen Finger krumm gemacht, als man mich beleidigt hat. Hast zugesehen, wie mich dein Kumpel vermöbelt hat. Während die anderen ihn mir vom Hals geschafft haben, hast du daneben gestanden und zugeschaut. Ich will dir mal was sagen: Gute Freunde helfen einander, auch wenn sie nicht miteinander ficken!"

David atmete schwer und schwieg. Sein Brustkorb hob und senkte sich erregt. Der Puls pochte wie ein Presslufthammer. Er ließ Kiran nicht aus den Augen, wartete auf irgendeine Reaktion, auf das, was er ihm soeben an den Kopf geworfen hatte. Der Feigling biss die Zähne zusammen und funkelte ihn wütend an. Eine Antwort bekam er nicht. Auch gut. Dann würde er ihm eine Ansage machen, die eindeutig war.

„Du traust mir also zu, dass ich es darauf anlege, unser Verhältnis öffentlich zu machen, ohne dass du das willst. Das tut mir weh. Mehr noch als dein mangelnder Respekt unserer Beziehung gegenüber, den du vergessen hast, als du dich an die Dame auf der Tanzfläche rangemacht hast." Kiran erblasste, holte Luft, um zu protestieren, doch David hob die Hand und gebot ihm Einhalt.

„Soll ich dir mal was sagen? Behalte deine Geheimnisse für dich. Geh zu deiner Nutte und beweise dir, was für ein toller Mann du bist." David schubste Kiran mit beiden Händen zur Seite, um sich Platz für den Abgang zu schaffen. Er hatte sich in Rage geredet. Für ihn war es das. Schluss, aus, Ende. Zielstrebig ging er zum Auto. Hier hatte er nichts mehr verloren. Die kurze leidenschaftliche Romanze mit Kiran Wichmann war vorüber.

Der heftige Stoß, den ihm David versetzt hatte, ließ Kiran gegen die Hauswand taumeln. Er war immer noch geschockt von den zurückliegenden Ereignissen. Das konnte doch alles nur ein böser Traum sein. David hatte allen Grund wütend zu sein. Erst der dämliche Ausrutscher auf der Tanzfläche und dann dieser unsägliche Zwischenfall an der Bar. Er, der im Job darauf angewiesen war, schnell und effizient zu handeln, hatte auf ganzer Linie versagt. Saß die Angst vor den Konsequenzen, die seine Beziehung zu David mit sich brachte so tief, dass es ihn lähmte, dass er schwieg, wenn es richtig war, den Mund aufzumachen? Diese Gesellschaftszwänge hatten ihn feige den Schwanz einziehen lassen. Im Kopf wusste er, dass er falsch handelte, sein Körper jedoch reagierte nicht darauf. Er verharrte in Starre. Eine unsichtbare innere Barriere ließ nicht zu, dass er den notwendigen Schritt nach vorne tat. Gleichzeitig schämte er sich dafür, den Mann, den er liebte, so furchtbar enttäuscht zu haben.

Dass er David dann noch vorgeworfen hatte, absichtlich zu provozieren, um die Wahrheit ans Licht zu bringen, hatte dem Ganzen die Krone aufgesetzt. Im gleichen Moment, als die Worte über seine Lippen kamen, wusste er, dass sie nicht stimmten. Der Frust hatte ihm die Anschuldigungen auf die Zunge gelegt. Niemals wäre David zu so einem Verrat fähig. So wie es aussah, er dagegen schon.

Kraftlos ließ er den Kopf gegen die Mauer sinken und schaute David hinterher, der sich langsam, aber stetig von ihm entfernte, bis er hinter der nächsten Ecke verschwand. Ein Synonym für den Stand der Dinge. Er würde ihm nicht hinterherrennen.

Seine Schuldgefühle und die grenzenlose Scham bewirkten, dass er an Ort und Stelle verharrte. Vielleicht war es besser so. Liebe und Lust reichten nicht aus, um im Alltag zu bestehen. Vertrauen, Freundschaft und Toleranz gehörten ebenso dazu. Dinge, die er am heutigen Abend mit den Füßen getreten hatte. Missmutig wischte er sich die einzelne Träne fort, die ihm über die Wange lief. Oh Gott, David …

Kapitel 11/Nachwehen

David taumelte wie ein Blatt im Wind, als er durch den Vanderlooschen Vorgarten wankte. Leise fluchte er vor sich hin. Ein eckiger Gegenstand, der auf dem Gehweg lag, brachte ihn zum Stolpern. Ein anderer, an dem er sich festzuhalten versuchte, ging krachend zu Boden.

Ungeschickt rappelte er sich auf die Beine und setzte den mit Hindernissen bepflasterten Pfad fort. Das passte ja zum heutigen Abend. Mit einer Hand stützte er sich an der Haustür ab und senkte den Kopf. Er fühlte sich total ausgelaugt und leer.

Vor einer halben Stunde war er aus dem Heraklion gewankt und hatte es fertiggebracht, ein Taxi zu ergattern, das ihn hierherfuhr. Er brauchte jemanden zum Reden. Jetzt.

Die kurzfristige Eingebung, in dem einschlägigen Etablissement nach Ablenkung zu suchen, stellte sich im Nachhinein als eine Schnapsidee heraus. Im wahrsten Sinne des Wortes. Sie bescherte ihm einen schmerzenden Kopf und einen leeren Geldbeutel. Was hatte ihn nur geritten, seinen Frust im Alkohol zu ertränken und seine Enttäuschung mit einem der dort verkehrenden Achtgroschenjungen wegzuwaschen. Hart und schnell.

David lachte bitter auf. Natürlich hatte es nichts gebracht. Sobald er Ruhe fand, kehrten die quälenden Gedanken zurück. Der Schmerz und die Erinnerung.

Unentschlossen starrte er von seiner Armbanduhr hin zum Klingelknopf. Die Zahlen verschwammen vor seinem Sichtfeld. Seiner Schätzung nach dürfte es so etwa halb drei in der Nacht sein. Falls er sich traute zu läuten, würde ihm Jon wahrscheinlich den Kopf abreißen. Oder seine süße, kleine Ehefrau.

Die Entscheidung wurde ihm unverhofft abgenommen. Wie von Zauberhand öffnete sich die Tür und die stattliche Silhouette Jons baute sich vor ihm auf. Mein Gott, der Mann sah auch in Boxershorts und einem ausgeleierten T-Shirt zum Niederknien aus. Die Jahre hatten ihm Reife und noch mehr Charisma verliehen. Fragend schaute Jon ihn an.

„Kannst du mir mal verraten, warum du um diese Uhrzeit durch unseren Vorgarten schleichst und einen Lärm veranstaltest, als ob eine Horde Elefanten durchmarschiert?" David schluckte.

„Ich bin betrunken, Jon", lallte er. Darf ich reinkommen?"
Jons Augen weiteten sich beim genaueren Hinsehen. Davids zerschundenes Gesicht sprach Bände und bedurfte keiner weiteren Erklärung. Mit einem Kopfnicken bat er ihn, einzutreten.

„Komm schon. Tu mir einen Gefallen und sei leise. Es gibt noch mehr Hausbewohner, die heute Nacht nicht schlafen können", fügte er seufzend hinzu. Entschlossen stützte er David, um ihm das Treppensteigen zu erleichtern. Ein schwieriges Unterfangen, doch es gelang, den Mann einigermaßen unbeschadet ins Wohnzimmer zu bugsieren. Ächzend sank David auf das Sofa und ließ sich zurückfallen. Er legte einen Arm über das Gesicht und schwieg.

Einen Drink muss ich dir offensichtlich nicht mehr anbieten, oder?", fragte Jon süffisant. David hob abwehrend die Hand.

„Erwähne bitte keinen Alkohol. Ein Wasser wäre nett", bat er in einem mitleiderregenden Ton. Jon verschwand und kam kurze Zeit mit dem gewünschten Getränk und einem Eisbeutel zurück. Wortlos stellte er das Glas vor David auf den Tisch, drückte ihm den Eisbeutel in die Hand und setzte sich neben ihm nieder.

„Also was ist los. Warum stehst du um diese Uhrzeit sternhagelvoll vor unserer Haustür und was ist mit deinem

Gesicht passiert? Bist du überfallen worden, hast du Ärger mit irgendwelchen Typen gehabt?" David drückte gequält den Eisbeutel vors Gesicht.

„Wenn es das nur wäre. Ich habe heute Abend mit Kiran Schluss gemacht. Es ging nicht mehr."

Jon starrte David erschrocken an. Während seiner regelmäßigen Besuche hatte er von der neuen Liebe in seinem Leben erzählt. Nelia und Jon hatten sich für ihn gefreut. Niemand verdiente es mehr, glücklich zu sein, als David. Ihn jetzt in diesem desolaten Zustand zu sehen, tat weh. Sanft drückte er seine Schulter.

„Erzähl mir, was passiert ist. Vielleicht geht es dir danach besser." David zitterte und hob langsam den Kopf. Tränen flossen über sein schönes, zerschundenes Gesicht.

„Es wird mir nie wieder besser gehen, Jon. Keiner will mich. Sag mir, warum. Du musst es wissen, denn du hast mich auch fortgeschickt."

Jon schluckte. Was sollte er ihm darauf antworten. David war offensichtlich betrunken und wusste nicht mehr was er redete. Ja, er hatte ihn vor vielen Jahren verlassen, ohne sich einmal umzudrehen, aber nicht weil er etwas gegen ihn hatte, sondern weil er diese Art der Beziehung nicht mehr mit ihm führen konnte. Er hatte immer Freundschaft gesucht, nie Liebe. Er dachte, David hätte das begriffen.

„Du weißt, dass das so nicht stimmt, David", antwortete er mit ruhiger Stimme. „Ich mag dich sehr, aber es war nie die Art von Liebe, die du dir gewünscht hast." David nickte erschöpft und senkte erneut den Kopf.

„Ich weiß doch. Es ist nur so schwer, Kiran gehen zu lassen. Bei ihm hatte ich das Gefühl, diese Liebe zu mir wäre echt. Scheinbar habe ich mich getäuscht." Jon zog David an sich. Er tat ihm leid. Wenigstens konnte er ihm helfen, indem er Trost spendete.

„Erzähl mir die ganze Geschichte. Wenn du willst, fahr ich morgen zu ihm und bläue ihm Verstand ein." Das entlockte David ein schwaches Lächeln.

„Bloß nicht. Du würdest den Kürzeren ziehen, glaube mir." Jon grunzte.

„Mich zu unterschätzen, ist ein Fehler. Fang an, dann sehen wir weiter."

David begann seine Geschichte zu erzählen. Er schilderte Jon die komplizierte Beziehung, die ihn mit Kiran verband. Seine Bedenken. Die Sorge, seine Familie könnte leiden, wenn er sich zu ihm bekannte, und die Ängste vor den Beeinträchtigungen am Arbeitsplatz. Wie seine Kollegen zur gleichgeschlechtlichen Liebe standen, hatte er vor wenigen Stunden schmerzlich zu spüren bekommen.

Er erzählte Jon von den Beleidigungen, denen er auf dieser Party entgegengetreten war, wie es dazu gekommen war und die Prügel, die er bezogen hatte. Auch, dass Kiran ihn die meiste Zeit ignoriert hatte, aus Angst, ihr Verhältnis könnte auffliegen, und dass er nichts zu seiner Verteidigung beigetragen hatte. Den Auslöser für alles, Kirans Fremdknutschen, erwähnte er nur am Rande. Als er geendet hatte, stieß Jon einen angewiderten Laut aus.

„Diese verdammten Drecksäcke", zischte er. Es machte ihn wütend, mit anzuhören, wie man David behandelt hatte. Und dieser Kiran! Der konnte sich auf was gefasst machen, wenn er ihn in die Finger bekäme. Beruhigend strich er David über den Rücken.

„Es wird schon wieder werden", flüsterte er ihm zu. Was sollte man in so einer Situation schon sagen? Er selber wusste, wie weh es tat, von einem geliebten Menschen enttäuscht zu werden.

Ein leises Geräusch ließ Jon aufblicken. Nelia stand im Türrahmen und hielt den kleinen David auf dem Arm. Sein

Sohn hatte sie den ganzen Abend wach gehalten. Das war auch der Grund, weshalb er den großen David im Garten entdeckt hatte, als er den Weg lautstark entlangtorkelte. Der kleine David schrie jedes Mal, wenn man ihn hinlegen wollte. Jammerte, wenn man aufhörte, ihn zu schaukeln. Er hatte leichtes Fieber. Vielleicht war ein durchdrückender Zahn daran schuld. Nelia sah müde aus. Er hätte sie längst ablösen sollen, doch das ging im Moment nicht. Sie sah es selber. Bedauernd hob er die Schulter und warf einen bezeichnenden Blick auf David. Nelia nickte verständnisvoll und kam zu ihnen rüber.

Aus dem Augenwinkel heraus nahm David die Bewegung wahr und blickte auf. Als er seinen Patensohn entdeckte, entspannten sich die versteinerten Gesichtszüge augenblicklich. Er löste sich aus Jons tröstender Umarmung und streckte die Arme nach dem jungen Mann aus. Nelia starrte ihn entsetzt an.

„Was ist denn mit deinem Gesicht passiert? Sag bloß, du hattest eine Schlägerei? Brauchst du einen Arzt? Kann ich irgendetwas tun?" David schüttelte unwillig den Kopf. Das hatte ihm gerade noch gefehlt, dass Nelia an ihm rumdoktorte.

„Es sieht schlimmer aus, als es ist. Meinen Rippen geht es wesentlich schlechter." Nelia sog erschrocken die Luft ein. David fiel ihr schleppend ins Wort, bevor sie überhaupt antworten konnte.

„Ist schon gut. Kannst du mir meinen Patensohn rüberreichen? Ich habe ihn bestimmt zwei Wochen nicht mehr gesehen." Nelia blickte unsicher in Jons Richtung. Ihr fiel sehr wohl auf, dass David getrunken hatte, und traute ihm nicht. Jon presste die Lippen zusammen und nickte unmerklich. Zwischen seinem Sohn und David bestand eine besondere Verbindung. Vielleicht half die Nähe des Jungen ihm etwas über seinen Seelenschmerz hinweg und falls der Kleine nicht wollte, würde er es schon lautstark kundtun. Das stand fest.

Nelia seufzte und trat an David heran, um ihm seinen Patensohn in den Arm zu legen. Der Himmel wusste, dass sie gerade für jede Minute dankbar war, in der sie den kleinen Schreihals abgeben konnte. Wie vom Blitz getroffen fuhr sie zurück. Angewidert rümpfte sie die Nase.

„Mein Gott", stöhnte sie. „Du stinkst nach Alkohol, als hättest du ausgiebig darin gebadet. Ich bin mir nicht sicher, ob das für den jungen Mann hier das Richtige ist."

„Gib ihn endlich her", knurrte David. „Er wird es schon überleben." Indigniert ließ Nelia ihren Sohn los und beobachtete das ungleiche Pärchen mit Argusaugen.

Sobald der kleine David entdeckt hatte, wer ihn da auf dem Arm hielt, ruderte er aufgeregt mit den Armen und strahlte den Patenonkel an. Sein zerschundenes Gesicht schien ihn nicht im Geringsten zu stören. Nelia und Jon tauschten einen kurzen Blick miteinander und schüttelten ungläubig die Köpfe. Die beiden Davids miteinander zu sehen, war immer wieder ein Erlebnis. David gurrte mit sanfter, wenn auch schleifender Stimme Worte, die nur das Baby verstand, denn der Blick des Kleinen hing gebannt an Davids Lippen. Worte, die ihn beruhigten und zu guter Letzt einnicken ließen. Erleichterung machte sich in den Gesichtern der Eltern breit. Und ein Grinsen.

Der große David legte den kleinen David auf seine Brust und tätschelte mechanisch seinen Rücken. Dabei legte er den Kopf zurück und schloss die Augen. Innerhalb kürzester Zeit waren beide eingeschlafen.

Nelia und Jon starrten sich fragend an.

„Verstehst du das?" Verblüfft blickte Nelia von einem David zum anderen. Jon stieß fassungslos die Luft aus.

„Ich glaube, der Alkoholnebel hat unseren Sohn betäubt.
Anders kann ich mir das nicht erklären. Ich habe den Racker
stundenlang getragen, habe mit ihm geredet, habe ihm
Lieder vorgesungen. Nichts hat ihn beruhigt. Dann kommt
der besoffene Patenonkel daher, und das Kind schläft
innerhalb von Minuten. Unglaublich!" Nelia lachte leise und
tätschelt Jon liebevoll die Wange.
„Du hast ihn müde gemacht, Schatz. David hatte leichtes
Spiel. Komm, fass mal mit an. Ich werde einen Teufel tun
und die beiden jetzt trennen. Ich glaube, wir bekommen
doch noch eine Mütze voll Schlaf."

David wurde durch unsanftes Zupfen an seinen Haaren
geweckt. Noch bevor er die Augen aufschlug, ließen ihn die
rasenden Kopfschmerzen aufstöhnen. Dazu kam das dumpfe
Pochen seiner linken Gesichtshälfte. Die Erinnerungen
kamen schlagartig zurück. Vorsichtig versuchte er zu
blinzeln. Das rechte Auge ließ sich öffnen, das linke war
zugeschwollen. Neben sich sah er schemenhaft den Grund
seiner morgendlichen Störung. Baby David hatte ihn fest im
Griff und strahlte ihn an, als sähe er nicht aus, als hätte ihn
eine Dampfwalze überrollt. Das entlockte ihm zumindest ein
schwaches Lächeln. Als er den Kopf drehte, nahm er Nelia
wahr, die neben ihm auf dem Sofa saß und ihn
entschuldigend anlächelte.
„Tut mir leid, David. Ich muss dir den kleinen Prachtkerl
entführen. Er bekommt langsam Hunger und wird unruhig."
David brummte.
„Danke. Danke für alles." Verbunden nahm David den neuen
Eisbeutel entgegen, den ihm Nelia im Austausch gegen Klein
David gab. Umständlich hievte er sich in die Senkrechte. Er
presste das Kühlpad ins Gesicht, während er den Rest des
Kopfes mit der anderen Hand abstützte. Nelia verschwand

mit David junior in der Küche und im Gegenzug betrat Jon das Zimmer.

„Wie geht es dir?", zwang ihm der werte Hausherr ein Gespräch auf. David warf Jon einen bezeichnenden Blick zu. „Wie sieht es denn aus?", knurrte er zurück. „Könntest du mich nachher zu meinem Auto bringen?" Jon setzte sich neben ihn.

„Hör mal. Natürlich bringe ich dich. Aber du solltest unbedingt nach deinen Verletzungen sehen lassen. Ich fahr dich erst im Krankenhaus vorbei und dann holen wir dein Auto, was meinst du?"

„Vergiss es", zischte David. „Es geht mir gut. Ich kann selber für mich sorgen. Schon vergessen? Ich bin Arzt!" Jon hob die Hände.

„Ist ja schon gut. Ich möchte nur, dass keine Schäden zurückbleiben. Man weiß ja nie, aber wenn du meinst, bitte! Wo hast du deinen Wagen geparkt?"

„Heraklion", nuschelte David und schaute zu Boden. Jon starrte ihn entgeistert an.

„Du warst gestern Abend noch in diesem Schwulenbordell? Bist du noch zu retten? Hast du etwa ..." Jon unterbrach sich selber und bedeutete David, nicht zu sprechen.

„Stopp, ich will es nicht wissen. Behalt es für dich und erwähne es bloß nicht Nelia gegenüber. Versprich mir nur, dass du in Zukunft diese Läden meidest, ja? Ich habe den Besitzer schon das ein oder andere Mal vor Gericht vertreten. Ich weiß, was da läuft, und ich möchte nicht, dass du mit so was in Verbindung gebracht wirst, hörst du?"

„Reg dich ab", zischte David. „Das war eine einmalige Angelegenheit und wird mit Sicherheit nicht wieder vorkommen. Versprochen. Besorg mir lieber eine Kopfschmerztablette, damit wir fahren können. Ich muss dringend in mein Bett. In mein eigenes."

Jon stapfte davon. „Heraklion", murmelte er kopfschüttelnd, bevor er im Bad verschwand. Es schien schlimmer um David zu stehen, als er vermutet hatte.

Das desaströse Wochenende lag zwei ganze Wochen zurück.
David hatte sich um keine weitere Kontaktaufnahme
bemüht. Wozu auch.

Er hatte sich zunächst für einige Tage in den Krankenstand
versetzen lassen. In dem sichtbar mitgenommenen Zustand
konnte er keinen OP-Saal betreten, das ließ das anfangs
stark eingeschränkte Sehvermögen nicht zu. Ebenso wenig
die mitgenommene Optik. Welcher Herzpatient würde sich
schon in die Hände eines Operateurs begeben, der aussah
wie ein Straßenschläger. Es dauerte einige Tage, bis er
wieder in der Lage war, beiden Augen, ohne
Beeinträchtigung zu öffnen. Die geprellte Rippe machte ihm
zwar immer noch zu schaffen, aber die zahlreichen blauen
Flecken waren innerhalb kürzester Zeit zu einer schwachen
Ahnung herabgeheilt. Was das Herz betraf ... Nun, da sah die
Sache anders aus.

In den ersten Tagen hatte er seinen Zorn auf Kiran gehegt
und gepflegt wie ein zartes Pflänzchen. Die Wut, die
hochkochte, entlud sich in einigen zerbrochenen Gläsern,
Tassen und dem Vernichten jedes noch so kleinen
Gegenstandes, den Kiran in seiner Wohnung zurückgelassen
hatte. Nichts sollte mehr an die gemeinsame Zeit erinnern.
Normalerweise reagierte er Stress beim Joggen ab, aber das
war aufgrund seiner Verletzungen hinfällig. Selbst an einen
Besuch im Tantra-Zentrum, der ihm vielleicht zurück zu
einem gewissen Maß an innerem Gleichgewicht verholfen
hätte, war in seinem Zustand nicht zu denken. Außerdem
fehlte ihm im Moment die Lust auf menschliche Nähe, auf
die Berührung einer mitfühlenden Hand.

Bald schon wandelten sich Wut und Zorn in Trauer und

Wehmut um das, was er verloren hatte. Die depressiven Gedanken versuchte er mit Arbeit, Studien und vielen Sonderschichten zu kompensieren. In den kurzen Stunden der Nacht quälten ihn Träume über Liebe und Zärtlichkeit in den Armen des Mannes, den er geliebt hatte. Diesmal würde es ihn weitaus mehr kosten, darüber hinwegzukommen, als damals vor langer Zeit.

Niemand hatte behauptet, dass die Sache mit der Liebe einfach war. Wer, wenn nicht er wusste das am besten. Man musste daran arbeiten, Kompromisse schließen, nachgeben und bereit sein, sowohl zu geben als auch zu nehmen. Was sein Privatleben betraf, gestaltete sich dieses Unterfangen jedes Mal als der reinste Höllentrip.

So sehr er Kiran tiefe und aufrichtige Gefühle entgegenbrachte, so sehr wusste er auch, dass er das, was er war, was ihn ausmachte, nicht noch einmal verleugnen durfte. Er würde nicht aufgeben, nach jemandem zu suchen, der stolz darauf war, zu ihm zu gehören. Der sich nicht scheute, sich zu ihm zu bekennen, egal, welchen Konsequenzen er ins Auge sehen musste. Er hatte zweimal geliebt, liebte immer noch. Doch hieß es nicht, alle guten Dinge sind drei? Vielleicht begriff das irgendwann sein dummes Herz. Denn eins stand fest. Eine heimlich geführte Beziehung kam für ihn nicht mehr infrage. Entweder ganz oder gar nicht.

Insgeheim hatte er darauf gehofft, dass Kiran Kontakt zu ihm aufzunehmen und einsehen würde, dass es sich lohnte, um ihre Liebe zu kämpfen. Dass er es nicht tat, schmerzte ihn wahnsinnig und sprach für sich. Die Hoffnung, dass er sich jemals zu ihm bekennen würde, musste er begraben, so schwer es auch fiel.

Als die Tür seines Arbeitszimmers aufflog, ohne dass vorher jemand angeklopft hatte, schaute er erstaunt auf. Na wenn das mal keine Überraschung war. Matilda.

„Hey Maus, hat dir denn keiner beigebracht, dass man anklopft, bevor man das Zimmer eines berühmten Arztes betritt?" Matilda kletterte kichernd auf seinen Schoß.

„Aber du bist doch unser Freund, David. Die Schwester hat uns gesagt, dass du Zeit hast und wir zu dir können."

„Hat sie das?", fragte er gespielt streng zurück. „Ich glaube, ich muss ein ernstes Wort mit der Dame reden. Was wäre denn, wenn du mich bei etwas Verbotenem erwischt hättest, hm?" Wieder giggelte Matilda. Plötzlich wurde ihr fröhliches Gesicht ernst und sie zog einen Schmollmund.

„Du bist schon lange nicht mehr bei uns gewesen, David. Bist du böse auf mich? Du hast versprochen, dass du mit mir Lesen übst." David räusperte sich verlegen.

„Weißt du", begann er, nach den passenden Worten zu suchen, „ich habe ziemlich viel zu tun in letzter Zeit. Es gibt so viel kranke Menschen und viel zu wenig Ärzte. Da muss ich oft Überstunden machen, das verstehst du doch, oder?" Matilda zog ihre Stirn kraus und überlegte.

„Weißt du, ich glaube, wenn ich mal groß bin, werde ich auch so ein berühmter Arzt wie du." David musste lachen und wuschelt ihr durchs Haar. Matildas Worte kamen ihm wieder in den Sinn.

„Sag mal, du bist doch nicht alleine hier. Wo ist Anni? Warum kommt sie nicht rein oder holt sie dich später ab?" Matilda schüttelte heftig ihren Lockenschopf.

„Oma ist nicht mit mir hier. Papa ist ein paar Tage zu Hause und hat mich gebracht. Er wartet draußen." David erblasste.

„Kiran sitzt draußen? Warum kommt er denn nicht rein?" Matilda hob in einer sehr erwachsenen Geste die Schultern und seufzte.

„Er will noch allein mit dir reden, aber ich habe gesagt, dass er mich vorlassen muss", fügte sie verschmitzt hinzu. Ein leises Klopfen an der Tür ließ beide zum Eingang blicken. Es war Kiran, der zögerlich eintrat. In einer Hand hielt er die Jacke, die David vor zwei Wochen in Giesing zurückgelassen hatte. Matilda rutschte widerwillig von Davids Schoß.

„Papa hat gesagt, ich muss draußen warten, wenn er mit dir redet. Du kommst doch bald bei uns vorbei, oder?" Davids Blick flog kurz zu Kiran herüber.

„Mal sehen, Süße. Sobald ich es einrichten kann. Du kannst mich aber jederzeit anrufen, darüber würde ich mich sehr freuen." Matilda nickte, gab ihm einen Kuss auf die Wange und schlich widerwillig aus dem Zimmer.

Davids Miene verhärtete sich, als er seine Aufmerksamkeit dem zweiten Besucher schenkte. Kiran stand mitten im Raum und ließ ihn nicht aus den Augen. David dachte gar nicht daran, ihm Platz anzubieten. Düster starrte er ihn an.

„Was willst du. Die Jacke hättest du unten am Empfang abgeben können", fuhr er ihn barsch an. Eine Begrüßung ersparte er sich.

„Das hätte ich, aber ich wollte mit dir reden", erwiderte Kiran scheinbar gelassen. Eine Gelassenheit, die David nicht verspürte. Sein Blick flog über die lässige Gestalt des Mannes, den er unglaublich vermisste. Er sah gut aus. Der Dreitagebart, der ihm wuchs, ließ ihn nur noch gefährlicher und attraktiver wirken. Ärgerlich schob er diese ungewünschte Beobachtung beiseite. Keinesfalls wollte er sich durch diese Äußerlichkeiten milde stimmen lassen.

„Ich wusste nicht, dass es zwischen uns noch etwas zu bereden gibt. Dein Verhalten war eindeutig." Kiran stieß einen verächtlichen Laut aus und stützte sich auf dem Schreibtisch ab.

„Du hast recht, David. Ich habe mich an diesem Abend weiß Gott nicht mit Ruhm bekleckert. Es tut mir unsagbar leid, was passiert ist, und ich entschuldige mich dafür."

„Und um zu dieser Einsicht zu gelangen, hast du ganze zwei Wochen gebraucht?", knurrte David gehässig.

„Herrgott noch mal!", fluchte Kiran. „Du hast mich stehen lassen wie einen Schuljungen. Was glaubst du, was ich mir habe anhören müssen, als ich wieder zurück in den Saal ging! Noch tagelang danach war es kaum auszuhalten. Ich musste erst wieder runterkommen!" David lachte höhnisch.

„Du Armer! Das tut mir aber leid!" Entschlossen stand er auf, hielt aber einen größeren Abstand. Er wollte keinen Körperkontakt riskieren, denn Gott allein wusste, was dann passierte. Seine Miene verhärtete sich, genauso wie seine Stimme.

„Ich nehme deine Entschuldigung an. Du kannst jetzt gehen." Kiran rührte sich nicht. Seine Stimme klang rau. Enttäuschung schwang darin mit.

„Ist das alles, was du dazu sagst? Danke und Tschüss? Mehr bin ich dir nicht wert?" Jetzt platzte David der Kragen. „Verdammt", zischte er und schlug mit der Faust auf den Tisch.

„Du wärst mir mehr wert, wenn du endlich offen sagen würdest, dass du zu mir gehörst. Du wärst alles für mich. Aber so tut es nur weh, verstehst du das denn nicht?" Sekundenlang starrten sie sich an. Keiner sagte ein Wort. „Geh", flüsterte David und senkte den Blick. Seine Augen brannten verdächtig. Kiran biss die Zähne zusammen, das Muskelspiel seines Unterkiefers zeigte deutlich die heftigen Gefühlsregungen, die in ihm tobten. Wut und Enttäuschung überzogen sein Gesicht. Ruckartig richtete er sich auf, warf die Alibijacke auf den Tisch und verließ grußlos das Zimmer. David stöhnte auf. Das war nun also das endgültige Finale.

Kiran ging mit hängenden Schultern zum Aufzug. Er hatte gesagt, was zu sagen war … und verloren. Er hatte sich zu viel Zeit gelassen, um die Missverständnisse aus der Welt zu schaffen. Was hatte er denn erwartet? Dass David ihm nach den ersten Worten seiner Entschuldigung in die Arme sinken würde? Wenn er an den Abend zurückdachte, plagten ihn immer noch heftige Schuldgefühle. David hatte ihm mit Worten verziehen, aber nicht in seinem Herzen, das hatte er deutlich gespürt. Er erwartete etwas von ihm, das er nicht tun konnte. Noch nicht, vielleicht nie. Trotzdem. Es musste einen Weg zurück geben.

Die letzten zwei Wochen waren der blanke Horror gewesen. Seine Kollegen hatten ihn noch tagelang mit dem schwulen „Familienfreund" aufgezogen. Er erhielt einen kleinen Vorgeschmack auf das, was passieren würde, falls jemals ans Licht käme, was ihn tatsächlich mit David verband. Dazu kam der Schmerz der Trennung, die Schuldgefühle, die ihn plagten. Er wollte mit David zusammen sein. Er vermisste ihn, er brauchte ihn. Seine Nähe, seine Liebe, die Zärtlichkeit, die sie verband.

Das „Bling", des Fahrstuhls ließ ihn aufschrecken. Gedankenverloren stieg er ein und drückte den Knopf zur Tiefgarage. Als sich die Tür langsam vor seiner Nase schloss, fluchte er zum zweiten Mal an diesem Tag. „Herrgott noch mal!" Er hatte doch tatsächlich Matilda auf der Station vergessen. Er war nicht nur ein schlechter Freund, sondern auch ein miserabler Vater.

Das heutige Zusammentreffen mit Kiran hatte David den Rest gegeben. So sehr er es auch versucht hatte, es war ihm nicht mehr möglich gewesen, sich auf seine Akten zu konzentrieren. Als die Uhr ihm zeigte, dass es Zeit wurde, endlich nach Hause zu gehen, hatte er erleichtert aufgeatmet. Nachdem sich die Haustür hinter ihm geschlossen hatte, war er kraftlos in sich zusammengesunken. Er fühlte sich leer und ausgebrannt, so, als hätte sich mit Kirans Abgang ebenso ein Teil von ihm verabschiedet. Der leere Fleck brannte und piesackte ihn, ließ ihn agieren, als wäre er eine Marionette. Mechanisch schlüpfte er in den Jogginganzug, goss einen Tee auf, schmierte eine Stulle und fiel auf das Sofa. Er stellte den Fernseher an, schaute eine Sendung, deren Inhalt er später nicht mehr wiedergeben konnte. Fast hätte er das permanente Klingeln an seiner Haustür überhört, wäre es nicht so störend und penetrant gewesen. Murrend schleppte er sich zur Tür. Er hatte keinen blassen Schimmer, wer es um diese Zeit wagte, ihn zu stören. Ein Notfall? Brauchte der feierwütige Mieter, der unter ihm wohnte, mal wieder Eiswürfelnachschub? Missmutig riss er die Tür auf und brummte ein „Ja, bitte?" Weitere barsche Worte blieben ihm im Hals stecken. Dicht vor ihm stand Kiran und starrte ihn mit seinen enervierenden Augen so eindringlich an, dass ihm eine Gänsehaut über den Rücken lief. Er atmete heftig.

Kaum hatte David Luft geholt, um ihm eine Abfuhr zu erteilen, wurde er rabiat zurück in den Flur geschoben. Die Tür fiel mit einem lauten Krachen in die Angeln. Im Bruchteil einer Sekunde fand er sich an die hinter ihm liegende Wand gedrängt. Der kleine Beistelltisch rutschte polternd zur Seite, die Schlüssel in der darauf befindlichen Schale verteilten sich scheppernd auf dem Boden. Kirans Hände glitten gierig, ja fordernd über seinen Körper, umfassten seinen Kopf und hielten ihn an Ort und Stelle fest. Feuchte Lippen pressten sich lüstern auf Davids Mund und verlangten unmissverständlich Einlass. Kirans muskulöser Körper rieb sich an ihm, David hatte keine Chance auf ein Nein. Er war völlig überrumpelt von der Leidenschaft, die ihm entgegenschlug. Sein Körper kapitulierte, bevor der

Verstand das Gegenteil gebieten konnte. Willig sank sein Leib dieser gewalttätigen Invasion entgegen. Die plötzliche Nähe des Mannes, der ihn so offensichtlich wollte, benebelte seine Sinne, bewirkte, dass er zu einem hilflosen Gespielen in den Händen des Eroberers wurde. Keuchend rissen sie sich die Kleider vom Leib, ließen sie achtlos zu Boden fallen. Ihre heißen Blicke prallten aufeinander, hakten sich gierig im Anblick des anderen fest. Mit Nachdruck drängte Kiran David ins Schlafzimmer, drückte ihn auf das Bett und schob sich über ihn. Worte waren nicht nötig. Schwer atmend klammerten sie sich aneinander fest, schlossen die Augen und genossen das überwältigende Gefühl von nackter Haut auf nackter Haut. Ein leichter Schweißfilm ließ sie angenehm aneinanderkleben, vertiefte das Gefühl der vertrauten Intimität. Die Luft war geschwängert von überschüssigem Testosteron und Begierde. Der vertraute Körpergeruch des geliebten Partners und die steigende Hitze ließen sie schwindeln. Der Verstand schwieg, die Hormone übernahmen. Gegen alle Vernunft kosteten sie jeden Zentimeter aus, der sie miteinander verband. Minutenlang verharrten sie eng umschlungen, nahmen Gespür für den Körper des Partners auf. Die Leidenschaft zueinander steigerte sich sekündlich. Ihre Erektionen rieben sich schmerzhaft aneinander, verlangten nach der so lange verweigerten Befriedigung. Kiran begann, hingebungsvolle Küsse auf Davids Lippen und dem Hals zu verteilen, so als hielte er ein kostbares Geschenk im Arm. David sank noch tiefer in die Kissen und schwelgte in überwältigenden Empfindungen. Diesmal war er es, der sich verwöhnen ließ.

Auffordernd spreizte er die Beine, keuchte begierig auf, als Kiran in ihn eindrang. Der sanfte, langsame Rhythmus seiner Stöße steigerte sich hin zu rasender Leidenschaft. Davids

Augen rollten zurück, sein Mund öffnete sich leicht. Er genoss die Dringlichkeit, mit der Kiran ihn nahm, stimmte ein in seine heiseren Schreie, saugte seine Wildheit in sich auf, hielt dagegen und stöhnte laut auf, als er kam. Gleichzeitig mit seinem Geliebten. Sie blieben vereint, bis ihr Atem zur Ruhe kam und ihr Herzschlag sich beruhigte. Kiran war es, der zur Seite rutschte. Dicht zog er David an sich, duldete keinen Widerspruch, störte sich nicht an dem Sperma, das sie beide besudelte. Er vergrub sein Gesicht in Davids Nacken und schwieg. Kurz bevor er einschlief, murmelte er leise „Ich liebe dich".

In der Morgendämmerung liebten sie sich erneut. Langsam und voller Gefühl. Während der ganzen Zeit ihres Zusammenseins sprachen sie kein Wort. Mit Gesten und Berührungen gaben sie sich zu verstehen, wie es um sie stand.

Im hellen Morgenlicht änderte sich die Stimmung. Beiden wurde bewusst, dass die Zeit der Zärtlichkeit vorüber war und der Alltag sie unbarmherzig eingeholt hatte.

Gedankenverloren spielte David mit Kirans Haar, dessen Kopf auf seiner Brust lag und der keine Anstalten machte, sich zu erheben.

David war sich bewusst, dass der Abschied nahte. Diesmal für immer. Auch eine heiße Liebesnacht konnte nicht über die Tatsache hinwegtäuschen, dass sie beide eine unterschiedliche Auffassung vertraten, über die Art, ihre Beziehung zu führen. Er seufzte tief.

„Du musst gehen, es wird Zeit", flüsterte er leise. Kiran hob den Kopf und schaute ihn aus traurigen Augen an.

„David", begann er verhaltend. „Schick mich nicht fort. Lass uns noch einmal über alles reden. Bitte." Das Flehen in Kirans Stimme zerriss David das Herz. Doch er hatte seine Meinung nicht geändert und würde es nicht tun. Eine

Beziehung kam nur zu seinen Bedingungen infrage. Alles andere hätte keinen Sinn.

„Du kennst meinen Standpunkt. Hast du deine Ansichten geändert?"

„David …", begann Kiran. „Versteh mich doch. Du kannst nicht von mir verlangen, dass ich von einem Tag auf den anderen mein Leben umkrempele. Gib mir Zeit. Bitte."

Davids Miene verdüsterte sich. Was hatte er auch anderes erwarten sollen.

„Zeit hattest du genug. Ich werde keinen Kompromiss mehr eingehen, das habe ich dir klar und deutlich zu verstehen gegeben. Erst recht nicht nach dem, was passiert ist."

„David …" Verzweifelt schüttelte Kiran den Kopf. „Du kannst das doch nicht alles wegwerfen. Ich liebe dich. Und du mich." David warf ihm einen scharfen Blick zu.

„Nicht ich bin es, der alles wegwirft, sondern du. Du stellst die Meinung deines Umfeldes über mich, nicht umgekehrt." Kiran wurde zusehends frustrierter. Die Enttäuschung fraß an ihm.

„Warum kannst du mir nicht ein Stück entgegenkommen, warum?" David sah Kiran ausdruckslos an. Die unterschiedlichsten Gefühle tobten in ihm. Doch er blieb hart.

„Diesmal nicht. Geh." David stand auf, ging zum Fenster und starrte hinaus. Er hörte, wie Kiran das Zimmer verließ und im Flur seine Sachen zusammensuchte. David rührte sich nicht. Sein Inneres war abgestorben, tot. Er spürte, dass Kiran hinter ihn trat, doch er drehte sich nicht um.

„Mach's gut", flüsterte Kiran leise, fast zögerlich. Seine Stimme klang tonlos und geschlagen. Er verharrte noch für den Bruchteil einer Sekunde, so als wartete er darauf, dass David ihn doch noch zurückhielt. David schluckte. Es kostete ihn eine unglaubliche Überwindung, ihm zu antworten.

„Komm nicht wieder", krächzte er. David erschrak sich vor der eigenen Stimme. Sie klang kalt. Sein Blick blieb starr aus dem Fenster gerichtet. Das Letzte, was er jetzt brauchte, war der Anblick Kirans, der ihn aus seinen schönen Augen flehend anschaute. Er musste hart bleiben.

Kurze Augenblicke später hörte er, wie die Haustür ins Schloss fiel. Dann kehrte Ruhe ein. Mechanisch legte er sich wieder ins Bett und zog die Decke über sich. Er war wieder allein.

Kapitel 13/Des Schicksals Würfel

Die Weihnachtszeit war gekommen und wieder gegangen. Heiligabend hatte David mit Jon und dessen Familie verbracht. Das Haus war bis unter den Dachboden vollgestopft mit Menschen. Eltern, Geschwister, Freunde und deren Anhang waren eingetrudelt, um das Fest gemeinsam und in fröhlicher Runde zu verbringen. In jeder Ecke wuselte Leben. Gelächter von glücklichen Menschen erfüllte die Räume, das David keine Chance ließ, Trübsal zu blasen.

Klein David war mächtig gewachsen und sah im Moment einer Kanonenkugel ähnlicher als seinen Eltern. Mit beachtlichen sieben Monaten war er stolzer Besitzer zweier Milchzähne und konnte einigermaßen gerade sitzen. Ab und zu, wenn seine anstrengenden Dienstzeiten es zuließen, holte David, der Große, ihn über Nacht zu sich. Die Gesellschaft des Jungen machte ihm Freude, vor allen Dingen, weil ihm der kleine Mann seine ungeteilte Zuneigung schenkte.

Kiran hatte er nicht wiedergesehen. Er hatte seine Bitte akzeptiert und dafür war er dankbar.

Mit Matilda dagegen telefonierte er öfters. Ihr Vater hatte ihr sogar erlaubt, ihn hin und wieder zu besuchen. Auf ihre ständigen Nachfragen, warum er nicht mehr zu ihnen kam, hatte er Matilda erklärt, dass er sich mit Kiran gestritten hatte, dass das aber keinen Einfluss auf ihrer beider Freundschaft hätte. Das hatte Matilda traurig gestimmt, aber sie akzeptierte es.

Mittlerweile sprießten die ersten Frühlingsblumen und die ersten Knospen bahnten sich ihren Weg ans Licht. Alles roch nach Anfang und Neubeginn.

David hatte sich im Klinikum bestens eingearbeitet und eine gewisse Routine schlich sich in den Alltag des täglichen Lebens. Dem Trennungsschmerz gestattete er nur noch bei wenigen Gelegenheiten, zurückzukehren. In diesen Augenblicken zog er sich völlig zurück und ergab sich seinem Kummer. Doch das Leben ging weiter. Es fragte nicht nach den Befindlichkeiten des Einzelnen und so stand David immer wieder auf und machte weiter. Mit jedem Mal fiel es leichter, den Optimismus wiederzufinden. Die Zeit half und die Menschen in seinem Umfeld, die ihm Mut machten.

Kirans Leben dagegen verlief in völlig anderen Bahnen. Davids halsstarriges Verhalten gab ihm keine Chance, seine Fehler wiedergutzumachen. Natürlich hatte er Mist gebaut. Er hatte sich entschuldigt, wäre sogar auf Knien gekrochen, doch David reichte das nicht. Er forderte die bedingungslose Kapitulation, ein uneingeschränktes Bekenntnis zu ihrer Beziehung. Was das für ihn bedeutete, wollte er nicht sehen. Als David ihn im Krankenhaus fortgeschickt hatte, war das Fass übergelaufen. Voller Zorn und Frust fuhr er an diesem Abend zu ihm. Die unterdrückte Sehnsucht und die Hilflosigkeit der Situation gegenüber ließen ihn mehr oder weniger über ihn herfallen. Wenn er nur daran dachte, dass er sich wie ein Tier gebärdet hatte, überkam ihn Scham. Der Mann erweckte eine Seite in ihm, die er nicht kannte, die ihn beängstigte. Er hatte völlig die Kontrolle verloren. Das passierte ihm nie. Trotzdem, oder gerade deswegen, hatten sie eine unglaubliche Nacht zusammen verbracht. Voller tiefer Gefühle und Leidenschaft. Am Ende hatte David ihn erneut fortgeschickt. Kompromisslos. Alles Flehen, ja sogar Betteln nutzte nichts.

Was David verlangte, konnte er ihm nicht geben. Er war

einfach noch nicht so weit. Beide fanden sie keinen Weg, um aus dieser Sackgasse herauszukommen. Etwas in ihm war damals zerbrochen.

Am Boden zerstört hatte er die Wohnung an jenem Morgen verlassen, die Leichtigkeit verflog und eine immerwährende Dunkelheit legte sich auf sein Gemüt. Dass David wenigstens Kontakt zu Matilda hielt, rechnete er ihm hoch an. Ja, er unterstützte den Umgang der beiden miteinander.

Das Klima in der Bereitschaftszentrale hatte sich merklich verschlechtert, nicht zuletzt aufgrund der Tatsache, dass er sich mehr und mehr zurückzog, wortkarg und schlecht gelaunt seinen Dienst verrichtete. Gnadenlos und bis zur letzten Konsequenz trieb er seine Leute während der Einsätze voran. Ging Risiken ein, die an seinen Anordnungen Zweifel aufkommen ließen. Die ersten Kritiken flammten auf. Er war sich selber fremd geworden.

Gutgemeinte Einladungen schlug er aus. Entschuldigte sich mit Belanglosigkeiten, die seine Kollegen angepisst infrage stellten.

Mit Carlos war er aneinandergeraten, da diese Flachpfeife ihn anzüglich fragte, ob seine schlechte Laune etwas mit dem „Onkel Doktor" zu tun hatte. Es hatte nicht viel gefehlt und er hätte ihn krankenhausreif geprügelt. Nur einigen umsichtigen Kollegen verdankte er, dass er jetzt kein Disziplinarverfahren am Hals hatte. Seitdem herrschte zwischen ihm und Carlos absolute Funkstille. Die anderen beobachteten ihn misstrauisch. Für das Arbeitsklima war das natürlich Gift. Über kurz oder lang musste etwas passierten. Das tat es. Nur nicht so, wie Kiran sich das vorgestellt hatte.

Routinemäßig packte Kiran an diesem Morgen seine Sachen zusammen. Er würde für ein paar Tage fort sein. Mal wieder. Eine längere Übungseinheit stand an, in der sie

Einsatztaktiken trainieren und mit neuen Waffen und Materialien arbeiten würden. Der Fortschritt machte keinen Halt, sorgte für bestmögliche Ausrüstung und die Sicherheit entwickelte sich beständig weiter. Man musste am Ball bleiben, allzeit bereit. Auch die gewalttätige Gegenseite schlief nicht, dachte sich immer ausgefeiltere Methoden aus, um ans Ziel zu gelangen. Doch gegen antrainierte Routine und Vorgehensstrategie war in den allermeisten Fällen kein Kraut gewachsen.

Damit das so blieb, wurden in anstrengenden Trainingseinheiten die verschiedensten Ernstfälle durchexerziert.

Für heute Nachmittag stand das Abseilen aus einem fliegenden Hubschrauber auf dem Programm. Nicht ungefährlich, aber jederzeit machbar. Diese wichtige Fähigkeit, die nur bei äußerst gefährlichen Einsätzen gebraucht wurde, musste hin und wieder trainiert werden. Als Kiran auf dem Militärflughafen Fürstenfeldbruck eintraf, standen die Polizeihubschrauber schon bereit. Sie würden in drei Gruppen arbeiten, die jeweils sechs Männer umfasste. Drei Hubschrauber würden gleichzeitig abheben und sie auf dem Gelände einer alten Fabrik aus etwa zehn Meter Höhe hinauslassen. An verschiedenen Spezialseilen mussten sie gleichzeitig und ohne Sicherung zu Boden gleiten. Schnelligkeit und Effizienz war Voraussetzung für ein Gelingen. Die Aufgabe bestand darin, in einer gemeinsamen Aktion eine alte Lagerhalle zu besetzen, den darin verschanzten, imaginären Feind unschädlich zu machen und das alte Ding anschließend kontrolliert in die Luft zu jagen. Genau die Art von Tätigkeit, nach der ihm momentan der Sinn stand.

Das Wetter am heutigen Tage entsprach aufs Haar genau seinem Gemütszustand. Dichter Nebel und ein ekelhafter

Nieselregen empfingen ihn am Einsatzort. Diese Übung würde eine schmutzige Angelegenheit werden.

Seine Gruppe bestieg in schwerer Einsatzmontur den Hubschrauber. Ein jeder wusste von hier an, was zu tun war. Man schnallte sich stumm an und wartete darauf, dass es losging. Keiner sprach ein Wort, konzentrierte sich auf das kommende Geschehen. Kurze Anweisungen genügten. Befehle kämen zu gegebener Zeit.

Der Helikopter startete den Motor, die Rotorblätter erwachten zum Leben und man hob ab, dem Einsatzziel entgegen. Jeder hing seinen Gedanken nach, wartete darauf, in Aktion treten zu können. Eine unterschwellige Anspannung machte sich breit. Das war immer so bei Einsätzen, selbst wenn es sich nur um eine Übung handelte. Man wusste nie, was passierte. Was man sich ausgedacht hatte, um ihre Fähigkeiten auf die Probe zu stellen.

Kurz vor dem Ziel machte man sich bereit. Die Sicherheitsgurte wurden gelöst, die Ausrüstungsgegenstände kurz durchgecheckt und die Seile in Position gebracht. Der Hubschrauber senkte sich. Jeder wartete gespannt auf den Augenblick, an dem sich die Türen öffneten und man hinabgleiten konnte.

Ein heftiges Ruckeln brachte alle Mann aus dem Gleichgewicht. Das gleichzeitig folgende laute, metallische Geräusch riss sie aus der Konzentration und lenkte die Aufmerksamkeit auf das aktuelle Geschehen. Alarmiert blickten sich die Insassen an. Der Motor des Hubschraubers heulte unnatürlich auf und ließ das Schlimmste befürchten. Das Fluggerät geriet in heftige Schlingerbewegungen und fiel wie ein Stein zu Boden. Menschen und Gegenstände wirbelten unkontrolliert durcheinander. Schreie waren zu hören, lautes Krachen und Geräusche, die aus der Hölle zu kommen schienen.

Während des kurzen Augenblicks des Falles zogen die sprichwörtlichen Bilder des Lebens an Kirans innerem Auge vorüber. Und Bedauern. Das war es also.

Keine Gelegenheit, die begangenen Fehler der Vergangenheit zu bereinigen, keine Gelegenheit, seine Tochter aufwachsen zu sehen, keine Gelegenheit, Liebe zu erleben, keine Gelegenheit auf Glück und Alter. Noch nicht mal Zeit, Schmerz und Reue zu empfinden.

Der Aufschlag kam schnell. Die Flughöhe war gering. Die Kollision mit dem Boden zerstörte einen Teil der Innenkabine, Metallbrocken schossen durch die Luft. Die Wucht des Aufpralls stauchte Kiran schmerzhaft zusammen. Etwas traf ihn an der Schulter und am Kopf. Wrackteile bedeckten ihn, klemmten ihn ein. Er konnte sich nicht mehr bewegen. Was mit den anderen Kameraden geschah, konnte er nicht sagen. Die Schreie verstummten, vor seinem Gesichtsfeld wurde es schwarz. Dann kam das Nichts.

David nahm die Brille ab und presste zwei Finger auf die Seiten seiner Nasenwurzel. Diese immer wiederkehrenden Kopfschmerzen brachten ihn manchmal um. Den ganzen Morgen hatte er hoch konzentriert operiert, das war Gift für seine Augen. Über kurz oder lang musste er daran denken, dieses verdammte Sehgestell dauerhaft zu tragen. Für heute hatte er seinen Dienst getan, lediglich die Unterschriftenmappe wartete noch darauf, durchgesehen zu werden. Sein Blick glitt hinaus aus dem Fenster. Von dem Arbeitszimmer aus hatte er einen direkten Blick auf den Landeplatz der Rettungshubschrauber. Verwundert stellte er fest, dass innerhalb kürzester Zeit, der dritte Flieger landete. Das kam selten vor. Irgendwo musste etwas Größeres passiert sein. Die Kollegen von der Notaufnahme hatten sicherlich alle Hände voll zu tun. Er seufzte und seine

Gedanken wanderten hin zum nahen Feierabend.

Die Tür ging auf und Schwester Leni stellte ihm wortlos die Tasse Kaffee auf den Schreibtisch, um die er gebeten hatte. Mit einem Kopfnicken deutete sie hinüber zu dem landenden Helikopter.

„Ein Polizeihelikopter ist in der Nähe von Fürstenfeldbruck abgestürzt. Die Rotorblätter haben wohl im dichten Nebel einen Hochspannungsmast gestreift. Es gab einen Toten und viele Schwerverletzte. In der Notaufnahme und in der Inneren geht es im Moment hoch her."

David drehte langsam den Kopf und schaute die Schwester verwundert an.

„Mir ist schleierhaft, wie Sie es bewerkstelligen, auch über das geringste Detail in diesem Haus Bescheid zu wissen."

Schwester Leni kicherte.

„Flurfunk, verstehen Sie?" David lächelte wissend.

„Natürlich, was sonst. Ich hatte vergessen, dass Sie eine wandelnde Quelle für interne Informationen sind."

„Ja, nicht wahr?", strahlte ihn die junge Schwester an.

„Irgendjemand muss Sie ja auf dem Laufenden halten. Wenn wir schon dabei sind: Haben Sie nicht mal Lust, mit mir auszugehen? Sie sind alleinstehend und müssen dringend mal raus. Das hebt die Laune, glauben Sie mir. Es wäre nett und ich könnte Sie mit Sicherheit über die ein oder andere Neuigkeiten in Kenntnis setzen." Schwester Leni zwinkerte ihm keck zu. David blickte die junge Schwester belustigt an. Sie war wirklich ein süßes Schnuckelchen. Lägen die Dinge anders, hätte er längst zugegriffen, aber so …

„Da bin ich mir ziemlich sicher, Leni. Danke für das Angebot, aber ich muss ablehnen. Sie wissen doch: keine Vertraulichkeiten am Arbeitsplatz. Tut mir leid." Schmollend zuckte Leni mit den Schultern.

„Na gut, vielleicht ein anderes Mal. Ich gebe nicht auf",

beschied sie ihm mit einer Selbstsicherheit, die ihn lächelnd den Kopf schütteln ließ. Wehmütig blickte David der Schwester hinterher, als sie das Zimmer verließ. Warum konnte nicht eine gewisse Person genauso hartnäckig sein wie diese bezaubernde, junge Frau, wenn es darum ging, Zeit mit ihm zu verbringen. Aber was beschwerte er sich. Er selber hatte auf der Trennung bestanden. Insgeheim hatte er gehoffte, Kiran würde sich einen Dreck darum scheren, und noch einmal auf die gleiche Weise bei ihm hereinschneien wie an ihrem letzten gemeinsamen Abend. Doch scheinbar achtete er seinen Wunsch, dieser Dummkopf. Mein Gott, wenn er an diese Nacht dachte, bekam er weiche Knie. Niemals zuvor hatte er eine solche Leidenschaft erlebt.

Seufzend setzte er sich an den Schreibtisch und erledigte den Rest für heute. Kurz schweiften seine Gedanken zurück zu Kiran. Auch er könnte in so einem Helikopter sitzen. Schnell verwarf er diese Überlegungen. Das war unwahrscheinlich, da er von Matilda wusste, dass er diese Woche an einer Fortbildungsmaßnahme teilnahm.

Zu Hause schlüpfte er unter die Dusche, genoss den prasselnden Wasserstrahl auf seiner Haut und schlüpfte in seine Wohlfühlkleidung. Gerade als er im Begriff stand, sich im Wohnzimmer häuslich niederzulassen, fiel sein Blick auf das Telefon. Ein rot blinkendes Licht signalisierte ihm den Eingang von nicht angenommenen Anrufen. Nur wenige kannten seine Privatnummer und noch weniger riefen ihn hier an. Neugierig nahm er den Hörer in die Hand. Fünf Anrufe in Abwesenheit, alle von Matilda. Noch während er den Apparat in der Hand hielt, klingelte es erneut.

„Matilda, was gibt es denn?", fragte er beunruhigt. „Ich habe gerade erst gesehen, dass du versucht hast, mich zu erreichen." Am anderen Ende der Leitung hörte er ein leises

Schniefen. Irgendetwas stimmte nicht.

„So rede doch, ist etwas passiert?" Wieder hörte er dieses Schniefen. Angst kroch in ihm hoch. Eine verheulte Stimme antwortete ihm.

„Hier ist nicht Matilda. Ich bin es. Anni."

„Anni, um Gottes willen, was ist denn los? Ist etwas mit Matilda? Sag endlich was!" Ein erneutes Schniefen war die Antwort. Davids Geduld war zum Zerreißen angespannt.

„Es ist nicht Matilda, David. Es ist Kiran. Sie haben ihn ins Klinikum Großhadern gebracht. Ich dachte, du könntest uns vielleicht helfen." David erstarrte wie vom Donner gerührt. Seine Gedanken rasten. Panik beschleunigte seinen Pulsschlag. Kiran ...

„Was ist mit ihm, Anni?", flüsterte er ängstlich. „Saß er etwa in diesem Hubschrauber?" Am anderen Ende der Leitung hörte man ein stärker werdendes Schluchzen. Davids Haare stellten sich auf. Schweißperlen traten auf seine Stirn. Das durfte doch nicht wahr sein.

„Anni, bleib jetzt ganz ruhig. Ich kann nur helfen, wenn ich weiß, was los ist. Erzähl mir, was genau geschehen ist. Bitte." Die Ruhe, die in seiner Stimme lag, war nur äußerlich. Innerlich zitterte er wie Espenlaub. Immerhin begann Anni, mit brechender Stimme zu erzählen.

„Man hat mir nur gesagt, dass es einen Unfall mit dem Helikopter gab, in dem er saß. Dass man ihn nach Großhadern gebracht hat und dass ich kommen soll. Mehr nicht. Ich bin mit Matilda auf dem Weg dorthin. Wir haben uns ein Taxi gerufen."

David wurde kreidebleich. Er erinnerte sich an Lenis Worte. Sie hatte von einem Toten und einigen Schwerverletzten geredet. Oh Gott. Ihm wurde schlecht. Hart schluckte er die aufkommende Panik hinunter. Es galt, die Ruhe zu bewahren. Hektik half nicht weiter.

„O. k., Anni. Ihr wartet auf mich am Haupteingang. Ich bin in einer halben Stunde da. Bleib ganz ruhig. Und jetzt gib mir Matilda."

Genau fünfundzwanzig Minuten später rannte er durch den vorderen Eingang der Klinik. In größter Eile hatte er sich in Jeans und Pullover geschmissen und war so schnell wie möglich hierhergerast. Anni und Matilda saßen dicht aneinandergedrängt auf einer gepolsterten Sitzbank und schauten ihm ängstlich entgegen. Besorgt eilte David auf sie zu, gab Anni einen Kuss auf die Wange und nahm Matilda in den Arm. Die Kleine zitterte. Leise begann sie zu weinen.
„Ganz ruhig, Kleines. Wir werden gleich wissen, wie es deinem Vater geht, o. k.? Ich kümmere mich um alles."
Matilda nickte tapfer, weinte aber leise weiter.
„Glaubst du, es ist schlimm?", wisperte sie. Ihre großen Augen sahen ihn flehend an. Tränenflüssigkeit sammelte sich an den Rändern und drohte, überzufließen. David schluckte. Er durfte Matilda nicht belügen oder ihr falsche Hoffnung vermitteln, denn die Möglichkeit bestand, dass es tatsächlich übel aussah. Sachte strich er ihr über das Haupt.
„Wir werden sehen, Kleines. Jetzt kommt, bald wissen wir mehr." Ernst blickte er zu Anni hinüber, die bis jetzt regungslos daneben stand. Sie klammerte sich an ihrer Handtasche fest. Angst und Anspannung standen ihr im Gesicht geschrieben. In Davids Augen hatte sie genau gelesen, was er dachte. Man durfte sich keiner falschen Erwartung hingeben.
David bedeutete den beiden, nochmals Platz zu nehmen und zu warten. Währenddessen sprach er mit der Dame vom Empfang und griff nach dem Telefonhörer. Ein paar gezielte Anrufe, und er wusste im Groben Bescheid. Zunächst einmal atmete er erleichtert auf. Bei der ums Leben gekommenen

221

Person handelte es sich um den Piloten, nicht um Kiran. Sein Mitgefühl galt der anderen Familie, die heute vor Trauer verzweifeln würde. Wäre es anders herum gewesen, hätte er nicht weiter gewusst. Die ständig anwesende Panik in seinem Inneren ließ sich jedoch nur bedingt abschütteln. Die Verletzungen der restlichen Insassen waren teilweise sehr schwer und man operierte immer noch. Näheres würde man auf der Station erfahren.

David dirigierte Matilda und Anni zu den Aufzügen. Anni starrte stumm vor sich hin, ihre Hände zitterten unmerklich, während Matilda sich ängstlich an ihn klammerte. David selber musste sich zusammenreißen. Er spürte, dass er gebraucht wurde, dass die zwei ihm vertrauten und auf seine Hilfe bauten. Stärke war gefragt, dem eigenen Horror durfte er nicht erlauben, Überhand zu gewinnen. Seit dem Anruf waren alle Sinne zum Zerreißen angespannt. Matildas kleine Hand in seiner großen, feuchten zu spüren, hatte etwas Tröstendes.

Auf der zuständigen Station wandte er sich sofort an die diensthabende Stationsschwester, die sie mitfühlend in ein Wartezimmer schob und ihnen versicherte, dass man alles Menschenmögliche tat. Kiran befand sich noch im OP. Sobald es Neuigkeiten gab, würde man sie informieren. Etwas Genaueres über den Gesundheitszustand konnte die Frau ihnen nicht sagen. Das Warten begann.

Während Matilda auf seinem Schoß saß und sich an ihn schmiegte, hielt er Annis Hand. Gegenseitig spendeten sie sich Trost. Davids Gedanken waren bei Kiran. Sollte das Schlimmste eintreten, wüsste er nicht, was er täte. Er schluckte, um die aufsteigende Übelkeit hinunterzuwürgen. Jegliches Zeitgefühl ging verloren. In diesen bangen Momenten wurde ihm bewusst, wie endlich ein Leben war und wie grausam das Schicksal zuschlagen konnte. Wie unwichtig erschien auf einmal das unerbittliche Beharren darauf, dass Kiran sich öffentlich zu ihm bekannte. Sein eigener dummer Stolz hatte ihm die Augen für das Wesentliche verschlossen. All die verlorene Zeit, der Schmerz der Trennung, das Sehnen nach seiner Nähe.

In der quälenden Zeitspanne des Wartens schloss er einen Pakt mit sich und Gott. Sollte Kiran das Ganze überstehen, würde er ihm keine Bedingungen mehr stellen. Er würde für ihn da sein. Mit ihm zusammen sein, koste, was es wolle. Für immer oder so lang es eben dauerte.

Die Tür des Wartezimmers ging auf und ein Arzt mittleren Alters trat ein. David kannte ihn nicht namentlich, auch wenn er ihm schon begegnet war. Zielstrebig steuerte der Mann auf ihn zu. Die Miene ernst. Langsam erhob sich David, Matilda glitt ihm vom Schoß, klammerte sich aber weiterhin an ihm fest, als hinge ihr Leben davon ab. Beruhigend legte er ihr die Hand auf den Kopf, wappnete sich für die Nachrichten, die ihnen nun überbracht wurden.

„Dr. Reichenbach", stellte sich der Mann kurz vor. Die Anspannung und der Ernst der Lage standen ihm förmlich im Gesicht geschrieben.

„Sind Sie Dr. Feldhoff, ein Freund des Patienten Wichmann?", richtete er die Frage direkt an David. Anscheinend hatte man ihn genau informiert, bevor er mit ihnen sprach. David nickte kurz.

„Ja, der bin ich. Ich bin mit Herrn Wichmanns Mutter und seiner Tochter hier", stellte er kurz Matilda und Anni vor. „Wie geht es ihm", fragte er ungeduldig.

Dr. Reichenbachs Gestik wirkte kritisch, aber nicht so, als ob er die allerschlimmsten Nachrichten überbringen musste. Das zumindest konnte David mit Sicherheit sagen. Er kannte sich da aus, da er selber hin und wieder einer solchen Situation gegenüberstand. Dennoch konnte er die innere

Spannung kaum noch aushalten. Wann redete dieser Mann endlich.

Zunächst einmal atmete Dr. Reichenbach tief durch.

„Nun ja", begann er. „Erst einmal kann ich Sie beruhigen. Der Zustand des Patienten ist stabil. Das linke Bein ist mehrfach gebrochen, was wir aber operativ so weit im Griff hatten. Es sollte gut verheilen und später keine Probleme bereiten. Die Nachwirkungen der schweren Gehirnerschütterung und diverse schmerzhafte Prellungen werden dem Patienten noch eine Weile zu schaffen machen." Dr. Reichenbach legte eine kurze Pause ein und schaute abwechselnd von David zu Anni, die gebannt an seinen Lippen hingen.

„Was uns wirklich Sorge macht, ist der Bruch zweier Lendenwirbel, die das Rückenmark zwar nicht durchtrennt, aber doch gedrückt und eingequetscht haben. Die Schädigung hängt von der Zeitspanne ab, der es diesem Druck ausgesetzt war. Folgen wie eine Lähmung, von der wir hier mal ausgehen, sind nach einer gewissen Zeit durchaus reversibel. Mit Bestimmtheit kann ich Ihnen da keine Prognose geben, das muss die Zukunft zeigen und ist abhängig vom Patienten und dem Grad der Verletzung."

David erbleichte. Sorgenvoll flog sein Blick hinüber zu Anni, die ihn verstört anblickte und augenblicklich zu schniefen begann. Sein Griff um Matildas Schultern festigte sich. Mit der anderen Hand zog er Anni an sich und hielt sie fest.

„Ganz ruhig, Anni. Das sind eigentlich gute Nachrichten. Es besteht die Möglichkeit, dass Kiran wieder ganz gesund wird. Dafür sollten wir dankbar sein." Anni nickte schluchzend.

„Du hast ja recht. Trotzdem. Er wird es schwer nehmen." Matilda schaute ängstlich zu ihm auf.

„Können wir Papa besuchen?" David hob den Blick und

schaute fragend zu Dr. Reichenbach, der erklärte: „Es wird noch eine Weile dauern, bis Herr Wichmann aus der Narkose erwacht. Er wird zunächst starke Schmerzmittel bekommen und wenig ansprechbar sein. Wir bringen ihn später auf die Neurologische zur Weiterbehandlung. Natürlich können Sie ihn sehen. Vielleicht wäre es ganz gut, wenn jemand bei ihm wäre, dem er vertraut, wenn er erwacht. Der ihm vorsichtig erklären kann, was passiert ist. Es ist nicht gesagt, dass er sich an alles erinnert, doch er wird die körperlichen Beeinträchtigungen natürlich spüren und Fragen stellen." David nickt ernst und reichte dem Arzt die Hand.

„Danke, Dr. Reichenbach. Ich kümmere mich darum." Der Kollege lächelte müde.

„Ich muss weiter, Dr. Feldhoff. Die anderen Angehörigen warten ebenfalls. Dieser Crash hat uns ganz schön ins Schwitzen gebracht." David hakte sofort nach.

„Wie geht es den verletzten Mitinsassen?" Dr. Reichenbach zuckte mit den Schultern.

„Kommt darauf an, wie man es sieht. Keiner schwebt in akuter Lebensgefahr, das ist das Wichtigste, doch einige hat es böse erwischt. Es werden bei manchen Männern dauerhafte Schäden zurückbleiben. Man muss abwarten." David nickte erneut und bedankte sich für die Informationen, bevor sich Dr. Reichenbach endgültig verabschiedete. Kiran würde wissen wollen, wie es den Kameraden ging, wenn er erwachte.

Matilda zupfte ihn an der Jacke und blickte ängstlich zu ihm auf.

„Papa wird doch wieder gesund, David, oder?" Ihre Unterlippe bebte verdächtig. Obwohl sie noch so klein war, bekam sie durchaus mit, dass es ernst um ihren Vater stand. David ging in die Knie, um mit ihr auf Augenhöhe reden zu können. Er umfasste ihre Hände und suchte Blickkontakt. „Das wird er, Schätzchen. Jeder hier tut sein Möglichstes, damit es ihm bald besser geht. Du musst jetzt tapfer sein, Prinzessin. Wenn wir gleich zu ihm gehen, wird er schlafen und vielleicht nicht so gut aussehen, aber ich verspreche dir, dass das nur vorübergehend ist. Vertraust du mir?" Matilda bejahte mit leiser Stimme.

„Falls die anderen Ärzte ihn nicht wieder gesund bekommen, machst du es, nicht wahr, David? Du hast mir geholfen, da schaffst du das bei Papa auch, das weiß ich." David musste schlucken. Das Vertrauen Matildas rührte ihn. „Komm her", raunte er mit heiserer Stimme und zog sie an sich. „Wir müssen einfach fest daran glauben, verstehst du? Dein Papa ist groß und stark. Er schafft das." Matilda schmiegte sich an ihn und murmelte ein „Hmhm". David blickte hilflos auf und sah in das mitgenommene Gesicht Annis. Für keinen von ihnen war das Ganze einfach. Nicht für eine Mutter, nicht für eine Tochter und schon gar nicht für … ihn. Zusammen mussten sie versuchen, dieses Unglück zu überstehen, und das Bestmögliche hoffen.

Vertrauen und Hoffnung waren das eine. Die traurige Wirklichkeit das andere. Eine Krankenschwester führte sie zu Kirans Zimmer und bat, den Besuch so kurz wie möglich zu halten. Er befand sich zunächst in einem Raum, in dem man seine Aufwachphase überwachen konnte. Deshalb erlaubte man ihnen, den Patienten nur durch ein Fenster zu sehen. Zunächst einmal schreckten sie zurück. Selbst David. Anni sog erschrocken die Luft ein und Matilda fing an zu weinen. Auch der große Verband um Kopf und Stirn verbarg nicht das zerkratzte und zerschundene Gesicht Kirans. Viel mehr konnte man von ihm nicht sehen. Ein Tuch bedeckte den Rest des Leibes. Durch einen Tropf wurde der Körper mit schmerzstillenden und beruhigenden Mitteln versorgt. Man würde die Aufwachphase nur sehr langsam einleiten, um den Patienten so gut wie möglich über die schwere erste Zeit zu bringen. Ihn ruhig zu halten, war oberstes Gebot. Gerade bei diesen Verletzungen.

David umfasste die Hand von Kirans Mutter, die neben ihm stand und geschockt ihren Sohn anstarrte. Matilda klammerte sich an ihn. Durch beschwichtigende Worte versuchte er, die beiden zu beruhigen, und versicherte ihnen, dass es schlimmer aussah, als es war. Innerlich stöhnte er. Wem wollte er schon etwas vormachen. Die Schwellungen und Wunden an Kopf und Gesicht würden heilen, aber was war mit dem Rest? Entschlossen nahm er das Zepter in die Hand.

„Anni, du und Matilda fahrt jetzt nach Hause. Für Kiran wird im Moment gut gesorgt. Ihr könnt hier nichts für ihn tun. Ich kümmere mich um alles. Wenn er erwacht, werde ich bei ihm sein und ihm alles erklären. Es macht keinen Sinn, dass ihr hierbleibt. Sobald sich etwas tut, telefonieren wir. Versprochen." Dankbar nickte Anni.

„Danke, David. Ich bin froh, dass du jetzt bei uns bist." Vorsichtig berührte sie Davids Arm.

„Dass du für Kiran da bist." David lächelte müde zurück.

„Ich kann nicht anders, Anni. Ich liebe ihn."

Kapitel 14/Emotionen

David saß in einem Sessel an Kirans Bett und beobachtete ihn mit Argusaugen. Der Tag des Unfalls lag nun drei Tage zurück. Die Schwellungen in Gesicht und am Kopf waren etwas zurückgegangen, aber noch immer sah er erbarmungswürdig aus. Blaue und violette Blutergüsse überzogen sein Antlitz, garniert von diversen Schnitten, die umherfliegende Glasscherben hinterlassen hatten. Es würden wahrscheinlich keine Narben zurückbleiben, nichtsdestotrotz war im Moment kein Schönheitswettbewerb zu gewinnen. Immer wieder kam Kiran kurz zu Bewusstsein und stammelte unverständliche Worte. Mit ihm zu reden, war in diesem Zustand nicht möglich, doch David erschien es wichtig, dass Kiran spürte, dass er da war. Die Medikamente waren absichtlich so dosiert, dass er nur langsam zurück in die Realität fand. Heute reduzierte man die Menge auf ein Level, welches ermöglichen sollte, mit Kiran zu sprechen. Die Zeit war gekommen, ihn über den Stand seiner gesundheitlichen Lage in Kenntnis zu setzen. Die Vitalwerte sahen gut aus, doch wie stand es um die Psyche?

In den letzten Tagen hatte David seine persönliche Situation geregelt. Ein paar Tage Urlaub erlaubten ihm, an Kirans Bett zu wachen. Nichts konnte ihn davon abhalten. Es wäre nicht denkbar gewesen, konzentriert zu arbeiten, mit dem Wissen im Hinterkopf, dass der Mann, für den er so tief empfand, allein in diesem Zimmer lag und womöglich wach wurde, ohne dass jemand bei ihm war.

Er stand in enger Verbindung mit dem zuständigen Arzt und informierte Anni und Matilda mehrmals täglich über den neusten Stand der Dinge. Gestern waren die beiden kurz hiergewesen. Matilda hatte sich beruhigt, als sie sah, dass es ihrem Vater langsam besser ging. Anni war zwar erleichtert, blieb aber skeptisch, angesichts der zu erwartenden Bewegungsbeeinträchtigung ihres Sohnes. Man würde sehen.

David bemerkte, dass Kiran unruhig wurde. Ein Zeichen, dass er bald zu sich kam. Vorsichtig ergriff er seine Hand und streichelte sanft mit seinem Daumen über den Handrücken. Dabei beobachtete er ihn unablässig. Nach einer Weile begannen die Augenlider zu flattern und als er endlich die Augen aufschlug, machte Davids Herz einen kleinen Hüpfer. Die Intensität seines Blickes hatte nichts von der Wirkung auf ihn eingebüßt.

„Du bist da", hauchte Kiran schwach. Davids Augen brannten verdächtig. Er schluckte.

„Natürlich bin ich da. Ich werde immer für dich da sein, wenn du mich lässt." Kirans Mund verzog sich zu einem gequälten Lächeln, doch er antwortete nicht. Müde schloss er die Augen.

„Weißt du, was passiert ist", hakte David vorsichtig nach. Er musste sich ein Bild von dem machen, was Kiran wusste. Kiran schlug die Lider wieder auf und antwortete mit matter Stimme.

„Der Hubschrauber ist abgeschmiert. Alles ging so wahnsinnig schnell. Laute Schreie, Panik. Grauenvolle Geräusche. Dann kam der Aufprall. Gegenstände flogen durch die Luft. Ich wurde am Bein getroffen und am Kopf. Dann weiß ich nichts mehr." Erwartungsvoll schaute er David an, der nur nickte.

„Ja, so muss es ungefähr gewesen sein."

„Was ist mit mir? So wie es aussieht, werde ich überleben", versuchte Kiran zu scherzen, doch die aufflackernde Angst konnte man in seinen Augen deutlich lesen. „Auf alle Fälle fühle ich mich grauenvoll." David atmete tief durch. Der Moment war da, um Kiran reinen Wein einzuschenken.

„Du hast eine Gehirnerschütterung und dein linkes Bein ist einige Male gebrochen", begann er mit den weniger schlimmen Details seines Gesundheitszustandes. „Das wird alles wieder heilen. Keine Sorge. Die Prellungen vergehen und von den Schnittwunden wird man später nichts mehr sehen." Er zögerte eine Weile, bevor er weitersprach. Offen blickte er ihn an.

„Die einzige Verletzung, die wirklich Probleme bereitet, ist der Bruch zweier Lendenwirbel." Kirans Augen weiteten sich.

„Der Bruch zweier Lendenwirbel?" David sah die Unsicherheit in Kirans Augen und wusste, dass ihm in diesem Moment dämmerte, was das für ihn bedeuten konnte. Sein Blick glitt hinunter zu den Beinen. David drückte hastig Kirans Hand und begann zu erklären.

„Zieh keine voreiligen Schlüsse. Keiner kann sagen, was daraus wird. Dein Rückenmark wurde nicht durchtrennt, sondern nur gedrückt und gequetscht. Inwieweit deine Bewegungsfreiheit dadurch beeinträchtigt ist, hängt von dem Schädigungsgrad der Nerven ab. Das wird in den nächsten Tagen noch festgestellt. Da kommen einige Untersuchungen auf dich zu. Es kann sein, dass du am Anfang deine Beine nicht spüren kannst, aber das muss nicht so bleiben. Es besteht Hoffnung. Durch entsprechende Reha-Maßnahmen kannst du durchaus wieder ganz gesund werden."

Kiran schluckte. Angestrengt versuchte er, in sich hineinzuspüren, die Beine zu bewegen. Nichts geschah. Panisch flog sein Blick hin zu David.

„Ich kann meine Beine nicht bewegen, David. Oh Gott, ich

230

fühle nichts." Seine Stimme überschlug sich ängstlich. David brach der hilflose Ausdruck in Kirans Augen fast das Herz. Er versuchte ihn zu beruhigen und legte eine Hand auf seine Schulter.

„Das ist am Anfang normal. Es wird besser werden. Versprochen. Du darfst dich jetzt nicht aufgeben oder hängen lassen. Wenn die Zeit kommt, wirst du entsprechende Hilfe bekommen. Zunächst muss dein Bein heilen. Bereits in den nächsten Tagen wird sich ein Physiotherapeut intensiv um dich kümmern. Deine Chancen, wiederhergestellt zu werden, stehen gut. Glaub mir. Du wirst Geduld mitbringen müssen."

Kiran lachte sarkastisch auf. Man hatte gut reden, wenn man nicht selber betroffen war. Am eigenen Körper zu spüren – in seinem Falle nicht zu spüren –, dass man keine Kontrolle über einen Teil seiner Extremitäten besaß, stand auf einem ganz anderen Blatt. Plötzlich erstarrte er und versuchte sich aufzurichten.

„Was ist mit den übrigen Kameraden passiert?" David berichtete ihm, was er wusste, und schwieg anschließend. Kiran ließ sich mit einem „Verdammte Scheiße" auf den Lippen zurück in die Kissen sinken. Eine Weile schwiegen sie zusammen.

In Kiran arbeitete es. David beobachtete ihn. Wie gerne hätte er ihm alle Sorgen von den Schultern genommen. Er konnte nur mutmaßen, was in einem stets gesunden, agilen Mann vorging, der zur Regungslosigkeit verdammt in einem Bett lag und nicht wusste, wie es weiterging.

Zwischen ihnen bestand dringend Gesprächsbedarf über ihre private Situation, doch das musste warten. Irgendwann würde es sich ergeben. Andere Dinge waren wichtiger.

Sachte liebkoste er Kirans Hand. Sein verlorener Blick ging ins Leere und er schien gedanklich durch die Hölle zu gehen.

Ohne zu zögern, beugte sich David zu ihm herüber und zog ihn in die Arme. Ergriffen schloss er die Augen. Es tat so gut, ihn wieder zu spüren, seinen Duft einzuatmen. Zu wissen, dass er noch da war.

„Wir schaffen das, hörst du? Es wird alles gut werden", sprach er ihm Mut zu. David spürte, dass Kiran sich in seine Umarmung schmiegte und seine Nähe genoss. Trost suchte. Sanft löste er sich und strich ihm durch das Haar. Er suchte seinen Blick. Was er darin fand, war reine, pure Angst und Furcht vor dem, was da kam. Ganz zart berührte er seine Lippen mit den seinen, versuchte, ihm Zuversicht und Liebe zu vermitteln.

„Ich bin für dich da. Immer. Aber jetzt ruh dich ein wenig aus. Ich rufe Matilda und Anni an. Sie werden erleichtert sein, dass du wach bist, und gleich kommen wollen, doch ich denke, ich halte sie noch bis heute Nachmittag hin." Kiran nickte stumm und griff noch einmal nach Davids Hand. „Danke, David. Danke, dass du da bist."

Als David gegangen war, schloss Kiran ermattet die Augen. Er brauchte Zeit, um sich an die Tatsache zu gewöhnen, dass es ihn ziemlich schlimm erwischt hatte. Weitere Versuche, seine Beine zu bewegen, endeten deprimierend. Frust machte sich breit. Sein Hirn schien aus Matsch zu bestehen, doch die Gedanken überschlugen sich.

David hatte an seinem Bett gesessen, als er erwachte. Die Freude, ihn zu sehen, war gewichen, als ihm bewusst wurde, in welcher Lage er sich befand. Der verdammte Absturz hatte ihn zu einer hilflosen Kreatur gemacht. Vielleicht sogar zu einem Krüppel. David saß nicht freiwillig an seinem Bett. Es bedurfte eines Unglücks, dass er zu ihm kam. Pflichtgefühl, Mitleid, ja vielleicht sogar eine Prise Schuldbewusstsein hatten ihn an seine Seite getrieben.

Nicht Liebe und Sehnsucht waren der Grund. Das Letzte, was er wollte, war Bedauern. Schon gar nicht von David. Gerade nicht von ihm. Gequält stöhnte er auf.

David hatte ihm versichert, dass die Möglichkeit bestand, völlig zu genesen. Er bezeichnete es nicht als eine Tatsache, was die Eventualität offen ließ, dauerhaft auf Hilfe angewiesen zu sein. Frust und Angst trieben ihm Schweißperlen auf die Stirn. Seinen Beruf konnte er in diesem Fall an den Nagel hängen. Schon jetzt stand so gut wie fest, dass es keinen Weg zurück zum SEK geben würde. Die schweren Verletzungen und die zu erwartenden Beeinträchtigungen ließen das nicht zu. Zu was degradierte ihn das? Seine Arbeit war neben seiner Tochter der Motor gewesen, der ihn antrieb. Bitterkeit stieg auf, gemischt mit einer tiefen Traurigkeit.

Wie sollte es weitergehen, wo würde er enden? Die Umstände ließen ihm keine andere Wahl, als auszuharren und abzuwarten, was die Zukunft brachte. Zeit, darüber nachzudenken, blieb ihm ja weiß Gott genug. Die Müdigkeit übermannte ihn erneut. Der Körper verlangte nach Ruhe und Schlaf. Wenigstens das konnte er ihm geben.

Durch die Stimme Matildas wurde Kiran wieder geweckt. Sie lag mit ihrem Oberkörper auf seinem Bett und flüsterte ihm ins Ohr: „Papa, bist du wach. Papa, wie geht es dir. Papa …" Lächelnd schlug er die Augen auf und schaute in das erwartungsvolle Gesicht seiner Tochter, die ihn gespannt anstarrte.

„Matilda!", mahnte die Stimme seiner Mutter. „So lass doch deinen Papa. Er hat noch Schmerzen. Sei vorsichtig." Kiran wiegelte beschwichtigend ab.

„Ist schon gut, Mama. Da merke ich wenigstens, dass ich noch lebe." Anni prustete empört und zog Matilda sanft vom

Bett.

„Du musst ruhig liegen, Junge. Matilda kann sich auf den Stuhl setzen."

Da war sie wieder. Die Erinnerung an den verflixten Zustand, in dem er sich befand. Der Gedanke, warum er in diesem verdammten Bett lag und verzweifelt hoffte, die Kontrolle über seinen Körper so schnell wie möglich zurück zu erlangen. Falls es möglich war. Wenn nicht … Diesen Gedanken wollte er erst gar nicht zulassen. Er zwang sich zum Lächeln. Die liebsten Menschen, die er hatte, durften nichts von seinen Ängsten ahnen. Er musste alles tun, um ihnen Zuversicht zu vermitteln. Und so spielte er die Rolle des optimistischen Patienten in Gegenwart seiner Familie weiter, so lange, bis sich die Tür hinter ihnen schloss und er allein zurückblieb.

Mit regungslosem Blick starrte er an die Decke. Am liebsten hätte er laut geschrien. Das hilflose Gefühl, in diesem halb funktionierenden Körper festzustecken, trieb ihn fast zum Wahnsinn. Er, der auf Äußerlichkeiten stets Wert gelegt hatte, der stolz auf seinen durchtrainierten Körper war, ihn ein ums andere Mal zu Höchstleistungen trieb, der die Herausforderung der Bewegung brauchte, lag kraft- und machtlos da, angewiesen auf die Unterstützung anderer. Was für eine verdammte Scheiße.

In den nächsten Tagen wurde ihm erst so richtig bewusst, in was für einer üblen Lage er sich befand. Der behandelnde Arzt hatte ihm anhand der Computertomografie den genauen Zustand seiner Verletzung erklärt. Er nahm ihm den letzten Funken Hoffnung, seine alte Tätigkeit beim SEK wieder aufnehmen zu können. Selbst bei den zuversichtlichsten Heilungsprognosen würde eine extreme und dauerhafte Belastbarkeit seines Körpers nicht möglich sein. Er musste sich also Gedanken über seinen weiteren Werdegang machen und alles daran setzen, so gut es ging, ins Leben zurückzufinden.

David hatte recht gehabt. Es bestand Hoffnung, zu gesunden, auch wenn er nie wieder ganz der Alte werden würde. Doch der Weg dahin war noch lang. Zunächst einmal halfen ihm Schmerzmittel über den ersten Heilungsprozess hinweg. Ein Physiotherapeut war bereits in kürzester Zeit bei ihm erschienen und hatte ihn mit kleinen Übungen malträtiert. Das gebrochene Bein stellte anfangs ein Hindernis dar, doch es besserte sich. Anfangs hatte er geflucht, doch als er das erste Kribbeln spürte, merkte, dass sich das Taubheitsgefühl langsam verabschiedete, arbeitete er eifrig mit. Erleichterung machte sich breit. Die Schmerzen, die er dabei spürte, spornten ihn nur noch mehr an. Schmerz bedeutete Gefühl und Gefühl bedeutete, dass das Leben langsam zu ihm zurückkehrte. Als er das erste Mal seine Fußzehen bewegen konnte, hätte er vor lauter Dankbarkeit am liebsten geheult.
In all der Zeit war ihm David nicht von der Seite gewichen. Hatte ihm gut zugeredet und Zuversicht geschenkt. Einen großen Teil der Kraft, das alles durchzustehen, schöpfte er aus der Nähe des Mannes, zu dem er sich so unglaublich hingezogen fühlte. Dem er Gefühle entgegenbrachte, die er niemals für möglich gehalten hätte.
Für seine Hilfe würde er David immer dankbar sein. Er kümmerte sich während seines Klinikaufenthaltes um seine Mutter und Matilda, als gehörten sie zu seiner eigenen Familie. Damit nahm ihm David eine große Sorge von den Schultern.
Eines hatten sie aber bis zum heutigen Tage nicht getan. Nämlich über den Status quo ihrer bestehenden Beziehung –

besser gesagt, ihrer eigentlich nicht mehr bestehenden Beziehung – miteinander gesprochen. Sowohl David als auch Kiran umschifften dieses Thema wie eine gefährliche Klippe. Zum einen stand Kirans Heilungsprozess im Vordergrund, zum anderen war da die Unsicherheit, auf welche Art man miteinander umgehen sollte.

Kiran fürchtete, Davids Pflichtgefühl hielt ihn an seiner Seite und David wollte Kiran nicht durch zu viel Nähe und Intimität verschrecken. So beschränkte man sich auf allgemeine Themen und den Krankenhausalltag. Je mehr Kirans Heilung voranschritt, desto distanzierter gingen sie im persönlichen Umgang miteinander um. Keiner von beiden wusste so richtig, wo er stand.

David hatte vor seinem Unfall Bedingungen für eine funktionierende Beziehung an Kiran gestellt, die ihn damals überforderten. Dass Kiran sich nicht in der Lage fühlte, die zu erfüllen, führte zu einem Bruch, der Kiran schwer getroffen hatte. Tagelang lief er durch den Tag wie eine wandelnde Karikatur seiner selbst. Nur dank dem Machtwort seiner Mutter und Matildas fragenden Blicken hatte er sich zusammengerissen und weitergemacht. Hatte gelernt, mit der inneren Zerrissenheit zu leben.

Die schweren Tage im Krankenhaus hatten ihn jedoch gelehrt, wichtige Dinge von unwichtigen zu unterscheiden. Man lebte nur einmal und das nicht allzu lange. Warum sollte man sich für andere verbiegen? War es wirklich wichtig, was der Nachbar über einen dachte? Sollte man nicht nach dem streben, was die eigene Person glücklich machte? Das Leben genießen, das Glück beim Schopf packen? Gierig sein?

Man lebte nicht für andere, sondern für sich selber. Das hatte Kiran in den letzten Tagen begriffen. Wenn man etwas nicht ändern konnte, musste man es akzeptieren und sich nicht daran reiben.

David war nach dem Unfall sofort an seine Seite geeilt, nachdem er davon erfahren hatte. Das sprach für seinen Charakter. Sprach es auch für seine Liebe zu ihm, den Willen mit ihm zusammen sein zu wollen oder nur für das Pflichtbewusstsein, das David als Arzt in hohem Maße besaß?

Im Moment überforderten ihn all die Emotionen, die in ihm tobten. Die Unsicherheit. Trotz allem stand Kirans schwache körperliche Verfassung im Vordergrund. Die galt es zu beseitigen und eine Stärke zu erlangen, die es erlaubte, in ein normales Leben zurückzukehren. Welche Rolle David darin spielte, konnte er noch nicht sagen. Das hing von vielen verschiedenen Faktoren ab.

In den langen Stunden der Nacht hatte er mehr als genug Zeit, über alles nachzudenken. Irgendwann zwischen Mitternachtsglocke und Morgendämmerung kam er schließlich zu einem Entschluss.

Zunächst einmal brauchte er Abstand, um körperlich gesund zu werden. Abstand von David, damit er zurück zu sich selbst fand und eine wirklich endgültige Entscheidung fällen konnte. Für sich. Für die Zukunft.

David hatte ihn damals fortgeschickt, weil er seinen Prinzipien treu bleiben wollte. Nun war er es, der ihn aus anderen Prinzipien auf Abstand halten musste. Kiran seufzte. Ein Entschluss, der ihm unglaublich schwerfiel. Doch es musste sein.

Kapitel 15/Coming nicht out

Kiran saß in einem Rollstuhl am Tisch seines Krankenzimmers und freute sich, nach langer Zeit endlich Besuch seiner alten Freunde empfangen zu können. Es ging ihm langsam besser. Er durfte für eine Weile sitzen. Zwar war das Gefühl in seine Glieder zurückgekehrt, doch davon, wieder selbstständig laufen zu können, war er meilenweit entfernt. Das stillgelegte Bein hatte gestern eine feste Schiene bekommen, die zum Gehen geeignet war. Diese Fähigkeit musste er sich erst langsam wieder aneignen. Heute Morgen hatte ihn der Physiotherapeut versuchsweise auf beide Beine gestellt, das Ergebnis war jedoch frustrierend. Er war weggeknickt wie ein Streichholz. Laut fluchend hatte er sich zurück in den Rollstuhl geworfen und die Krücken zur Seite gestoßen. Torsten, der alte Physio-Schinder, war nicht darauf eingegangen, sondern hatte ihm unmissverständlich die Dinger wieder in die Hand gedrückt. „Du musst dich quälen", beschied er ihn mürrisch. „Ohne Geduld und ein bisschen Biss wird es schwer werden, Junge. Ich dachte, du bist so ein harter Bursche. Keine Angst vor dem bösen Mann, aber wenn es mal nicht gleich klappt, wirfst du die Krücken in die Ecke. So wird das nie was!" Das hatte seinen Ehrgeiz angestachelt. Schweißgebadet, aber ohne weiteren Erfolg hatte er seine Übungsstunde beendet und ein anerkennendes Schulterklopfen von Schinder-Torsten erhalten.

Mit einem „Weiter so, Junge. Es wird schon" hatte er ihn verabschiedet. Den Eindruck hatte er zwar nicht, aber er wollte dem Mann nur allzu gerne glauben.

Nun saß er in seinem Rolli, hatte das verletzte Bein

geradeaus gestreckt und genoss das dumme Geschwätz seiner Kumpels. Gott, wie hatte er das Gelaber vermisst. Mike und Ben versorgten ihn mit den letzten Neuigkeiten, drückten ihm ihr Bedauern aus und machten ihm gleichzeitig Mut, nicht aufzugeben und sich reinzuhängen.

„Wichmann, du bist eine Kämpfersau, zeig denen, zu was ein gestandener Mann in der Lage ist", beschwor ihn Ben.

„Es gibt genug andere Jobs in unserem Verein, die auf dich warten. Sei froh, dass du nicht länger deinen Arsch riskieren musst. Hast du dir mal überlegt, ob Einsatzplanung oder die Ausbildung des Nachwuchses für dich was wäre?", versuchte er, ihm Mut zu machen.

Im Grunde hatten seine Kumpels recht. Es gab genug Herausforderungen, die für ihn infrage kämen. Trotzdem. Zunächst musste er wieder laufen können. Vorher ging gar nichts. Auf dieses Unterfangen musste er seine ganze Anstrengung richten.

Als es klopfte, richteten sich drei Augenpaare neugierig hin zur Tür. Es war David, der eintrat. Sein schwungvoller Schritt stockte, als er sah, wer Kiran Gesellschaft leistete. Nur allzu gut standen David die Bilder der letzten Begegnung mit den zwei Kerlen vor Augen. Eine Erinnerung, die er am liebsten aus seinem Gedächtnis getilgt hätte.

Kiran rutschte sichtbar unbehaglich auf seiner Sitzfläche hin und her. Er räusperte sich. Sein verlegener Blick flog hin zu seinen Freunden. Die lehnten sich entspannt zurück und starrten dem unerwarteten Besucher neugierig entgegen.

„Sieh an, der Onkel Doktor gibt sich die Ehre", säuselte Mike. Kiran warf ihm einen scharfen Blick zu, während Ben gespannt das Szenario beobachtete. Das schien interessant zu werden.

Verhalten grüßte David in die Runde.

„Entschuldigung, dass ich störe. Ich wusste nicht, dass du

239

Besuch hast. Ich komme lieber besser später noch einmal vorbei."

Kiran hob die Hand zum Einwand und winkte ihn heran.

„Nein, bleib. Du erinnerst dich noch an Ben und Mike?" Fragend blickte Kiran David an, der sich gemächlich näherte. Kalt reichte er den beiden Besuchern die Hand und nickte ihnen kurz zu. Ben schaute ihn grinsend an und Mike erwiderte mit hochgezogenen Augenbrauen den Händedruck.

„Und ob ich mich erinnere", entgegnete David sarkastisch. „Wart ihr nicht die beiden, die Carlos davor bewahrt haben, die Abreibung seines Lebens zu bekommen?"

Zunächst herrschte Stille. Ben und Mike entglitten ungläubig die Gesichtszüge, fingen dann aber beide zeitgleich an zu lachen. Ein Lachen, das in lautes Johlen überging.

„Du bist ja ein echter Scherzkeks, Doc. Hab schon lange nicht mehr so laut gelacht." Versöhnlich schlug ihm Mike auf die Schulter.

„Auf alle Fälle haben wir dafür gesorgt, dass dein hübsches Gesicht nicht verschandelt wird." Abwehrend hob er die Hände und trat einen Schritt zurück.

„Das soll aber nicht heißen, dass du uns danken musst. Behalt deine feuchten Küsse für dich."

Kiran und Ben lachten leise vor sich hin. David verzog grimmig den Mund.

„Keine Angst. Ich werde in Zukunft sparsamer mit meinen Gunstbeweisen umgehen. Versprochen."

„Tja", warf Ben ein. „Das war wirklich ein denkwürdiger Abend. Du hast Mut bewiesen, Doktor. Meinen Respekt." David zuckte mit den Schultern.

„Ich war wütend. Das ist alles. Wut ist eine starke Droge. Beeinflusst das Denkvermögen." Sein Blick flog hinüber zu Kiran. Er war im Moment nicht sicher, wie er sich weiter verhalten sollte. Was erwartete man von ihm?

Kiran starrte ihn undurchdringlich an und richtete dann das Wort an seine Freunde.

„David ist etwas Besonderes. Das kann ich euch aus eigener Erfahrung versichern. Er ist mutig, loyal und hübsch. Einer der Gründe, warum ich mich in ihn verliebt habe." Kiran grinste lässig in die Runde und fuhr dann fort. „Wir hatten damals ein Liebesverhältnis. Es war eine tolle Zeit. Heute sind wir nur noch Freunde. Er kümmert sich rührend um meine Mutter und Matilda, seit ich hier im Krankenhaus liege. Ich habe ihm viel zu verdanken."

Davids Mund klappte verblüfft auf. Seine Augen brannten sich in den Blick Kirans, der ihn mit ausdrucksloser Miene fixierte. Er hatte mit allem gerechnet, aber nicht damit, dass Kiran eine Beziehung mit ihm zugab.

Ben und Mike starrten zwischen Kiran und David fassungslos hin und her. Es hatte allen kollektiv die Sprache verschlagen. Ben hüstelte umständlich. Er suchte nach den passenden Worten.

„Du meinst, du hast tatsächlich was mit dem Doc gehabt, ich meine … willst du damit sagen …"

Kiran half seinem Freund aus der verbalen Patsche.

„Ich will damit sagen, dass ich und David uns eine Zeit lang das Hirn aus dem Kopf gevögelt haben. Es war eine ziemlich wilde und stürmische Episode. Jetzt ist es vorbei."

Sarkastisch fügte er hinzu: „Na ja, in meinem Zustand wäre das auch eine riesige Herausforderung. Sei es drum. Wir haben vorher Schluss gemacht. Alles ist gut."

David funkelt ihn wütend an. Kiran wandte das Gesicht unmissverständlich ab. Es herrschte eine gespenstische Stille.

Ben und Mike tauschten unbehagliche Blicke aus. Sie schienen zu einem gemeinsamen Entschluss zu kommen.

Flucht. Ab durch die Mitte. Beide hatten die unterschwellige Spannung bemerkt und suchten nach einer Gelegenheit, sich diskret zu verabschieden. Verlegen blickte Mike auf seine Uhr.

„Tja, ich glaube, es wird Zeit für uns, Ben. Was meinst du? Sollen wir uns auf den Weg machen?" Ben griff dankbar nach dem Rettungsanker.

„Ja, tatsächlich. Wir sollten uns verabschieden. Es ist schon spät."

Umständlich erhoben sich die zwei und umarmten nacheinander Kiran.

„Mach's gut Alter. Melde dich, wenn du was brauchst. Auch, wenn du nichts brauchst und nur quatschen willst. Wir kommen bald wieder vorbei. Nichts für ungut. Es gibt Schlimmeres." Ben klopfte ihm loyal auf die Schulter und Mike zwinkerte ihm grinsend zu. Beide reichten David zum Abschied die Hand und musterten ihn mit einer Mischung aus Amüsement und Fassungslosigkeit.

„Mein lieber Scholli, Doc. Da hast du ja ganze Arbeit geleistet. Tztztz …", konnte Ben sich eine letzte Bemerkung nicht verkneifen. Kopfschüttelnd verließen sie das Krankenzimmer. Leise, ganz leise schlossen sie die Tür hinter sich.

Zunächst herrschte eine gespenstische Ruhe. Kiran starrte unverwandt aus dem Fenster. Es schien, als wäre die Zeit gekommen, reinen Tisch zu machen.

„Kannst du mir erklären, was das Ganze eben sollte, Kiran?" Kiran zuckte beiläufig mit der Schulter.

„Ich weiß nicht, was du meinst. Bist du etwa sauer? War es nicht immer das, was du wolltest? Du hast deinen Willen bekommen. Ich habe zugegeben, dass wir was miteinander hatten. Also was willst du von mir?"

Wütend drehte David Kirans Rollstuhl zu sich herum und

stützte beide Hände auf den Rädern ab. Er brachte sein Gesicht ganz nahe an das von Kiran, sah ihm tief in die Augen und ließ ihn seinen Zorn darin lesen.

„Warum nur habe ich das Gefühl, dass du mich dafür bestrafen willst? Was soll das heißen, wir sind jetzt Freunde? Du hast unsere Beziehung deinen Kumpanen gegenüber so hingestellt, als beruhte sie einzig und allein auf der Tatsache, dass wir durch die Betten getobt sind. Was ist mit dem, was wir füreinander empfinden? Was ist mit Liebe?" Kiran schob David zurück. Er konnte nicht denken, wenn er ihm so nahe war. Wütend giftete er ihn an und gestikulierte abwertend mit der Hand.

„Ja, was ist damit? Ich habe keine Ahnung, verstehst du? Vielleicht ist sie ja mit dem Heli auf dem Boden des alten Fabrikgeländes zerschellt! Was weiß ich denn?" David zuckte zurück.

„Bist du bescheuert? Was willst du mir damit sagen?" Kiran wendete sich abrupt ab und schwieg.

Davids Pulsschlag beschleunigte sich alarmierend. Er wusste nicht, wie er Kirans Verhalten deuten sollte. Er hörte, dass Kiran gequält seinen Namen ausstieß. „David …"

„Was!", fauchte David zurück. Seine Geduld und sein Verständnis neigten sich rasant dem Nullpunkt zu. Kiran presste die Lippen aufeinander und krallte sich an den Rädern seines Rollis fest.

„Verstehst du denn nicht?", keuchte er. „Mein Leben hat sich in den letzten Monaten und Wochen so jäh geändert, dass ich nicht mehr weiß, wo mir der Kopf steht. Ich habe mich in einen Mann verliebt, Herrgott noch mal! Für dich mag das normal sein, für mich aber nicht. Die Tatsache hat mich schlaflose Nächte gekostet. Ich habe mich auf dich eingelassen und ja, ich habe es genossen! Kurz darauf habe ich dich durch meine eigene Schuld verloren. Eine Schuld, die ich meiner verfluchten Unsicherheit zu verdanken habe. Danach hatte ich einen schweren Unfall, der mich zu einem verdammten Krüppel gemacht hat und in Folge dessen ich meine Arbeit, die ich liebe, verlieren werde. Ich weiß nicht, ob ich jemals wieder ganz gesund werde, und ich weiß nicht, wie es weitergehen wird. Reicht das für den Anfang?" Kiran wandte sich erneut ab. Die Gefühle drohten ihn zu übermannen. Er atmete heftig. David legte sachte die Hände auf seine Schultern und trat dicht hinter ihn.

„Ich werde bei dir sein, Kiran. Du musst das nicht allein durchstehen", raunte er beschwichtigend. Unwillig schüttelte Kiran Davids Hände ab und drehte sich mit dem Rollstuhl zu ihm herum.

„Ich will diesen Scheiß nicht, David. Spar dir dein dämliches Mitleid. Du bist nicht meine Mutter. Ich muss für mich allein klarkommen, die Gewissheit haben, wieder gesund zu werden. Ohne Hilfe Dritter, mein Leben ordnen zu können." Leidend blickte er zu David auf. „Ich ersticke. Ich will Abstand zu allem. Zu dir. Erst dann werde ich in der Lage sein, die Dinge wieder klar zu sehen und die richtigen Entscheidungen zu treffen. Es tut mir leid." David schluckte. Gänsehaut überlief ihn.

„Wie meinst du das, Kiran. Was willst du mir damit sagen?", presste er hervor. Angst kroch in ihm hoch. Angst, den Mann, den er liebte, endgültig zu verlieren. Kiran lächelte ihn bekümmert an.

„So wie ich es gesagt habe, David. Übermorgen werde ich in eine Rehaklinik verlegt, in der man noch spezieller auf meinen Zustand Einfluss nehmen kann. Ich möchte nicht, dass du mich besuchst oder mich anrufst. Wenn ich mich dazu entscheiden sollte, zu dir zurückzukehren, werde ich das mit allen Konsequenzen tun. Und als vollwertiger Mann. Nicht als pflegebedürftige Kreatur. Etwas anderes kommt für mich nicht infrage. Respektiere das bitte." David starrte ihn ungläubig an.

„Das ist doch nicht dein Ernst!"

„Doch, David. Nie war mir etwas so ernst wie diese Sache. Versteh mich doch. Manchmal muss man eine Sache zurücklassen, um zu sich selbst zu finden. Zu wissen, was man wirklich will. Was richtig ist. Ich habe mich auf dem Weg bis hierher verloren zwischen all den Pflichten, Ängsten, Wünschen und Sehnsüchten." Kiran schwieg eine Weile, sammelte seine Gedanken.

David hatte es die Sprache verschlagen. Er war verwirrt und völlig überrumpelt. Schließlich fuhr Kiran fort.

„Als du mich damals fortgeschickt hast, war ich am Boden zerstört. Bis heute weiß ich nicht, wie ich durch die Tage kam. Aber ich habe deinen Wunsch respektiert und bin gegangen. Habe weitergemacht. Jeden elenden Tag. Wäre meine Familie nicht gewesen ..." Kiran ließ David den gedanklichen Raum, den Satz zu vollenden. Bei der Erinnerung an die Zeit der Trennung schüttelte er freudlos den Kopf.

„Kannst du mir nicht ebenso viel Achtung entgegenbringen? Auch ich habe meine Prinzipien, denen ich treu sein muss. Von denen ich nicht einen Zentimeter zurückweichen werde. Bitte, David. Gewähre mir dieses kleine Stück Toleranz."

Beide schwiegen erneut. David musterte gequält Kirans Gesichtszüge.

„Auch wenn ich weiß, dass es nicht richtige ist? Nicht für dich. Nicht für mich. Und auch nicht für Anni und Matilda."

„Gerade dann, David. Lass mir die Ruhe und die Zeit, die ich brauche. Das ist alles, um was ich dich bitte."

Stumm starrten sich beide in die Augen. Keiner zeigte die geringste Regung. Es war David, der den Blickkontakt unterbrach und sich wortlos abwandte. Er konnte jetzt nichts sagen. Gerade hatte ihm Kiran einen stumpfen Dolch ins Herz gerammt. Wieder einmal. Ohne Gruß verließ er das Zimmer, der Schock und die Enttäuschung saßen zu tief. Stumm verabschiedete er sich aus Kirans Leben, so wie er es wünschte. Vorerst. Was konnte er schon tun? Die Entschlossenheit, mit der ihn Kiran gebeten hatte, ihn gehen zu lassen, war zu eindringlich gewesen. Er würde einen Teufel tun und ihn drängen. Vielleicht später.

Kiran schluckte, als er David hinterhersah. Er hatte das Richtige getan. Einen Krüppel durfte er ihm nicht zumuten. Keinen körperlichen und schon gar keinen geistigen. Es war so schon schwer genug. Trotzdem tat es weh.

Nachdem David wortlos sein Zimmer verlassen hatte, wusste Kiran, dass er handeln musste. Was gesagt werden musste, war gesagt, was getan werden musste, hatte auf dem Fuß zu folgen. Ihm war klar, dass David sich nicht auf Dauer zurückhalten ließ. Ihm war auch klar, dass er einem erneuten Drängen nicht standhalten würde.

Um seiner selbst willen blieb ihm keine Wahl. Er überlegte kurz, nahm den Telefonhörer in die Hand und leitet das Notwendige ein.

Sein behandelnder Arzt hatte erstaunlicherweise zustimmend mit dem Kopf genickt und die Entlassungspapiere unterschrieben, als er ihm seinen Wunsch vortrug.

„Ich habe nichts dagegen. Vielleicht ist es eine gute Idee. Auf einen Tag mehr oder weniger kommt es nicht an. Genauer gesehen, kann man dort sogar besser auf Sie eingehen."

Der Arzt hatte ihm die Hand geschüttelt, alles Gute gewünscht und war gegangen. Er würde auf Kirans Wunsch hin auch dafür sorgen, dass man David die Adresse nicht preisgab. Nach dem Grund fragte er nicht. Dafür war Kiran dankbar.

Am folgenden Morgen kam Ben vorbei und half ihm, seine Sachen zusammenzupacken. Er unterstützte ihn beim Ankleiden, verfrachtete seine nutzlosen Knochen in den Rollstuhl und ein Krankentransport brachte ihn in die Rehabilitationsklinik am Starnberger See. Zwei Tage früher als vorgesehen. Ben hatte zwar mit dem Kopf geschüttelt, als Kiran anrief und ihn bat, ihm bei dem Klinikwechsel zu helfen, aber er tat das, was man von ihm verlangte. Wahre Freunde fragten nicht. Sie halfen, wenn es notwendig war.

Nichtsdestotrotz hakte Ben nach.

„Ich versteh dich einfach nicht, Kiran. Ich weiß nicht, was ich hier tue und warum. Aber du bist mein Freund. Warum auf einmal diese hektische Eile? Ist der Doc schuld daran, dass du so schnell wie möglich den Abflug machen willst? Hat es etwas mit unserem Besuch zu tun?" Mit sorgenvoller Miene musterte er das blasse Gesicht Kirans, unsicher, was er von dieser überhasteten Aktion halten sollte.

Kiran nickte und schwieg. Ben drückte ihm verständnisvoll die Schulter.

„Ich will nicht leugnen, dass ich erstaunt bin von der überraschenden Erkenntnis, dass du was mit einem Mann gehabt hast. Männer sind nicht mein Ding, aber wenn es das ist, was du willst, kannst du auf mich zählen. Wenn du es nicht willst, auch." Wieder nickte Kiran. Er murmelte ein leises „Danke", schwieg dann und brütete vor sich hin. Ben bohrte nicht nach, er bewies Fingerspitzengefühl und ließ ihn in Ruhe.

Die ersten Tage in der neuen Klinik waren höllisch. Es gab ein riesiges Theater, als er seiner Mutter und Matilda schonend beibrachte, dass er vorzeitig die Klinik gewechselt hatte und dass er keinen Kontakt zu David wünschte. Anni hatte mit Engelszungen auf ihn eingeredet und Matilda hatte bockig gar nichts mehr gesagt. Doch er ließ sich nicht beirren.

Die gesundheitsfördernden Anwendungen, mit denen man ihn malträtierte, verlangten ihm alles ab. Er arbeitete mit, quälte sich und fing freiwillig noch einmal von vorne an. Er wollte einen funktionierenden Körper zurück. Die Chance, in Zukunft ein halbwegs normales Leben führen zu können. Die Möglichkeit, frei entscheiden zu können, wie es weiterging. Einen Weg zurück zu David.

Erfolge stellten sich zögerlich ein, aber sie kamen. Stück für Stück. Manchmal fluchte er gotteslästerlich, manchmal war er sogar dafür zu müde und ausgelaugt.

Anni und Matilda besuchten ihn an den Wochenenden. Sie erzählten ihm, dass sich David in regelmäßigen Abständen bei ihnen meldete und nachfragte, ob er etwas für sie tun könnte. Nach ihm fragte er nicht. Er wahrte die Distanz, um die er ihn gebeten hatte. Kiran redete lange mit Matilda, versuchte, ihr zu erklären, dass es zwischen ihm und David Differenzen gab, die nicht so einfach aus der Welt zu schaffen waren, und dass er nicht wollte, dass sie mit ihm über ihn sprach.

„Warum?", hatte sie traurig gefragt. Kiran seufzte daraufhin. „Ach Mäuschen", antwortete er. „Es ist Erwachsenenkram. Du würdest es nicht verstehen. Irgendwann erkläre ich es dir. Aber nicht heut. O. k.?" Stur hatte sie genickt. Dass ihr Vater und David schon wieder nicht miteinander redeten, machte sie traurig und wütend. Sie mochte es nicht verstehen, doch sie berücksichtigte die Wünsche ihres Vaters. Schweren Herzens.

Nach den ersten Schritten, die Kiran auf zwei Krücken gestützt allein zurücklegte, sank er lachend zurück auf die Bank, schloss die Augen und sandte ein Dankgebet gen Himmel. Von da an ging es bergauf.

Als der Tag kam, an dem er endlich nach Hause entlassen wurde, war es wieder Ben, der ihn abholte und heimfuhr. Seine Mutter hatte einen kleinen Umtrunk vorbereitet. Arbeitskollegen und Freunde waren gekommen, um ihn willkommen zu heißen. Es tat gut, in die gewohnte Umgebung zurückzukehren, ins eigene Bett zu sinken, die alt vertrauten Geräusche zu hören und den Duft von selbst gekochtem Essen zu riechen, das seine Mutter in ihrer Küche für sie zubereitete.

Genussvoll schloss er die Augen. Er musste an David denken. Was er wohl jetzt gerade tat? Wie es ihm ging? Je mehr seine Genesung voranschritt, desto öfter wanderten seine Gedanken hin zu dem Mann, für den er so viel empfand. Immer noch, so viel stand fest. Er vermisste ihn, sehnte sich nach seinen Berührungen und Zärtlichkeiten. Doch noch war er nicht bereit, ihm gegenüberzutreten. Er brauchte noch ein klein wenig Zeit. Ein klein wenig mehr Sicherheit.

Für David gestalteten sich die nächsten Tage nach Kirans Bitte, ihm Freiraum zu lassen, als der reinste Horror. Ein Patient starb ihm auf dem OP-Tisch unter den Händen weg. Nicht zu erwartende Komplikationen traten auf, denen er nichts entgegenzusetzen hatte. Keine Alltäglichkeit, doch so etwas passierte immer wieder. Man stand daneben und konnte nichts tun. Nichtsdestotrotz ging es nicht spurlos an ihm vorüber. Selbstzweifel und Depressionen zerfraßen das Gemüt. Man stellte das eigene Können infrage und grübelte über den Sinn des Lebens. Trost der Kollegen und die Versicherung, es hätte anderen auch passieren können, halfen kaum weiter.

Als er an diesem Tag Kirans Zimmer betrat, das Versprechen brach, ihn in Ruhe zu lassen, wurde ihm ein zweites Mal der Boden unter den Füßen weggezogen. Das Zimmer war leer. Kiran war fort. Nachfragen bei der Stationsschwester setzten ihn darüber in Kenntnis, dass er eine vorzeitige Entlassung erwirkt hatte und die Behandlung in einer Rehabilitationsklinik fortsetzen würde. Er hatte ausdrücklich darum gebeten, ihm, David, keine Kontaktdaten herauszugeben.

Eindeutiger hätte Kiran nicht klarmachen können, dass er seine Nähe nicht wollte. Grimmig biss David die Zähne aufeinander. Wie dringend hätte er ein paar aufmunternde

Worte von ihm gebraucht, wie sehr sehnte er sich danach, ihn zu sehen, zu spüren, dass er nicht allein mit seinen Nöten und Sorgen dastand. Nichts wies ihn so sehr auf seine Einsamkeit hin, als dieses leere Krankenbett, in dem kärglichen Krankenzimmer, mit den schneeweiß gekalkten Wänden.

Hatte er leise gehofft, Kiran doch noch umzustimmen, lösten sich all seine heimlichen Wünsche und der Glaube auf eine schnelle Versöhnung in diesem Moment in Luft auf. Niemals zuvor hatte er sich so gekränkt gefühlt. Es war vorbei. Er musste abschließen. Mal wieder, und er musste sich darauf einstellen, dass es dieses Mal tatsächlich endgültig sein könnte.

Einmal mehr saß er im Vanderloo'schen Wohnzimmer und ließ sich von Jon moralisch aufbauen. Keiner verstand ihn so gut und keiner unterstützte ihn so bedingungslos wie dieser Mann. Er nahm ihn so, wie er war. Das hatte er schon immer getan. Nicht umsonst hatte er ihn vom ersten Augenblick an gemocht, später geliebt und war jetzt in tiefer Freundschaft mit ihm und seiner Familie verbunden.

Fluchend hatte Jon auf den Tisch gehauen, Kiran die Pest an den Hals gewünscht und gedroht, dem kleinen Mistkerl den Hals umzudrehen, falls er jemals in den Genuss käme, ihn kennenzulernen. Nun, das bezweifelte David. Trotz seiner depressiven Phase musste er schmunzeln. Die Vehemenz, mit der Jon für ihn eintrat und unterstützte, tat seiner zweifelnden Seele gut.

Die Wochen gingen ins Land, aus einem Monat wurden zwei und mehr. Mit den warmen Strahlen der Sommersonne kam Davids Zuversicht und die Klarheit zurück, sich langsam neu orientieren zu müssen. Von Kiran hatte er nichts mehr gehört, er machte sich allerdings auch keine große Mühe,

Nachforschungen anzustellen. Letztendlich gab er Kirans Wunsch nach, ihn in Ruhe zu lassen. Neuerdings stand er den Umständen seines Privatlebens relativ gleichgültig gegenüber. Täte er es nicht, würde er wahrscheinlich verrückt. Er hatte sich ein dickes Fell zugelegt, grub nicht länger in seinem Gemüt herum.

In der ersten Zeit meldete er sich in regelmäßigen Abständen bei Anni und Matilda, fragte, ob er helfen oder etwas für sie tun konnte. Irgendwie fühlte er sich für die zwei verantwortlich. Seit Kirans Klinikaufenthalt fehlte eindeutig ein Mann im Haus. Auf Dauer erschien es ihm jedoch nicht richtig. Das Thema Kiran stand bei jeder Begegnung im Raum wie eine stille Mahnung. Anni schwieg und Matilda schien die unterschwellige Spannung zu spüren. Wenn er sie fragend anblickte, schaute sie schnell fort und tat so, als bemerkte sie nichts. Hatte Kiran mit ihr geredet? Ihr gesagt, dass er eine Freundschaft nicht mehr wünschte? Er fragte nicht nach ihm und sowohl Anni als auch Matilda erwähnten ihn nicht. Irgendwann hatte er es einfach nicht mehr ausgehalten und sich nur noch in immer größer werdenden Abständen gemeldet, so lange, bis er es gar nicht mehr tat. Das schlechte Gewissen, sie im Stich gelassen zu haben, meldete sich hin und wieder, doch er versuchte, es zu ignorieren. Immerhin zogen es Anni oder Matilda auch nicht in Erwägung, mit ihm Kontakt aufzunehmen. Wenn es also so sein sollte, dann sollte es eben so sein. Es tat weh, aber man lernte, damit zu leben.

Als er an einem lauen Sommerabend über den Parkplatz hin zu seinem Auto schlenderte, hielt er abrupt inne. Ein junger Mann drückte sich am Fenster seines Babys die Nase platt und strich anerkennend über das Dach des wunderschönen BMW i8.

„Wow", hauchte er bewundernd. Das nenn ich mal ein schnittiges Gerät." David musste unwillkürlich schmunzeln. Voller Stolz verkündete er: „Die Lady hat 362 PS, braucht von null auf hundert keine fünf Sekunden und hat einen Hybridantrieb. Ein geileres Auto wirst du im Moment nicht finden." Der Mann nickte anerkennend und streckte ihm seine Hand entgegen.

„Sie sind Dr. Feldhoff, nicht wahr? Darf ich mich vorstellen? Ich bin Tommy Ullmann. Seit Kurzem arbeite ich als Assistenzarzt in der Inneren. Wir sind uns schon ein paar Mal über den Weg gelaufen, aber scheinbar habe ich keinen erinnerungswürdigen Eindruck bei Ihnen hinterlassen." David starrte auf die ihm dargebotene Hand und ergriff sie zögerlich. Nein, er war ihm tatsächlich noch nicht aufgefallen, dafür sah es aber so aus, als hätte seine Wenigkeit bei dem jungen Mann sehr wohl eine bleibende Erinnerung hinterlassen. Zwei schokoladenfarbene Augen starrten ihn geradezu ehrfürchtig an. David schluckte. Er kannte dieses versteckte Glitzern in den Augen. Wusste, was es bedeutete. Tommy besaß eine nette Ausstrahlung. Er sah nicht umwerfend aus, aber gut genug, um einen zweiten Blick zu riskieren. David räusperte sich.

„Ich würde dich ja gerne zu einer Probefahrt einladen, aber leider habe ich keine Zeit. Vielleicht ein anderes Mal." Er wendete sich ab und betätigte den automatischen Türöffner. Eine Hand berührte ihn von hinten am Arm.

„Wie wäre es mit morgen Abend? Ich habe um die gleiche Zeit Feierabend." David musterte Tommy misstrauisch. Was wollte der Kerl von ihm. Wollte er etwa …?" Im gleichen Augenblick bekam er die Bestätigung.

„Sie sind wie ich, Dr. Feldhoff, nicht wahr? Ich spüre es. Ich kann es in Ihren Augen lesen."

David starrte ihn ausdruckslos an. Sein Gefühl hatte ihn also nicht getäuscht. Er zögerte einen Augenblick und änderte dann stehenden Fußes seine Meinung. Er deutete mit einer kurzen Kopfbewegung hin zur Beifahrertür. Warum nicht gleich jetzt?

„Steig ein."

David stand nackt vor der Balkontür, presste seine Hände und die erhitzte Stirn an das kühle Glas. Eine entfernte Turmuhr schlug Mitternacht. Vor einer halben Stunde hatte er Tommy ein Taxi gerufen und ihn nach Hause geschickt. Er hatte immer noch das Gefühl, einen Fehler begangen zu haben. Der Gedanke, Kiran gerade betrogen zu haben, ließ sich nicht aus seinem Hirn verbannen. Es war Monate her, als er ihn das letzte Mal gesehen hatte. Würde er sich jemals wieder bei ihm melden? Wie konnte der Blödmann ihn nur derart im Ungewissen lassen. Woher sollte er wissen, was richtig war. Er sehnte sich nach ihm. Nach seiner Wärme. Der körperlichen und der geistigen. War es ihm zu verdenken, dass er Trost bei einem anderen Mann suchte? Zu lange hatte er seine privaten Bedürfnisse unterdrückt. Wenn er daran dachte, was er in den vergangenen Stunden mit dem kleinen Halunken getrieben hatte, wurde ihm siedend heiß. Der Bursche hatte es faustdick hinter den Ohren. Tommy hatte ihn mit seinen intimen Piercings an Zunge und an der Eichel überrascht, die er wirkungsvoll einzusetzen verstand. Der Himmel möge ihm helfen! Bei dem Gedanken daran, wie die kleinen Metallkugeln an seinem Schwanz auf und ab glitten, bekam er erneut weiche Knie. Ganz davon zu schweigen, wie sie sich in seinem Hintern angefühlt hatten.

Er würde ihn wieder mit zu sich nach Hause nehmen. Die Lust ließ ihn eine Weile seinen Kummer vergessen. Sie verschaffte ihm eine Zeit lang das gute Gefühl eines

254

gesättigten und zufriedenen Körpers. Ein Ersatz für die Liebe war sie allerdings nicht. Diese Stelle seiner Seele blieb leer. David atmete tief durch. Es wurde Zeit zu schlafen. Er brauchte morgen all seine Sinne. Die Zeit, über den eigenen verdammten Herzenszustand nachzudenken, würde er sich vorerst nicht nehmen. Es brachte nichts.

Kiran unterdessen nutzte die Zeit zu Hause, um weiter an sich zu arbeiten. Unermüdlich wanderte er mithilfe der zwei Krücken eine kleine Wegstrecke im Garten auf und ab. Jeden Tag ging es besser und die Distanz vergrößerte sich von Mal zu Mal. Seine Freunde besuchten ihn des Öfteren und sprachen ihm weiteren Mut zu.
Die Ausübung des Dienstes bei dem SEK kam nicht mehr infrage, doch man hatte ihm das Angebot unterbreitet, als Ausbilder für den Nachwuchs zurückzukehren. Je länger er darüber nachdachte, desto besser behagte ihm diese Vorstellung. Es wäre eine Aufgabe, in der er seine langjährigen Erfahrungen einbringen und weitergeben konnte. Diverse Fortbildungsmaßnahmen würden ihn auf das Berufsbild ausreichend vorbereiten. Der Umgang mit der Jugend lag ihm. Warum also nicht. Er hätte geregelte Arbeitszeiten, wäre nicht mehr ständig dieser schwer berechenbaren Gefahr ausgesetzt und könnte sich mehr um seine familiären Angelegenheiten kümmern. Ein weiterer Vorteil.
Als Fachmann für den Umgang mit Waffen und diversen Einsatztechniken kämen diese Fächer als Unterrichtsfach für ihn infrage. Immer mehr kristallisierte sich ein Zukunftsbild heraus, das ihn mit Zuversicht erfüllte.
Eine Sache gab es allerdings noch, die ihm auf der Seele brannte. David ...
Noch immer zögerte er. Noch immer traute er sich nicht,

den entscheidenden Schritt nach vorne zu wagen.

An diesem Abend saß er im Wohnzimmer auf der Couch und zappte lustlos durch die Kanäle. Seine Mutter warf ihm einen genervten Blick zu. Lange genug hatte sie geschwiegen. Lange genug zugesehen, wie sich ihr Sohn im Stillen quälte. Das Thema David war seit dem Umzug in die Rehaklinik am Starnberger See nicht mehr gefallen. Rücksichtsvoll hatte sie geschwiegen. Beobachtet, mit welcher Entschlossenheit Kiran versuchte, seine körperliche Unversehrtheit zurückzuerlangen. Hatte sich gefreut über die beständigen Fortschritte und die positive Entwicklung, die sich für ihn in einem anderen Arbeitsfeld auftat. Jeden Tag wartete sie darauf, dass er endlich den Mut fand und sich aufraffte, mit David zu reden. Dass er ihm nachtrauerte, konnte man nicht übersehen.

Die wenigen Male, die sich David hatte blicken lassen, während Kiran in Starnberg um seine Heilung kämpfte, sah man auch ihm an, dass diese Trennung ihm zu schaffen machte.

Entschieden legte Anni ihre Stricknadeln in den Schoß. Es wurde Zeit, ein paar ernsthafte Worte mit ihrem sturen Sohn zu führen.

„Findest du nicht, dass du lange genug um den heißen Brei herumgetanzt bist?" Kiran ließ langsam die Fernbedienung sinken und blickte fragend auf.

„Von was redest du, Mama?" Anni verdrehte die Augen.

„Kiran. Ich mag zwar nicht mehr die Jüngste sein, aber senil bin ich noch lange nicht. Ich sehe doch, wie es in dir arbeitet, wie unsicher du bist. Reiß dich um Himmels willen zusammen und tu, was zu tun ist."

Kirans Gesicht verfinsterte sich augenblicklich. Er wusste genau, von was seine Mutter redete, und hatte keine Lust, sein Gefühlsleben breitzutreten. Grimmig fing er erneut an, die Programme durchlaufen zu lassen.

„Ich weiß nicht, was du meinst", antwortete er ablehnend.

Anni stand auf und nahm ihm die Fernbedienung aus der Hand.

„Oh doch, das weißt du ganz genau und wir werden hier und jetzt darüber reden." Kiran antwortete nicht, sondern wandte nur genervt den Blick ab und seufzte. Anni stemmte ihre Hände in die Hüfte und holte tief Luft.

„Nun hör mir mal gut zu. Ich bin bis jetzt still gewesen, habe fast alles kommentarlos hingenommen, doch jetzt ist Schluss! Wir werden das noch heute Abend klarstellen." Kiran blickte sie konfus an.

„Und was willst du bitte schön klarstellen?"

„Wie lange wirst du noch warten, bis du zu ihm gehst, um das, was zwischen euch steht, zu klären? Was immer es auch ist." Zorn funkelte in Kirans Augen, als er antwortete.

„Was immer es auch ist?", echote er. „Hast du mich mal angesehen? Weißt du nicht, in welchem jämmerlichen Zustand ich mich nach meinem Unfall befunden habe? Immer noch befinde? Glaubst du, ich würde ihm zumuten, sich mit einer hilflosen Gestalt abgeben zu müssen? Zu wissen, dass er nur bei mir bleibt, weil er sich dazu verpflichtet fühlt? Aus Mitleid und aus Loyalität euch gegenüber? Nein danke, Mutter. Das will und das brauche ich nicht." Anni winkte aufgebracht ab.

„Er liebt dich wirklich, Kiran. Gott allein weiß, wie skeptisch und entsetzt ich der Tatsache gegenüberstand, meinen Sohn mit einem Mann zusammen zu wissen. Doch ich habe gesehen, wie er dich ansieht, wie er mit Matilda umgeht. Er ist etwas Besonderes, ein guter Mensch. Nicht einen Moment hat er gezögert, uns beizustehen, als die Nachricht von deinem Unfall kam. Er war unsere Stütze. Tag und Nacht saß er anfangs an deinem Bett und hat gebetet und gehofft.

Vielleicht noch mehr als ich."

„Das weiß ich doch alles, Mama", warf Kiran ein. „Gerade deshalb darf ich seine Gutmütigkeit nicht ausnutzen. Ich will ihn nicht wieder enttäuschen, denn wenn ich jetzt zu ihm gehe, wird es für immer sein. Bist du dir darüber im Klaren? Ich werde mich ohne Wenn und Aber zu ihm bekennen. Ich bin ein stolzer Mann und werde erst an seine Tür klopfen, wenn ich allein und ohne Hilfe dort hingelangen kann und bereit bin, die Konsequenzen, die sich daraus ergeben, zu tragen." Annis Zorn flammte erneut auf.

„Indem du ihn fortgeschickt hast, hast du ihn doch längst enttäuscht, siehst du denn das nicht? Ganz zu schweigen von dem, was du Matilda damit angetan hast. Und dir selber. Was wirst du mit deinem verdammten Stolz machen, wenn du feststellst, dass David dich nach all dem gar nicht mehr haben will?"

Mit diesen Worten warf Anni ihr Strickzeug in den Sessel und machte sich auf den Weg nach oben. Kiran blickte ihr entsetzt nach. Ein solches Szenario war ihm nie in den Sinn gekommen. An der Tür drehte sich Anni noch einmal um.

„Ich werde morgen mit Matilda in die Stadt fahren. Ich habe ihr versprochen, dass wir nach einem Schulranzen sehen. Oder hast du bereits etwas für sie organisiert?" Kiran schüttelte den Kopf und gestikulierte müde.

„Nein, Mama. Fahr nur. Macht euch einen netten Tag und sucht den Schönsten aus. Ich wäre gerne mitgekommen, aber dazu reichen meine Kräfte nicht." Anni nickte und verschwand. Kiran blieb nachdenklich zurück. Die Worte seiner Mutter hallten ihm immer noch im Ohr: „Was machst du mit deinem Stolz, wenn er dich nicht mehr haben will?" Ja, was machte er dann? Kiran schluckte. Er hatte nicht die geringste Ahnung.

Wie versprochen, fuhr Anni mit Matilda am folgenden Tag in die Innenstadt, um sich nach einem Schulranzen umzusehen. Das Angebot war riesig und Matilda konnte sich partout nicht entscheiden. Anni versuchte die Entscheidungsfreude ihrer Enkelin zu beschleunigen und raunte ihr verschwörerisch ins Ohr: „Was hältst du davon, wenn wir anschließend noch hinüber zum Seehaus schlendern und ein Eis essen? Wir könnten unterwegs etwas Brot besorgen und die Schwäne füttern. Was meinst du?"

Matildas Augen leuchteten auf.

„Oh ja, Omi! Das ist eine gute Idee!" Angestrengt zog sie ihre Stirn in Falten, ließ ihre Augen über das vielfältige Angebot der Tornister gleiten und griff zielstrebig nach einem pinkfarbenen Modell, auf dem ein bunter Schmetterling prangte und mit Kleeblättern und kleinen Käfern verziert war.

„Gute Entscheidung", lobte Anni ihre Enkeltochter. Um das Ganze abzurunden, wählten sie die dazugehörigen Utensilien gleich mit dazu. Sportbeutel, Mäppchen, Portemonnaie. So wie es sich für eine zukünftige Erstklässlerin gehörte. Matilda strahlte und Anni war zufrieden.

Am frühen Nachmittag war noch nicht allzu viel Betrieb im Park. Anni genoss den kleinen Spaziergang und Matilda hüpfte fröhlich neben ihr her, die Mahlzeit für die Schwäne hielt sie fest umklammert in ihrer Hand. Als Matilda die Schar der hoheitsvollen Vögel entdeckte, jauchzte sie und lief zielstrebig darauf zu. Anni lächelte. Es tat gut, die Kleine so unbeschwert zu sehen. Weiß Gott war es in letzter Zeit schwer genug gewesen. Für sie alle. Besonders aber für

Matilda.

Abrupt verlangsamte Anni ihre Schritte. Von einer Sekunde zur anderen entglitten ihre Gesichtszüge. Das, was sie sah, ließ ihr den Atem stocken. Auch Matilda hielt inne und starrte auf das Paar, das auf einer Bank am See Platz genommen hatte. David.

Ein junger Mann saß an seiner Seite. Er zog David an sich und küsste ihn unmissverständlich auf den Mund. Ein Kuss, den David vertiefte. Anni musste fortsehen. Ein Stich fuhr ihr ins Herz. Es tat ihr leid. Leid für Kiran.

Matilda jedoch trat zögerlich an die Bank heran und schaute ungeniert zu. Was in dem Kind vorging, konnte Anni nicht ahnen.

„David?", ertönte ihr fragendes Stimmchen.

Der Klang seines Namens ließ David zusammenzucken und schuldbewusst mit Tommy auseinanderfahren. Matilda hätte er unter Tausenden herausgehört. Dass die Kleine ihn ausgerechnet in dieser blöden Situation ertappte, war ihm nicht nur peinlich, es tat auch weh. Zu allem Überfluss trat in diesem Augenblick Anni an die Seite Matildas und ergriff beschützend die Hand ihrer Enkelin.

„Hallo David. Schön dich mal wiederzusehen." In ihrem Redestil schwang eine leise Anklage mit. Ihre Augen flogen über seinen Begleiter und dann zurück zu ihm. „Ich sehe, es geht dir gut?"

David schluckte. Was sollte er schon sagen. Offensichtlich ging es ihm mehr als gut. Doch wie ging es Oma und Enkelin? Und dem, über den man nicht sprach? Die Vogel-Strauß-Taktik erschien ihm im Moment das Beste zu sein. Allzu persönliche Dinge ignorieren.

Mit einem Kopfnicken deutet er hin zu der großen Tüte, die Anni in der Hand hielt.

„Ihr wart einkaufen? Was habt ihr denn in dieser riesigen

Tasche? Einen kleinen Elefanten?" Er versuchte, die peinliche Lage durch einen kleinen Scherz aufzulockern, doch das misslang gehörig.

„Da ist mein Schulranzen drin. Omi und ich haben ihn heute ausgesucht und noch ein paar andere Sachen, die ich haben muss, wenn ich nächsten Monat in die Schule komme." Matilda erzählte in einem neutralen Ton, doch ihre Augen fixierten David, riefen Schuldbewusstsein in ihm hervor. Augen, die denen ihres Vaters schmerzlich glichen. Er erinnerte sich noch gut daran, dass er ihr versprochen hatte, eine passende Schultasche mit ihr zusammen auszusuchen. Ein Versprechen, dass er gebrochen hatte und nun nicht mehr einlösen konnte. David räusperte sich unwohl. Um das peinliche Schweigen zu überbrücken, das zwischen ihnen entstand, deutete er hinüber zu Tommy.

„Darf ich euch meinen Arbeitskollegen Tommy Ullmann vorstellen? Er ist Assistenzarzt am Klinikum." Zwei Augenpaare flogen hin zu Tommy, der grüßend die Hand hob und lächelte.

Matilda ging nicht weiter darauf ein. Sie entriss ihrer Oma die Hand und stapfte wortlos hinüber zu den Schwänen, die sich bereits am Ufer versammelt hatten und auf ihre Brotmahlzeit warteten. Sie kniete sich nieder und warf den majestätischen Tieren lustlos die Leckerbissen zu.

Davids Miene verzog sich bitter. Hilfe suchend blickte er auf zu Anni, die mit den Schultern zuckte. Langsam stand er auf und schlendert hinüber zu Matilda. Neben ihr ging er in die Knie. Er war es ihr schuldig, über das Vergangene zu reden. Behutsam begann er das Gespräch.

„Matilda. Du bist sauer auf mich. Stimmt's?" Ein einfaches Nicken war ihre Antwort. Mechanisch warf sie der immer größer werdenden Vogelschar viel zu große Brotbrocken zu. David blickte seufzend hinüber zu den Schwänen.

„Ich habe mich dir gegenüber nicht richtig verhalten. Das weiß ich. Aber es ging nicht anders." Matilda hielt inne mit der lieblosen Fütterung. Aufmerksam sah sie David ins Gesicht.

„Warum?"

„Ach Matilda!" David fuhr sich hilflos durch das Haar. Wie sollte er dem kleinen Mädchen den ganzen Mist erklären, sodass sie es verstand? Matildas fragende Augen gaben David den letzten Rest. Was hatte er nur angerichtet. Entschieden stand er auf und nahm Matilda bei der Hand.

„Lass uns ein Stück gehen. Da lässt es sich besser reden."

„O. k.", erklang ihre piepsige Stimme.

„Du bist böse auf mich, weil ich mich nicht mehr bei euch gemeldet habe, richtig?", begann David das Gespräch. Matilda nickte nur stumm.

„Ich verstehe das, Matilda. An deiner Stelle wäre ich das auch. Es tut mir wirklich sehr leid, glaube mir.

„Du bist einfach nicht mehr gekommen und Papa hat gesagt, er will nicht über dich reden."

„Ich hatte Streit mit deinem Vater. Er war traurig, dass er so schwer verletzt war, und wollte meine Hilfe nicht."

„Aber warum, David? Es ist doch gut, wenn man jemandem hilft. Warum wollte Papa das denn nicht? Und warum will er nicht, dass wir über dich reden?" David stieß frustriert die Luft aus. Wie erklärte man einem kleinen Mädchen, dass man eine Liebesbeziehung mit ihrem Vater hatte und ihr Erzeuger aus Stolz und Sturheit jegliche Hilfe ablehnte. Dass es ihm wehgetan hatte, nicht erwünscht zu sein, und dass er mit allem, was ihn an Kiran erinnerte, abschließen wollte?

„Du hast den fremden Mann auf den Mund geküsst", hörte er Matilda weiterreden. „Redet Papa deshalb nicht mehr mit dir, weil du so was machst?" Verdutzt schaute David Matilda an. Es war verblüffend, welche Schlussfolgerungen die

262

Kleine zog. Vielleicht war jetzt der Augenblick gekommen, um ihr zu erklären, was ihn wirklich mit ihrem Vater verband oder besser gesagt, nicht mehr verband. Matilda verstand es vielleicht besser, als sie alle dachten.

„Nein, das ist es nicht, Prinzessin", begann er." Dein Papa und ich mögen uns sehr, das ist dir bestimmt aufgefallen."

Matilda nickte erneut.

„Gut", fuhr David fort.

„Du hast ihn auch manchmal so geküsst wie den fremden Mann. Das habe ich gesehen."

David schloss verdrossen die Augen.

„Du hast es gesehen und hast nichts gesagt?" Wieder nickte Matilda.

„Gott, Matilda!" Wenn dein Papa und ich das gewusst hätten, dann hätten wir es dir erklärt." Spontan hockte er sich vor Matilda und ergriff ihre Hände.

„Weißt du, wenn man erwachsen ist, dann sehnt man sich nach jemandem, mit dem man zusammen sein möchte. Normalerweise sucht man sich als Mann eine Frau und wenn man sie liebt, heiratet man sie und bekommt ein paar Kinder." David hielt kurz inne. Seine Worte kamen ihm lächerlich vor und er hoffte inständig, dass er sich so ausdrückte, dass Matilda es verstand.

„Manchmal passiert es aber auch, dass man sich als Mann in einen Mann verliebt oder als Frau in eine Frau. Dann wird es meist kompliziert."

„Warum?", stellte Matilda ihre Lieblingsfrage.

„Na ja", antwortete David. „Weil es nicht üblich ist. Zwei gleiche Menschen können zum Beispiel keine Kinder zusammen bekommen."

„Das verstehe ich", warf Matilda ein. „Aber Papa und du hättet mich. Dann wäre es doch nicht schlimm." David musste lächeln. Er liebte dieses Kind. Sanft strich er Matilda über das Haar.

„Nein, das wäre es nicht. Aber es ist so, dass ich mich mit deinem Vater nicht darüber einigen kann, wie wir in Zukunft miteinander umgehen. Er möchte keine Hilfe von mir, solange er nicht wieder ganz gesund ist. Er denkt, wenn er sich nicht richtig bewegen kann, fällt er mir zur Last und ich liebe ihn nicht mehr richtig. Darum will er mich nicht mehr sehen und ich muss seinen Wunsch respektieren. Du verstehst doch, dass ich deshalb nicht mehr kommen kann, oder?" Matilda schaute unsicher hinüber zu ihrer Omi und dem fremden Mann, die sie beobachteten.

„Hast du ihn lieber als Papa? Küsst du ihn deshalb?" Gespannt wartete sie auf eine Antwort. David schüttelte verneinend den Kopf.

„Nein, Matilda. Ich hab niemanden so lieb wie deinen Papa. Das mit Tommy war ein dummer Fehler. Er ist zu mir gekommen, als ich so allein war. Mir tut das leid." Matilda blickte einen Augenblick lang zu Boden. Dann sah sie David direkt ins Gesicht.

„Ich bin auch nicht gern allein. Das ist doof. Wirst du zu meiner Einschulungsfeier kommen?" David war zunächst verwirrt über den abrupten Themenwechsel. Eigentlich sollte er dafür dankbar sein, doch ihre neue Frage war genauso heikel.

„Ich würde gerne kommen, falls dein Vater es erlaubt", antwortete er vorsichtig. Matilda grinste.

„Gut." Dann ergriff sie Davids Hand und zog ihn zurück zur Bank.

„Omi, David kommt zu meiner Einschulung. Er hat es versprochen." David lachte.

„Hey, mal langsam, junges Fräulein. Ich habe gesagt, dein Vater muss damit einverstanden sein."

Davids Augen richteten sich auf Anni. Auch sie hatte ihn mit

Tommy gesehen. Wie würde sie reagieren? Froh darüber, dass er weitergezogen war und für ihren Sohn nicht mehr infrage kam, oder traurig darüber, dass ihr Leben ohne ihn weitergehen würde. Sie hatten sich immer gut verstanden und mochten einander. Wollte Anni auch, dass er zur Einschulung kam? Sie wusste, wie viel ihm an Matilda lag. Er atmete erleichtert aus, als ihn die ältere Frau anlächelte.

„Mich würde es auf alle Fälle freuen, David. Ich werde mit ihm reden." An Matilda gewandt gab sie das Zeichen zum Aufbruch.

„Wir müssen weiter, komm, Matilda. Ohne einen Einwand nahm Matilda ihre Hand.

„Wir sehen uns, David", verabschiedete sich Anni. Matilda winkte ihm noch einmal zu. Sie lächelte. Davids Erleichterung kannte keine Grenzen. Etwas, das ihn stets unterschwellig belastet hatte, war von ihm abgefallen. Durfte er hoffen? Sinnend blickte David den zweien hinterher, so lange, bis die nächste Biegung sie verschluckte. Mit einem Ächzen ließ er sich zurück auf die Bank fallen und starrte einen Moment geradeaus. Entschlossen drehte er sich um zu Tommy, der das Schauspiel schweigend beobachtet hatte.

„Es geht nicht mehr, Tommy. Wir können uns nicht länger treffen." Tommy stieß einen missmutigen Laut aus.

„Und weshalb nicht? Hat es was mit dem Kind zu tun?" David blickte ihn traurig an.

„In gewisser Weise, aber nicht nur. Ich liebe ihren Vater. Es wäre nicht richtig, mit dir zusammen zu sein. Ich kann nicht. Jetzt nicht mehr."

Tommys Miene verfinsterte sich.

„Ich hätte nichts dagegen, dich zu teilen", stieß er hervor. David schloss die Augen und schüttelte wehmütig den Kopf.

„Das ist nicht mein Stil, Tommy. Versteh mich bitte."

Eine Weile herrschte Schweigen zwischen ihnen. Tommy seufzte schließlich.

„Abschiedsfick?" Davids Antwort war kurz und knapp: „Nein."

Kiran hing gerade an Matildas Schaukelgestell und versuchte, so viele Klimmzüge wie möglich zu schaffen, als seine Tochter mit einer riesigen Tüte in der Hand in den Garten stürmte.

„Papa! Du musst dir meine Schultasche ansehen. Sie ist voll cool!"

Kiran ließ von seinen Übungen ab und schenkte die Aufmerksamkeit seiner Tochter. Er freute sich, dass ihre Augen strahlten.

„Zeig mal her, Mäuschen. Was hast du dir denn Tolles ausgesucht?" In Nullkommanichts hatte Matilda ihre Einkäufe aus der Tüte gezerrt und präsentierte sie stolz ihrem Vater.

„Wir haben David im Park getroffen und ich habe ihn zu meiner Einschulungsfeier eingeladen", verkündete sie freudig. „Er hat gesagt, dass er kommt, wenn du es erlaubst. Das tust du doch, oder, Papa?" Kiran hielt erschrocken inne. Seine Augen weiteten sich entsetzt.

„Du hast was getan?", stieß er ungläubig hervor. „Hab ich dir nicht gesagt, dass wir ihn vorerst nicht mehr sehen können?" Unwillig hatte er seine Stimme erhoben. Matilda starrte ihn bockig an.

„Ich will aber, dass er kommt. Du bist gemein. Wenn er nicht kommen darf, will ich auch nicht in die Schule." Wütend warf Matilda ihrem Vater die restlichen Sachen vor die Füße und stapfte davon. Kiran blickte ihr fassungslos hinterher. In diesem Moment trat Anni aus dem Haus und schaute fragend ihrer Enkeltochter nach, die wie ein Blitz an ihr vorbeirannte. Ihr Blick glitt hinüber zu Kiran, dem der Zorn förmlich vom Gesicht abzulesen war. Matilda hatte ihn also davon in Kenntnis gesetzt, dass sie David eingeladen hatte. Langsam ging sie zu ihm herüber. Es wurde Zeit, Tacheles zu reden. Sie kam nicht dazu, das Wort zu erheben. Das tat Kiran.

„Ihr habt David getroffen und du hast zugelassen, dass Matilda ihn zu uns einlädt?", blaffte er sie an. In Anni begann es zu brodeln. Lange genug hatte sie stillgehalten und die Befindlichkeiten ihres Sohnes geduldet. Bis zu einem bestimmten Punkt verstand sie ihn sogar, doch was zu weit ging, ging zu weit. Jetzt war Schluss damit. Erbost trat sie dicht an ihn heran.

„Wage es nicht, in diesem Ton mit mir zu reden, Kiran. Ich bin deine Mutter! Und weil ich das bin, werde ich dir jetzt mal was sagen: Ich finde, du hast lange genug in deinem Selbstmitleid gebadet. Du solltest froh sein, dass du nach deiner schweren Verletzung wieder in der Lage bist, selbstständig zu laufen. Andere haben nicht so viel Glück!"

„Selbstmitleid?", unterbrach Kiran sie mit schriller Stimme. „Du weißt ja nicht, von was du redest! Du hast nicht wochenlang fast bewegungsunfähig im Bett gelegen. Du wurdest nicht ständig mit bedauernden Blicken angesehen oder musstest damit fertig werden, den Beruf vielleicht nicht mehr ausüben zu können."

„Schluss jetzt!", fuhr ihm Anni über den Mund. „Du tust es schon wieder! Immer nur ich, ich, ich! Was ist mit uns? Mit David, mit Matilda und mir? Wir haben mit dir gelitten, haben dich unterstützt, wo es nur ging, haben deine Launen ertragen, wenn es dir schlecht ging, alles getan, um es für dich erträglicher zu gestalten. Und was tust du? Du schickst den Menschen davon, der dich liebt, weil du glaubst, du könntest seine Hilfe und Unterstützung nicht ertragen. Was ist mit Matilda und mir? Schickst du uns auch irgendwann davon? Was müssen wir noch alles ertragen?" Anni hielt keuchend inne und funkelte ihren Sohn böse an. Kiran war angesichts des Ausbruchs seiner Mutter zurückgezuckt. Sah sie die Dinge wirklich so?

„Mutter …", stieß er betroffen hervor. Anni brachte ihn mit einem Wisch ihres Armes zum Schweigen.

„Wir haben David heute Nachmittag im Park mit einem anderen Mann gesehen. Man konnte nicht übersehen, dass sie ein Paar sind. Sie saßen auf einer Bank und haben rumgeknutscht." Kiran erblasste.

„Was?", stieß er entsetzt hervor. Er griff haltsuchend nach seiner Krücke.

„Du hast richtig verstanden", entgegnete Anni mit einer morbiden Genugtuung. „Er saß auf einer Bank und hat einen anderen Mann geküsst und es sah nicht jugendfrei aus. Hast du vielleicht geglaubt, einer wie David bleibt lange allein? Er ist ein gut aussehender Mann, hat eine charismatische Ausstrahlung und einen guten Job. Denkst du, das sehen andere Frauen oder Männer nicht?" Anni deutete aufgebracht mit dem Finger auf ihren Sohn.

„Eins sag ich dir, Kiran. Solltest du nicht bald deinen Arsch hochkriegen, wirst du ihn für immer verlieren. Wenn du ihn wirklich willst, geh zu ihm und bitte ihn auf Knien darum, zu dir zurückzukommen." Sarkastisch fügte sie hinzu. „Oder sollte ich besser sagen, auf einen Stock gestützt?" Entschlossen ging sie zurück ins Haus, um sich um das Abendessen zu kümmern. Ohne eine weitere Erklärung ließ sie Kiran stehen. Sie hatte ihm etwas zum Nachdenken hingeworfen und sie hoffte, dass sie sich nicht in ihrem Sohn täuschte.

Kiran indessen starrte seiner Mutter entsetzt nach. Seine Gedanken überschlugen sich. Die Neuigkeiten hatten ihm den Boden unter den Füßen weggezogen. David hatte einen anderen. Immer wieder hallten die Worte seiner Mutter in seinem Kopf wider. Hatte er zu lange gezögert? War er zu spät? Stöhnend ließ er sich auf dem nächsten Stuhl nieder. Es blieb nur ein Weg, um das herauszufinden. Er musste zu David. Er musste mit ihm reden. Bald. Sehr bald.

Kapitel 18/Spät, später, doch zu spät?

Am nächsten Tag stand Kiran gegen Abend vor der Altbaufront und starrte hinauf in den fünften Stock. Ob David zu Hause war? Nun ja, wenn er nicht endlich klingelte, würde er es nie erfahren. Die Haustür schwang auf und ein Pärchen trat kichernd auf die Straße. Kiran musste lächeln. Wie einfach und unbeschwert dass Liebe doch sein konnte … Oder auch nicht.

Auf das Lächeln folgte ein tiefer Seufzer. Entschlossen trat er in den Flur des großen Hauses. Er würde mit dem Fahrstuhl nach oben fahren und direkt an der Tür klingeln. Sein Körper war noch meilenweit von der einstigen Konstitution entfernt, sodass er ihn keinesfalls dauerhaft voll belasten konnte. Noch immer begleitete ihn ein leichtes Humpeln, das stärker wurde, wenn er sich zu viel zumutete. So wie jetzt. Schwer stützte er sich auf den Krückstock, den er mit sich führte und den er gerade dringend brauchte. Als der Fahrstuhl sich langsam ruckelnd in Bewegung setzte, kamen alte Erinnerungen zurück. Wie oft war er schon in diesem alten Kasten nach oben gefahren. Wie oft hatte ihn David dabei an die kalte Metallwand gepresst und ihn heiß geküsst. Wie oft hatte er ihn lachend da herausgeschoben und ungeduldig in seine Wohnung gezerrt. Viel zu oft.

Die Tür ging mit einem leisen „Bling" auf und Kiran trat zögerlich hinaus. Noch zaudernder führten ihn seine Schritte hin zur Wohnungstür. Sein Herz raste, auf seiner Haut bildete sich ein leichter Schweißfilm. Ihm war schlecht vor lauter Anspannung.

Das Klingeln ließ Leben hinter der verschlossenen Tür erwachen. Er meinte zu hören, wie eine Kinderstimme den Papa dazu aufforderte zu öffnen. Eine dunkle Stimme brummte etwas Unverständliches. Endlich das Herannahen von Schritten, die es nicht eilig zu haben schienen. Die Tür schwang auf, und er wurde mit einem schwungvollen „Was gibt's?" begrüßt.

Kiran zuckte unmerklich zurück. Er blickte in die ungewöhnlich hellbraunen Augen eines Mannes, der in etwa die gleiche Größe besaß wie er. Die Pupillen eines Raubvogels, schoss es Kiran unwillkürlich durch den Kopf. Ebenso gefährlich?

Wer war der Fremde? Eifersüchtig verkrampften sich seine Eingeweide. Hatte er tatsächlich zu lange gewartet? Während er sich gequält hatte, war David anscheinend nicht in Trübsinn und Agonie verfallen. Schwer stützte er sich auf seinen Stock.

„Ich möchte zu David. Ist er zu Hause?", knurrte er kurz angebunden. Der Unbekannte musterte ihn argwöhnisch von oben bis unten. Sein Blick verdüsterte sich unmerklich und er antwortete ähnlich abweisend.

„Und wen darf ich bitte schön melden?"

„Was geht Sie das an?", fauchte Kiran. „Sind Sie das verdammte Empfangskomitee?" Die Augen seines Gegenübers funkelten verärgert.

„Nein, das bin ich nicht. Ich bin Davids Freund und mit Sicherheit werde ich niemanden hineinlassen, der es noch nicht einmal für nötig hält, sich namentlich vorzustellen." Kiran wurde zusehends wütender. Zähneknirschend musste er zugeben, dass der Fremde nicht ganz unrecht hatte.

Das in etwa einjährige Kind, das der Mann auf dem Arm trug und das ihn mittlerweile ängstlich musterte, hielt ihn davon ab, dem dreisten Türöffner in einer ganz anderen Sprache zu antworten. So, so, der Kerl war also Davids Freund. Der Neue. Und ein Kind hatte er auch. Nein, zwei, stellte Kiran fest. Der Junge, der hinter den Beinen des Typs auftauchte und ihn neugierig anstarrte, gehörte wohl auch zu ihm. Er war ungefähr in Matildas Alter. Da hatte David ja schnell für einen adäquaten Ersatz gesorgt. War dieser Kerl derjenige, den seine Mutter und Matilda zusammen mit David im Englischen Garten getroffen hatten?

In diesem Moment drehte der Mann lässig seinen Kopf nach hinten und rief in die Wohnung: „Schatz, hast du fertig geduscht? Bist du angezogen? Hier steht so ein Penner, der gerne zu dir möchte. Soll ich ihn hereinbitten oder lieber zum Teufel jagen?" Genüsslich drehte sich der Bursche wieder rum und starrte Kiran provozierend an.

Kiran lief es eiskalt über den Rücken. Wenn er aus dieser unschönen Situation die richtigen Schlüsse zog, war er wirklich zu spät. Er hatte zu viel Zeit gebraucht, um mit sich ins Reine zu kommen. Seine Wut verpuffte, Enttäuschung machte sich breit und wurde von einer tiefen Traurigkeit zur Seite geschoben. Er würde sich mit Sicherheit nicht zum Narren machen und dem Kerl so antworten, wie er es eigentlich verdiente. Er würde nicht für etwas kämpfen, das er offensichtlich schon längst verloren hatte.

In die tödliche Stille, die herrschte, mischte sich die neugierige Stimme des kleinen Jungen.

„Papa, warum ist der Mann ein Penner? Weil er einen Gehstock in der Hand hat?" Kiran blickte müde lächelnd zu dem Kind.

„Nein, junger Mann", beantwortete er die Frage an der Stelle des Vaters. „Weil ich zu lange gebraucht habe, um hierherzukommen." Dann blickte er auf und sah dem Vater direkt in die Augen.

„Fick dich, du Wichser", stieß er hervor. Kiran drehte sich auf dem Absatz herum und ging.

„Nicht nötig, das tut schon jemand anderes", war die spöttische Antwort, die ihm Davids Freund hinterherrief.

Fast hätte er gehässig gegrinst, als er die Stimme des Kindes vernahm: „Papa, was meint der Mann mit ‚Fick dich, du Wichser'?"

Sollte das Großmaul seinem Filius ruhig erklären, was er damit gemeint hatte, höhnte Kiran in sich hinein.

Zielstrebig, so schnell es ihm möglich war, steuerte Kiran das Treppenhaus an. Er würde einen Dreck tun und auf den Fahrstuhl warten. Irgendwie würde er schon runterkommen. Er musste schleunigst weg hier. Schnell und auf der Stelle, sonst drehte er durch, falls das nicht sowieso gleich passierte. Sein Bein schmerzte mittlerweile wie die Hölle und sein Kopf pochte, als zerplatzte er gleich. Und seine Seele, sein Herz? Beides lag zerstört am Boden. Am liebsten hätte er sich dazu gelegt.

In Davids Wohnung ging es unterdessen hoch her. Sam hing an Jons Hemdzipfel und verlangte nach einer Antwort auf seine Fragen. Baby David zog ein Schnütchen und stank meilenweit gegen den Himmel. Jon verdrehte genervt die Augen. Das konnte ja noch heiter werden. Ein schöner Herrenabend war das.

Hin und wieder, wenn die Zeit es zuließ, trafen er und seine Söhne sich mit David und lebten einen Abend lang all das aus, was richtige Männer am liebsten taten. Pizza auf der Couch essen, dabei Videospiele spielen und die Füße auf den Tisch legen. Chipskrümel auf dem Boden verteilen und den anfallenden Müll unauffällig zur Seite schieben. Mit offenem Mund kauen und sich diskret an Bauch und Sack kratzen. Baby David hatte bei all diesen Dingen zwar noch erhebliche Schwierigkeiten, aber er wurde so gut es ging integriert. Frei nach dem Motto, früh übt sich …

An diesen Männertagen trafen sie sich vorzugsweise bei David, um dem Ärger und weiblicher Gesellschaft aus dem

Wege zu gehen. Aus verständlichen Gründen. Ein Mann brauchte hin und wieder seine Freiheit und den Rückfall in die Gepflogenheiten der Kindheit, fand Jon. In David hatte er in dieser Beziehung einen willigen Mitstreiter. Der war zwar in seiner Jugend mit dem goldenen Löffel gefüttert worden, kannte all die ordinären Beschäftigungen eines Heranwachsenden nicht, aber er genoss es nichtsdestotrotz. Wenn die Jungs dann irgendwann im Bett waren, fanden David und Jon Zeit, um über persönliche Dinge zu reden. Wobei der meiste Redebedarf momentan auf Davids Seite bestand. Zu viel war in letzter Zeit geschehen. David war dankbar, in Jon einen Freund gefunden zu haben, mit dem er reden konnte, ohne ein Blatt vor den Mund zu nehmen. Er war der Einzige, dem er alles, wirklich alles über seine vertrackte Beziehung zu Kiran anvertraut hatte. Er wusste nicht, was er so viele Male ohne den Rat und den Beistand des Bruders im Geiste getan hätte.

Gerade als Sam zum wiederholten Male nach der Bedeutung von „Fick dich" und „Wichser" fragte und Jon ihn daraufhin entnervt anraunzte, trat David aus dem Bad, lediglich bekleidet mit einer Boxershorts und einem bequemen T-Shirt. Er rubbelte sich ein letztes Mal die Haare und warf dann das nasse Handtuch auf den nächstgelegenen Stuhl. Breit grinsend beobachtete er Vater und Sohn.

„Was ist denn hier los? Wie kommt ihr zwei denn auf dieses interessante Gesprächsthema? Wir haben zwar heute Abend Männerzeit, aber findest du nicht, dass diese Wortwahl noch etwas zu früh für deinen Sohn ist, Jon?" Sam verschränkte daraufhin schmollend die Arme vor seiner Brust.

„Da war ein Mann an der Tür, der hat das zu Papa gesagt und Papa hat geantwortet, dass das bereits jemand mit ihm macht." Davids Augen wurden groß wie Untertassen.

Fassungslos glitt sein Blick hinüber zu Jon und anschließend wieder zurück zu Sam. Er schüttelte mit dem Kopf.

„Gott, Sam. Lass das bloß nicht deine Mutter hören, sonst war es das mit unseren Männerabenden." An Jon gewandt, fragte er neugierig weiter: „Kannst du mir mal erklären, was passiert ist? Ich war zehn Minuten im Bad und schon geht es hier zu wie nachts um zwölf in Ellis Bar."

Jon bekam keine Chance auf eine Antwort. Das erledigte Sam für ihn.

„Der Mann hatte einen Stock und konnte schlecht laufen. Papa hat zu ihm gesagt, er wäre ein Penner." David starrte die Vanderloo'schen Männer argwöhnisch an. Ein böser Verdacht stieg in ihm auf.

„Jonathan Vanderloo", stieß er ungläubig hervor. „Du sagst mir jetzt auf der Stelle, was sich hier zugetragen hat, während ich unter der Dusche stand." Jon verdrehte genervt die Augen.

„Jetzt beruhige dich erst einmal, David. Alles halb so wild. Der Mistkerl stand vor der Tür und hat nach dir gefragt." Ein selbstgefälliges Grinsen zog sich über Jons Gesicht. „Er hat seinen Namen nicht genannt, aber ich habe ihn natürlich gleich erkannt. Als er mich mit dem Kleinen auf dem Arm gesehen hat, sind ihm schier die Augen aus dem Kopf gefallen. Er hat mich ziemlich unfreundlich nach dir gefragt. Ich habe gedacht, ich gebe ihm etwas Stoff zum Grübeln. So billig kommt mir der Kerl nicht davon." David erblasste.

„Was hast du getan, Jon", flüsterte er leise. Eine Gänsehaut überlief seinen Körper. Er ahnte das Schlimmste.

„Nun ja", antwortete Jon überheblich. „Kann sein, dass dein Ex davon ausgeht, dass ich der Neue bin. Ein paar gezielte Andeutungen meinerseits haben den Herrn genau die Worte sagen lassen, von denen Sam gerne wissen möchte, was sie bedeuten. Daraufhin hat er sich einfach rumgedreht und ist gegangen. Er hat noch nicht mal auf den Fahrstuhl gewartet und gleich die Treppe genommen." David starrte Jon entsetzt an. Freudlos schloss er die Augen und stöhnte. „Verdammte Scheiße, Jon. Was hast du dir bloß dabei gedacht?" Jon trat auf ihn zu und drückte ihm die Schulter. „Es tut mir leid, David. Ich habe noch eine Rechnung mit diesem Kerl offen. Niemand behandelt dich so, wie er es getan hat, ohne dass er Ärger mit mir bekommt. Verstanden? Ich musste ihm diesen arroganten Blick einfach aus dem Gesicht wischen. Er hatte übrigens starke Probleme beim Laufen. Wenn du dich beeilst, erwischst du ihn vielleicht noch unten am Eingang." Gehetzt blickte David Jon in die Augen. Er reagierte augenblicklich. So wie er war, barfuß, in Unterhose und Shirt, rannte er aus der Wohnung. Mit langen Schritten hastete er hin zum Treppenhaus und begann die Stufen hinunterzurasen. Er nahm drei Stufen auf einmal. Er musste ihn einholen. Er musste einfach. Sein Glück hing davon ab. Seine Zukunft.

Sam sah indessen auf zu seinem Vater.

„Was ist mit Onkel David, Papa? Warum läuft er ohne Hose aus der Wohnung?" Jon lächelte seinen Sohnemann milde an.

„Ach, Sam. Ich glaube, ich habe eben einen Fehler gemacht. Dieser sogenannte ‚Penner' ist jemand, den David sehr mag. Er hofft, dass er ihn einholt und zurückbringen kann. Ich glaube, wir sollten besser unsere Sachen zusammenpacken und uns auf den Heimweg machen."

„Och Mann", maulte Sam. Ich habe mich so auf unseren Abend gefreut. Kann der Penner nicht einfach mitmachen? Er ist doch auch ein Mann." Jon strich Sam durch das dichte Haar und schmunzelte.

„Vielleicht das nächste Mal. Ich denke, in diesem ganz speziellen Fall ist es besser, wenn wir gehen. Die beiden haben viel miteinander zu reden. Da stören wir nur. Ich verpasse Klein David eine neue Windel und du gehst unsere Sachen holen, o. k.?" Brummelnd zog Sam von dannen. Verstehe einer die Erwachsenen!

Mit zusammengebissenen Zähnen und vielen unterdrückten Flüchen hatte Kiran sich bis in den zweiten Stock nach unten gearbeitet. Seine Knie zitterten dermaßen, dass er befürchtete, es nicht einmal mehr bis zur Haustür zu schaffen. Was er dringend brauchte, war eine kleine Pause. Er hatte seine körperliche Leistungsfähigkeit überschätzt. Wohl oder übel würde er sich ein Taxi rufen müssen. Fertig mit sich und der Welt ließ er sich auf eine der Stufen fallen, klammerte sich mit beiden Händen am Geländer fest und legte seinen Kopf auf den Armen ab. Er fühlte sich so müde, so unglaublich ausgelaugt. Trotzdem rasten seine Gedanken. Quälten ihn. Was sollte er jetzt bloß tun? Wie hatte er nur so dumm sein können, zu hoffen, dass ein Mann wie David auf einen wie ihn warten würde. Ein Mann, der ihm in den Rücken gefallen war, der ihn verleugnet hatte, ein Mann, der körperlich beschädigt war, ein Mann, der nicht wusste, was er wollte.
Die Ironie der ganzen Sache bestand darin, dass er genau in diesem Augenblick wusste, was richtig für ihn war, doch gleichzeitig war es zu spät. Seine Nerven versagten. Er fing an zu zittern, Tränen liefen ihm über das Gesicht. Es war egal, ob ihn irgendjemand so sah. Im Grunde war gerade alles egal. Sein Gehstock rutschte die letzten Stufen hinunter, blieb polternd auf dem Boden liegen, doch er reagierte nicht. Er ergab sich seinem Kummer, die Welt konnte ihn mal.
Er bemerkte nur am Rande, dass hastige Schritte sich von oben in hektischen Bewegungen näherten, reagierte nicht

auf die Stimme, die seinen Namen rief. Immer wieder. Er bekam durch den Schleier der Hoffnungslosigkeit mit, dass sich jemand neben ihn setzte. Seine beiden Hände, die sich am Geländer festkrallten, wurden sanft aus der eisenharten Umklammerung gelöst. Sein Körper wurde an einen anderen gezogen, das Gesicht auf den Baumwollstoff eines Shirts gedrückt. Erst als er den vertrauten Körpergeruch des Menschen einatmete, der neben ihm saß, wusste er, dass David zu ihm gekommen war. Endlich.

Kirans Arme hielten den Mann fest, nach dem er sich so sehnte, genoss die Nähe und Wärme. Wer wusste schon, wie lange ihm das vergönnt sein würde. Verzweifelt versuchte er, sich zu beruhigen, doch er schaffte es nicht. Es schien, als hätte sich seine Beherrschung gerade in Luft aufgelöst. Eine Hand Davids legte sich auf seinem Hinterkopf und presste ihn an seine Brust. Mit der anderen strich David ihm unaufhörlich über den Rücken.

„Sch… ganz ruhig, ich bin bei dir. Alles ist gut. Hör auf zu weinen." In einem unaufhörlichen Gesäusel redete David auf Kiran ein. Versuchte, ihn zu besänftigen. Es dauerte eine Weile, bis die Worte zu ihm durchdrangen, bis er sich so weit gefasst hatte, dass er aufblicken konnte.

„Wie …?", stieß Kiran zögerlich hervor. David lächelte ihn liebevoll an. Mit zärtlichen Bewegungen strich er ihm das mittlerweile recht lange Haar zurück.

„Du willst wissen, wie ich dich hier gefunden habe?" Kiran nickte stumm.

„Nun, als ich aus der Dusche kam, hat mir Jon erzählt, dass ein ziemlich mies gelaunter Mann vor der Tür gestanden und nach mir gefragt hat. Nach einem unfreundlichen Wortwechsel hat sich der Kerl wohl humpelnd und auf einen Stock gestützt auf den Weg nach unten gemacht. Ich habe eins und eins zusammengezählt und mich gefragt, ob du das warst. Ob du endlich zur Besinnung gekommen bist. Ich habe alles fallen lassen, sogar meine Hosen, und bin dir nachgeeilt." Kirans Blick verfinsterte sich. Er biss die Lippen aufeinander und schaute zu Boden.

„Ist der Mann …?", presste er hervor. Davids Lächeln vertiefte sich. Behutsam griff er ihm ins Haar und bog seinen Kopf zurück, um ihn anschauen zu können.

„Jon ist mein bester Freund. Er ist glücklich verheiratet und Vater von vier bezaubernden Kindern. Ich bin der Pate seines jüngsten Sohnes. Wir wollten heute Abend einen Männerabend abhalten. Pizza, Chips, Videospiele und so." Kiran nickte.

„Ich verstehe", erwiderte er wenig überzeugt. David verdrehte die Augen. Zunächst einmal musste er ihn von der Treppe wegbekommen.

„Zuallererst wirst du jetzt mit mir nach oben kommen. Dann werden wir einiges klären müssen. Komm." Entschlossen angelte David nach der auf dem Boden liegenden Krücke, fasste Kiran unter die Arme und zog ihn in eine aufrechte Position. David erschrak. Kiran hatte einiges an Gewicht und Muskelmasse verloren. Ein Tribut an die langen Krankenhausaufenthalte und den langsam voranschreitenden Heilungsprozess.

„Geht es?", fragte er besorgt. Kiran biss die Zähne zusammen und nickte.

„Ja", flüsterte er. „Aber ich weiß nicht, ob es eine gute Idee ist, mit dir nach oben zu gehen." Fragend blickte er zu David.

„Papperlapapp. Keine Angst. Jon ist einer der nettesten Männer, die ich kenne. Vielleicht nicht gerade in Bezug auf deine Person, doch er wird sich hüten, dich in den Boden zu rammen. Versprochen." David grinste und Kiran gab ein verächtliches Geräusch von sich.

„Es gab Zeiten, da hätte ich diesem arroganten Bastard

gezeigt, was ich von seinem blöden Geschwätz halte."
David atmete erleichtert auf, als sie aus dem Aufzug stiegen und er an seiner Tür klingelte. Kiran zeigte es nicht, aber er hatte mit seiner eigenen Schwäche zu kämpfen. Jon öffnete mit einem breiten Grinsen.

„Aha, du hast also den Penner noch gefunden. Na bravo."
Kiran richtet sich zu seiner vollen Körpergröße auf und funkelte Jon wild an. Der grinste nur noch breiter, rückte demonstrativ Klein David auf seinem Arm zurecht und spöttelte: „Na, na, du wirst dich doch nicht an einem fürsorglichen Vater vergreifen, oder? Glaub mir, selbst mit meinem Sohn im Schlepptau würde ich dich auspusten wie eine Kerze, Freundchen." Kiran knurrte und ging unwillkürlich einen Schritt nach vorne. David hielt ihn am Arm fest und raunzte in die Runde.

„Schluss jetzt! Man könnte ja meinen, wir sind im Kindergarten." Jon hob abwehrend eine Hand.

„Ist ja schon gut, Mann. Ich scherze nur. Du glaubst doch nicht wirklich, ich würde mich vor den Augen meiner Kinder mit einem wildfremden Mann prügeln, noch dazu mit einem, der augenscheinlich nicht in der körperlichen Verfassung ist, dagegen zu halten. Nein, David. Bring deinen Patienten nur herein und kümmere dich um ihn, ehe er noch auf der Schwelle kollabiert."

„Du bist ja ein echter Scherzkeks", knurrte Kiran. „Ich hoffe, du bist genauso mutig, wenn ich eines Tages vor dir stehe und nicht auf die Hilfe anderer angewiesen bin."
Jon trat dicht an ihn heran. Sein Lachen erstarb und seine Miene wurde ernst.

„Da kannst du einen drauf lassen, Freundchen. Und noch eins lass dir sagen: Solltest du David noch einmal wehtun, solltest du ihn nur ein einziges Mal dazu bringen, Trübsal zu blasen, wirst du mich kennenlernen, und zwar richtig.

Kapiert?" Kirans Augen verengten sich zu schmalen Schlitzen.

„Du nimmst den Mund ganz schön voll", zischte er.

„Versprich nichts, was du nicht auch halten kannst."

„Es reicht!", mischte sich David entschieden ein. Mit dem Finger deutete er auf Jon. „Du wartest, verstanden?" Entschlossen drehte er sich wieder zu Kiran um, schob ihn in sein Schlafzimmer und drückte ihn auf das Bett.

„Hinlegen", herrschte er ihn an. „Du ruhst dich eine Weile aus. Um dich kümmere ich mich später." Sprach er und verschwand. Kiran blieb allein zurück. Müde schloss er die Augen. Das war ja ein rasanter Weg zurück in Davids Leben. War es überhaupt ein Zurück oder nur der Anfang vom endgültigen Ende. Eine Antwort fand er nicht. Kiran schlief auf der Stelle ein.

Im Flur stellte David Jon unterdessen zur Rede.

„Sag mal, hast du sie nicht mehr alle? Was ist denn bloß los mit dir?" Entnervt nahm er ihm Klein David vom Arm und redete mit gurrenden Worten auf ihn ein. Der Junge zog ein Schnütchen und stand im Begriff, jeden Moment in Tränen auszubrechen. Schuldbewusst beobachtete Jon die zwei Davids. Er seufzte.

„Ich will nicht, dass du unglücklich bist. Wegen des Kerls hast du schon mehr als einmal vor unserer Tür gestanden und warst total fertig. Ich will nicht, dass das wieder passiert." Davids Gesichtsausdruck wurde milder.

„Das wird es nicht. Nicht dieses Mal. Versprochen. Wir werden das endgültig klären. Egal, wie es ausgeht, du musst dir keine Sorgen machen. Es wird mir gut gehen." Jon warf einen zweifelnden Blick in Davids Richtung.

„Hoffentlich." Entschieden nahm er seinen Sohn zurück auf den Arm. „Wir werden jetzt gehen. Kläre, was zu klären ist.

Unseren Abend holen wir nach." David lächelt und strich seinem Patensohn über das flaumige Kinderhaar.

„Danke, Jon. Es ist schön, jemanden als Freund zu haben, der so ist wie du. Grüß Nelia." Jon grinste schief zurück.

„Mach ich."

Sam kam mit seinem Rucksack auf dem Rücken um die Ecke gestapft. Offen sah er David an.

„Vielleicht hat der Penner ja Lust, das nächste Mal mitzumachen. Ich hätte nichts dagegen." David und Jon schauten sich verblüfft an. Beide brachen in schallendes Gelächter aus.

Kapitel 19/Geständnisse

Nachdem Jon und die Kinder verschwunden waren, warf David einen kurzen Blick in das Schlafzimmer. Was er sah, ließ ihn lächeln. Kiran lag lang ausgestreckt auf der Decke und schnarchte leise vor sich hin. Vorsichtig zog er ihm die Schuhe aus, schälte ihn aus seiner Jacke und deckt ihn mit einer Wolldecke zu. Wahrscheinlich würde er nicht lange schlafen. Eine kurze Zeit der Ruhe täte ihm mit Sicherheit gut.

In der Küche legte er letzte Hand an die Pizza, die es eigentlich heute Abend zum Herrenabend geben sollte, und schob sie in den Ofen. Sollte Kiran länger schlafen, würde sie auch später noch kalt schmecken. Der Ofen surrte leise vor sich hin, während die Pizza langsam braune Farbe annahm und der Geruch von knusprigem Teig durch den Raum zog. David war gerade dabei, die letzten Spuren der Kochbemühungen zu beseitigen, als er ein Geräusch an der Tür wahrnahm. Er drehte sich um und sah Kiran am Rahmen des Eingangs lehnen, der ihn still beobachtete.

„Ausgeschlafen?", fragte David verhalten. Wer wusste schon, welchen Verlauf die nächsten Minuten nehmen würden.

„Es geht so", antwortete Kiran müde. David deutete hin zum Ofen.

„Die Pizza ist gleich fertig. Wollen wir was essen?" Kiran zuckte lustlos mit den Schultern.

„Ich weiß nicht." David verdrehte die Augen und wies einladend auf einen Stuhl. Geschickt nahm er das Blech aus dem Ofen, schnitt sie in Portionen und schob Kiran einen Teller vor die Nase. Über seinen eigenen machte er sich hungrig her.

Kiran beobachtete ihn misstrauisch. David hielt mit dem Kauen inne. Unmissverständlich deutet er auf den Teller.

„Iss jetzt, und dann werden wir reden. Ich denke es wird Zeit, dass wir ein für alle Mal reinen Tisch machen." Wortlos griff Kiran zu. David hatte recht und er verspürte tatsächlich Hunger. Schweigend aßen sie zusammen und schweigend räumte David anschließend die Teller vom Tisch. Dann fasste er sich ein Herz, trat an Kiran heran und zog ihn nach oben. Stumm beäugten sie sich. David holte tief Luft, bevor er sprach.

„Und nun erzähl. Bist du gekommen, weil du dich für mich oder weil du dich gegen mich entschieden hast?" Kiran schluckte und sah zu Boden.

„Sag du es mir, David. Sag mir, ob ich nicht schon längst zu spät bin. Habe ich zu lange gewartet? Hast du die Nase voll von meinen Launen gehabt und dir einen anderen Mann gesucht? Den Mann aus dem Park, dem Matilda und Mutter begegnet sind?" David blickte lange auf Kirans gesenktes Haupt.

„Verdient hättest du es ja, du blöder Kerl. Schau mich an." Langsam erhob Kiran den Blick und sah David in die Augen. Augen, die ihn mit Liebe anblickten.

„Ich war verdammt nah dran. Hautnah. Aber ich konnte dich nicht gehen lassen. Nicht mit meinem Herzen." Kiran stieß die Luft aus, von der er nicht wusste, dass er sie angehalten hatte. Erleichtert schloss er die Augen.

David war noch nicht fertig, er musste Kiran alles erzählen. Nichts sollte ungesagt zwischen ihnen stehen.

„Der Mann aus dem Park heißt Tommy. Er ist ein junger Assistenzarzt am Klinikum. Er hat mich angesprochen, hat mich spüren lassen, dass er mich will. Ich war so verdammt einsam. Ich habe ihn mit zu mir nach Hause genommen und mit ihm geschlafen." Kiran verzog gequält das Gesicht. Ein

284

„Scheiße" entwischte ihm. David zog ihn in eine feste Umarmung.

„Gott, Kiran. Versteh mich bitte. Ich habe irgendetwas gebraucht, irgendjemanden. Ich war allein. Du hast mich fortgeschickt und mich so lange im Ungewissen gelassen, dass ich dachte, du hättest dich gegen mich entschieden. Das hat wehgetan. Und ich wollte nicht immer … du weißt schon was." Unwirsch wedelte er mit der Hand durch die Luft.

„Du wolltest nicht immer für Liebe bezahlen?", hakte Kiran mit zittriger Stimme nach. Es fiel ihm verdammt schwer, doch er durfte David nicht böse sein, dass er in die Arme eines anderen geflüchtet war. Durch sein Verhalten hatte er ihn erst so weit getrieben.

David nickte stumm. Kiran zog ihn so eng an sich, wie er konnte. Erdrückte ihn fast, so fest krallte er seine Finger in Davids Shirt.

„Es tut mir wahnsinnig leid, David. Ich bin ein verdammter Idiot, aber das weißt du ja schon lange." David sah auf, fasste in Kirans Haar und zog ihn zu einem zärtlichen Kuss heran.

„Ich bedaure das alles genauso, glaub mir. Komm", flüsterte er leise, „lass uns vergessen." Sachte ergriff er Kirans Hand und zog ihn zum Schlafzimmer.

Stumm standen sie sich gegenüber und starrten einander an. David griff nach dem Saum von Kirans Shirt und zog es vorsichtig nach oben über seinen Kopf. Sachte strich er über seine nackte Brust. Wie schmal er geworden war. Unter seinen Händen erschauerte er, die feinen Körperhärchen stellten sich auf.

Davids Hände glitten hinunter zum Bund seiner Jeans. Geschickt öffnete er Knopf und Reißverschluss, strich sie sehr langsam nach unten, schob dabei die Boxershorts mit, während er langsam auf die Knie sank. Seine Hände berührten schmetterlingsleicht die Lenden, fuhren an dem erigierten Penis entlang, hinunter zu den Waden. Kirans Herzschlag beschleunigte sich. Mit einem leisen Stöhnen legte er den Kopf zurück in den Nacken, spürte das Blut in seinem Geschlechtsteil heiß pulsieren und das Gefühl von Davids warmem Atem, der daran entlang strich. Gott war das gut.

Voller Zärtlichkeit schaute Kiran hinab auf Davids Haupt. Sein Mund berührte seinen Schwanz und er ließ ihn kurz seine feuchte Zunge spüren. Kiran schloss die Augen. Genoss für einen Augenblick. Es ging alles zu schnell. Sachte griff er in das Haar Davids und zog ihn zurück.

„Nicht", flüsterte er heiser. „Steh auf. Ich will dich im Bett". Ruhig glitt David nach oben, wandte seinen Blick nicht von Kirans erregtem Gesicht. Es tat so gut, ihm wieder in die Augen zu sehen. Augen, in denen das Feuer der Leidenschaft loderte. Für ihn. Zu wissen, dass sie sich beide tief begehrten. Immer noch. Aufrecht standen sie erneut voreinander.

„Jetzt bin ich dran", hauchte Kiran. Mit zittrigen Händen griff er nach dem Saum des T-Shirts und zog es ihm über den Kopf. Achtlos flatterte es zu Boden. Behutsam drückte Kiran David auf die Matratze. Die Jeans folgte dem Weg des Hemdes. Seine Blicke saugten gierig den Anblick des nackten Körpers auf, der ausgestreckt vor ihm lag. Gott, wie schön dieser Mann war.

Bedächtig schmiegte er sich an den erregten Leib Davids. Keuchte leise, genoss, strich über Davids Haar und senkte seinen Mund auf den seinen. Ihre Zungen spielten miteinander. Voller Gier. Voller Leidenschaft. Endlich. Eng drängten sie sich aneinander. Schwelgten in der Wonne des Gefühls ihrer feuchten Haut, die sich aneinander rieb. Dem vertrauten Geruch. David zog die Decke des anderen Bettes über sie beide. Schloss die Welt rundherum aus. In einem Kokon aus Wärme und Dämmerung genossen sie die Nähe zueinander, auf die sie so lange verzichtet hatten.

„Lass mich dich verwöhnen. Bitte", hauchte David in Kirans Ohr. Zärtlich zog er ihn an sich, streichelte jeden Zentimeter seines Körpers. Das wollüstige Ächzen entfachte seine Lust um ein Tausendfaches. Schürte die Begierde nach dem Körper des Mannes, den er liebte. Den er so lange nicht mehr gespürt hatte. Vorsichtig schob er sich zwischen seine Beine streichelte zärtlich über die empfindlichen Stellen, so wie er es gerne mochte.

„Hast du noch Schmerzen? Muss ich vorsichtig sein", flüsterte David sanft, während er ihn weiter berührte.

„Es geht mir gut, David. Du brauchst keine Rücksicht zu nehmen. Nimm alles, damit ich vergesse, dass ich dir wehgetan habe." Andächtig streckte er die Hand aus und strich David über die Wange. Sah ihn innig an und bat ihn mit den Augen um mehr. Und David schenkte es ihm. Gefühlvoll drang er in ihn ein. Gab sich ihm ganz und gar hin. Liebte ihn mit all der Leidenschaft, die er nur für ihn empfand.

Zärtlich hielten sie sich für den Rest der Nacht umschlungen. Flüsterten sich Worte der Liebe und Zärtlichkeit zu, hauchten sich immer wieder sachte Küsse auf ihre schweißgetränkte Haut, so lange, bis der Schlaf sie besiegte.

Als Kiran am anderen Morgen die Augen aufschlug, zog sich ein breites Grinsen über sein Gesicht. David lag neben ihm und grinste genauso breit zurück.

„Hungrig?", fragte David mit einem Augenzwinkern.

„Und wie", antwortete Kiran sehnsüchtig.

Eine Stunde später hatte David es geschafft, auch ein einigermaßen nahrhaftes Frühstück inklusive Kaffee ins Bett zu schaffen. Eng kuschelten sie sich aneinander und genossen, dass sie wieder zusammen waren.

Nach einer Weile fingen sie an zu reden. Ernsthaft zu reden. Kiran sprach mit David darüber, was sich in den letzten Monaten zugetragen hatte. Über seine Wünsche, seine Hoffnungen, die er hegte, über seine Gefühle. Auch über die Ängste. Gerade über seine Ängste, denn die hatten verhindert, dass sie nicht schon längst glücklich miteinander waren. David schloss erleichtert die Augen. Endlich hatte das Warten ein Ende.

Kiran sprach über die Aussicht, bald als Ausbilder in den Polizeidienst zurückkehren zu können, und seinen Willen, eine echte Beziehung mit ihm führen zu wollen. Ohne Tabus, ohne Heimlichkeiten.

Auch Kiran hatte mit Matilda gesprochen und war erstaunt, als er erfuhr, dass David bereits mit seiner Tochter darüber geredet hatte, wie sie zueinander standen. Vorgestern im Park. Und das mit Erfolg. Es erstaunte ihn, aus welcher Sichtweise Matilda die Dinge sah. Und es erleichterte ihn ungemein. David nahm seine Hand.

„Bist du dir sicher?" Kiran nickte.

„Diesmal bin ich es. Ganz sicher. Bombensicher."

„Ich liebe dich", flüsterte David.

„Und ich liebe dich", antwortete Kiran.

Sam und Matilda

Heute war Matildas großer Tag. Endlich war es so weit. Die Vorschule hatte ein Ende und die Zeit, in der sie endlich eine richtige Schülerin sein durfte, hatte begonnen. Stolz hielt sie die riesige Schultüte im Arm, die hoffentlich mit vielen Leckereien und hübschen Dingen gefüllt war. Alle hatten sich heute Urlaub genommen, um an diesem denkwürdigen Tag teilzunehmen. Matilda platzte vor Stolz. Sie war die Einzige gewesen, die ihrer Lehrerin mit durchgedrücktem Kreuz ihre „zwei Väter" vorgestellt hatte. Einige Mütter hatten erstaunt geschaut, aber keine wagte es, ein weiteres Wort darüber zu verlieren. Im Gegenteil. Anerkennende Blicke streiften die zwei Bilderbuchmänner.

Zwei von Matildas zukünftigen Schulkameraden waren zu ihr gekommen und hatten ihr gestanden, dass sie liebend gerne auch zwei Väter hätten. Ein kurzer Blick in Richtung ihrer Mütter ließ ahnen, warum.

Nachdem der offizielle Teil vorüber war, hatten Kiran und David zu einem kleinen Grillfest in das Wichmann'sche Häuschen eingeladen. Die Nachbarn Meyerling kamen auch. Sehr gerne und Gott sei Dank ohne die Beamtennichte, die sie in der Vergangenheit so gerne angebiedert hatten wie Sauerbier. Mittlerweile begriffen sie die Sinnlosigkeit dieses Angebotes gegenüber den Nachbarmännern.

Mit offenen Mündern und noch offeneren Fenstern hatten sie beobachtet, wie David eines Tages mit Sack und Pack im Nachbarhaus eingezogen war. Dass er als Lebenspartner von Kiran kam, hatte ihnen die Sprache verschlagen, die sie aber sehr bald wiederfanden, als sie feststellten, dass der nette, junge Arzt, den sie von Matildas Geburtstagsparty kannten, stets freundlich grüßte und immer ein gutes Worten auf den Lippen hatte.

Mittlerweile ließ Frau Meyerling nicht das Geringste auf David kommen. Im Gegenteil. Warf auch nur einer einen missgünstigen Blick in seine Richtung, lief sie zur verbalen Höchstform auf.

Während Kiran und David sich gemeinsam um den Grill und das Essen kümmerten, Jon, Nelia und Anni angeregt mit den Meyerlings plauderten, die Zwillingsmädchen Leona und Charlotte im Sandkasten gruben, als hätten sie keine hübschen Kleidchen, sondern alte Jeansbuxen an, und ihren Bruder David mit selbst gebackenen Sandkuchen fütterten, hatte sich Sam zu Matilda gesellt und beobachtete neugierig, wie sie ihre Geschenke auspackte, die sie zur Feier des heutigen Tages bekommen hatte. Misstrauisch beäugte er die glitzernden Haarbänder, Spangen und das Unterwäscheset im Prinzessinnen-Look.

„Na ja", brummte er. „Ist halt Mädchenkram." Matilda warf ihm einen konfusen Blick zu.

„Was soll ich auch mit Jungenkram? Schließlich bin ich ein Mädchen." Sam blickte sie mitleidig an.

„Du kannst ja auch nichts dafür. Ich finde dich trotzdem ziemlich cool." Matilda schenkte ihm ein scheues Lächeln.

„Ich mag dich eigentlich auch, aber deinen Bruder David mag ich lieber." Sam schaute Matilda trotzig an.

„Warum denn? Ich komme nächste Woche schon in die zweite Klasse!" Matilda musterte ihn genervt.

„Na und?" Wenn ich nicht ein krankes Herz gehabt hätte, käme ich jetzt auch schon in die zweite Klasse." Sam schwieg indigniert. Dieser Matilda konnte man aber auch gar nicht imponieren.

„David scheißt noch riesige Haufen in die Hose. Du glaubst gar nicht, wie das stinkt", warf er zweifelnd ein. Matilda verdrehte gestresst die Augen.

„Du verstehst es einfach nicht. Ich wünsche mir ein Geschwisterchen. Ich würde so gerne mal einem Baby die Windeln wechseln. Papa und David können zusammen keine Kinder bekommen, weißt du", beschied sie ihn.

„Es ist toll, dass wir uns ab und zu mal Baby David ausborgen können. Er ist zu süß." Sam schaute Matilda in Unverständnis an.

„Von mir aus kannst du ihn ausborgen, so oft wie du willst. Er verpestet die Luft und nervt fast den ganzen Tag. Wenn er mal Fußball spielen kann, will ich ihn aber zurück.

„Ich spiele auch gerne Fußball", warf Matilda ein. Das bescherte ihr einen zweifelnden Blick Sams.

„Mädchen können nicht Fußball spielen." Matilda stemmte empört ihre Hände in ihre Seite.

„Und ob ich das kann. Papa hat es mir gezeigt." Sam ahnte, dass er jetzt am besten seinen Mund hielt. Seine Mama mochte es auch nicht so gerne, wenn Papa ihr aufzählte, was sie nicht so gut konnte. Plötzlich hatte er eine Idee.

„Du könntest dir ja Leona und Charlotte ausborgen. Die hätten bestimmt gerne eine Schwester anstatt zwei Brüder. Dann könntet ihr euch den ganzen Tag lang schminken." Matilda schüttelte entschieden den Kopf.

„Aber sie brauchen keine Windeln mehr. Wahrscheinlich würden sie mir nur meine ganzen Spielsachen durcheinanderbringen." Sam verdrehte die Augen.

„Gott sei Dank gehen die zwei selber auf das Klo. Sonst müsste ich zu Hause womöglich noch beim Windelwechseln helfen." Sam schüttelte sich angewidert, was Matilda gar nicht verstand. Jungs waren eben echte Mädchen.

„Ich könnte dich ja heiraten, wenn ich groß bin", bot

Sam großzügig an. Dann schlafen wir zusammen in einem Bett und irgendwann bekommst du ein Baby. Oder vier, wie meine Mami." Matilda musterte Sam zweifelnd.

„Das muss ich mir erst noch überlegen. Du bist kleiner als ich. Das ist doof. Bestimmt finde ich noch etwas Besseres." Sam verschränkte mit verkniffenem Gesicht die Hände vor seiner Brust.

„Findest du nicht. Ich werde so groß wie mein Papa und so viel Geld wie er verdiene ich dann auch. Mama sagt immer, ich kann mir die Mädchen später mal aussuchen."

„Und mein Papa und David sagen, dass sie die Jungs mit einer Schrotflinte davon abhalten müssen, mir nachzustellen."

„Pah", entgegnete Sam. „Das sagen sie nur, weil dein Papa bei der Polizei ist."

„Tun sie nicht", maulte Matilda. Sam verdrehte genervt die Augen. Mädchen konnten schon ganz schön anstrengend sein.

„Willst du jetzt mal Babys, oder nicht?", fragte er aufmüpfig.

„Klar will ich", zischte Matilda zurück. „Aber erst werde ich ein berühmter Arzt so wie David."

„Dann ist es abgemacht", verkündete Sam entschieden.

„Mal sehen", antwortete Matilda weniger überzeugt.

„Was musst du mal sehen, Schatz?" Kiran war von hinten an die beiden Kinder herangetreten und schaute neugierig über die Schulter seiner Tochter.

„Nichts, Papa", piepste Matilda mit roten Backen. Sam räusperte sich neben ihr.

„Ich habe ihr angeboten, dass ich sie heirate, wenn ich mal groß bin, und sie hat gesagt, dass sie es sich überlegt und mich nur nimmt, wenn ich größer bin als sie." Kiran verschluckte sich fast. Nur mit Mühe konnte er das aufsteigende Lachen unterdrücken. David gesellte sich neugierig zu ihnen.

„Was gibt es denn hier zu lachen? Kann mich mal jemand aufklären?" Kiran winkte mit einem erstickten Keuchen ab und zog ihn weg von den Kindern, hin zum festlich gedeckten Tisch auf der Terrasse.

„Frag bloß nicht! Es sieht so aus, als ob ich irgendwann in ferner Zukunft mit dem Idioten verwandt sein werde." David starrte ihn verständnislos an. Kiran konnte sich nicht mehr beherrschen und prustete los. Indigniert wischte sich David über das Gesicht.

„Sag mal, spinnst du?" Kiran schüttelte den Kopf und deutete vielsagend in Matildas und Sams Richtung. David bekam große Augen, als er sah, wie die beiden miteinander umgingen, und stieß ein ungläubiges „Nein!" hervor. Er stimmte in Kirans Gelächter ein, als er begriff. Er lachte noch mehr, als Kiran ihm haarklein schilderte, was Sam mit ernster Miene zu ihm gesagt hatte. Jon trat zu ihnen und fragte neugierig: „Lasst ihr mich auch an eurer Belustigung teilhaben?" Kiran und David schauten sich an und begannen erneut zu lachen. David klopfte Jon auf die Schulter.

„Du musst jetzt stark sein, mein Lieber. Dein Sohn hat unserer Matilda soeben angeboten, sie später einmal zu heiraten, und die Kleine hat ihm geantwortet, dass sie es sich überlegen muss, da er ihr zu klein ist." Jons Augen vergrößerten sich genauso wie zuvor die von David. Sein Blick flog hinüber zu den beiden, die vertraut miteinander plauderten. Auch er fing an zu lachen.

„Das sind ja tolle Neuigkeiten. Ich und der Penner in einem verwandtschaftlichen Verhältnis!" Ungläubig schüttelte er den Kopf.

„Mein Sohn erbt mein Gardemaß und mein umwerfendes Aussehen, ihr werdet sehen. Matilda kann gar nicht Nein sagen!"

„Gott bewahre", stöhnte Kiran. David beeilte sich und holte für Kiran und Jon ein kaltes Bier. Für sich die übliche Apfelsaftschorle.

„Darauf müssen wir anstoßen, Jungs." Glas klirrte an Glas.

„Auf die Liebe", warf Kiran ein und griff nach Davids Fingern. Der zog lächelnd Kirans Hand an seine Lippen und erwiderte: „Auf die Liebe und die Freundschaft." Dabei wanderte sein Blick hinüber zu Jon, der die Szene zufrieden beobachtete. Er grinste wie ein Honigkuchenpferd.

„Auf all das, und unser zukünftiges, verwandtschaftliches Verhältnis!", ergänzte er augenzwinkernd.

ENDE

DANKE!!

Vielen Dank an alle Leserinnen und Leser, die sich entschieden haben, dieses Buch zu lesen. Es war mir ein Bedürfnis, das Thema der gleichgeschlechtlichen Liebe aufzugreifen und eine Liebesgeschichte inklusive Happy End darüber zu schreiben. Ich hoffe inständig, dass ich es nicht verbockt habe, dass ich Gedanken, Gefühle und die Liebe treffend schildern und angenehme Lesestunden bescheren konnte.
In Gedenken an liebe Freunde hoffe ich, den richtigen Ton gefunden zu haben.

Alles (L)liebe, Hedy, die Lady de Winther

Impressum
Kontakt: *j.reidt@t-online.de*

Facebook: Hedy de Winther
Facebook: Lady de Winthers Protagonisten-Lounge

H. O. Reidt
Beethovenstraße 29
72270 Baiersbronn

Printed in Poland
by Amazon Fulfillment
Poland Sp. z o.o., Wrocław